多重迷宮の殺人

長沢　樹

首都圏を震撼させた、遺構連続殺人事件。その犯人も被害者の共通点も不明のまま、捜査は暗礁に乗り上げていた——。そんななか、地下遺構探索サークルを主宰する大学生・藤間秀秋、名探偵・七ツ森神子都とその助手・風野颯平らは、令嬢・御坂摩耶の依頼で、彼女の祖父である有名政治家が遺した別荘を訪れる。そこに隣接する地下遺構を調査中に山崩れが発生、身元不明の屍蠟化死体、摩耶の祖父が金塊を残したと信じるグループとともに、内部に閉じ込められてしまった。脱出方法を探して地下遺構を彷徨うなか、何者かに一人また一人と殺されていく。七ツ森と風野たちは連続殺人犯を突きとめ、閉鎖空間から無事生還できるのか。

多重迷宮の殺人

長沢　樹

創元推理文庫

MURDER IN THE UNDERGROUND LABYRINTH

by

Nagasawa Itsuki

2014, 2023

目次

多重迷宮の殺人

景雲荘地下遺構

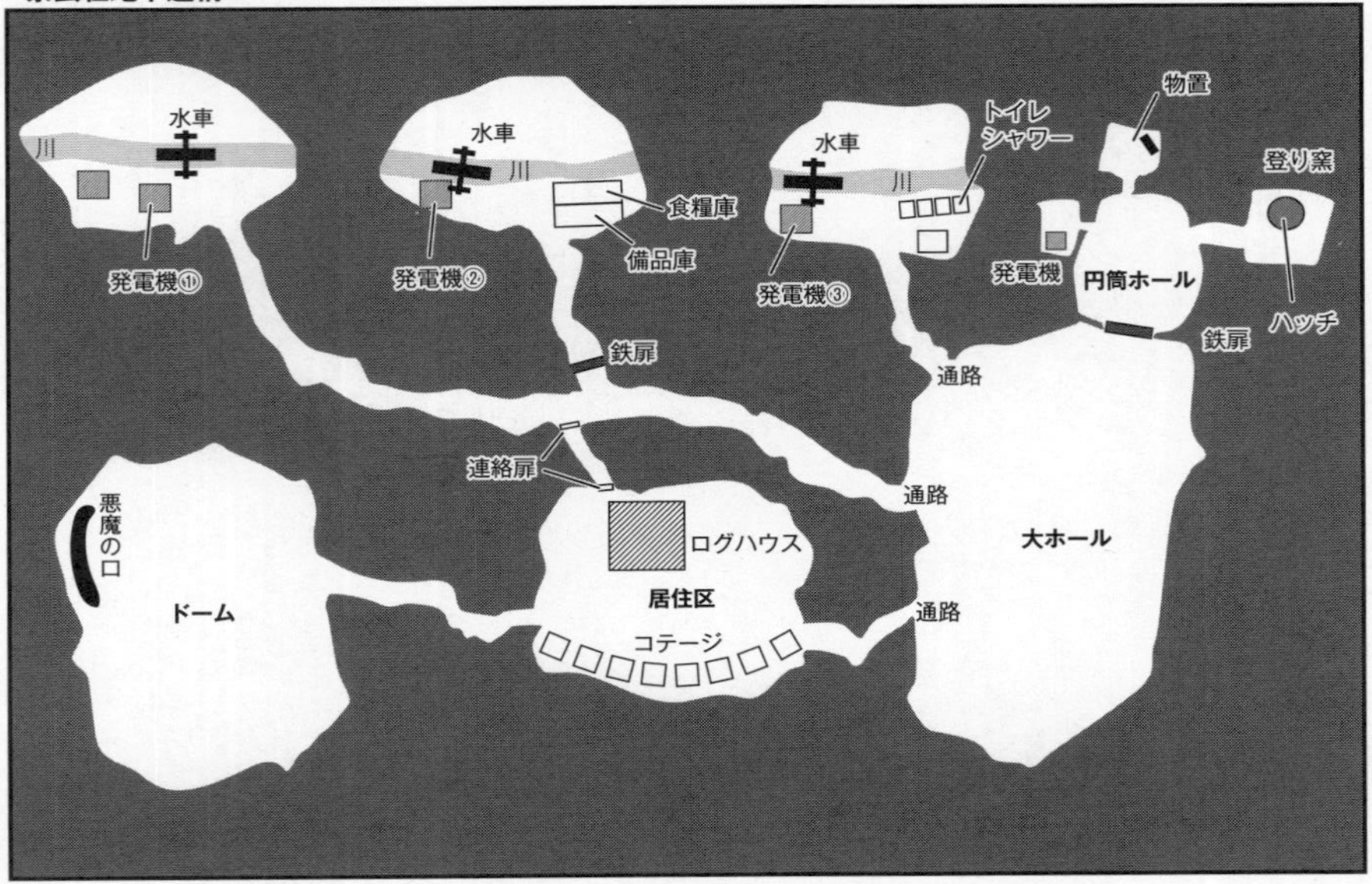

水車
川
発電機①
水車
川
発電機②
食糧庫
備品庫
鉄扉
水車
川
発電機③
トイレ
シャワー
物置
登り窯
発電機
円筒ホール
ハッチ
鉄扉
通路
連絡扉
通路
悪魔の口
ログハウス
大ホール
居住区
ドーム
通路
コテージ

序章　鎮魂

一九八〇年　二月十七日　日曜　――氷上薫《ひかみかおる》

明かりは点《つ》けなかった。脳内に図面を広げ、距離感覚と方向感覚だけで、闇の中を進む。黴《かび》臭は少ない。経年劣化も最小限だ。

初めて進入した地下シェルターだった。体感で地下三〇メートルほどか。資産家が建造した広大なもので、文化的価値も高いとされ、今は都が管理しているが、その範囲は第二層まで。

ここ第三層は、都も把握していない、世間一般的には未発見の領域だ。

その存在と侵入法を見つけた〝探索家〟の勘と才能には素直に敬服する。

通路の幅は二〇五センチ、高さは二〇七センチ。記憶通りの規格と薄いラバーソールに感じる平面度と平行度の緻密さを堪能しつつ、一定の歩幅を正確に刻む。

この分岐を左へ行き、奥まった窪みにある梯子《はしご》を降りて、次の分岐は右。ほどなく道路の非常駐車帯のように、幅が広くなった場所に至った。物資の一時保管所、有事にはバリケード設置場所となるよう設計された一角だ。

懐中電灯の先端をハンカチで包み、光量を制御して点灯する。その先はどん詰まりになっていて、闇の中に木製の扉が出現した。ここが最深部だ。

扉は施錠されていなかった。中に入り、後ろ手に扉を閉じる。

木製のセミダブルのベッドとテーブル、ワードローブ、小さな洋箪笥《ようだんす》など最低限の家財道具が、淡い光の中に浮かび上がる。壁や床、ベッドに残された無数の傷が、人が暮らした痕跡であり、恐怖と苦痛と恥辱の残滓《ざんし》でもあった。

——どこ？

通路から声が聞こえ、足音が近づいてきた。ようやく追いついたようだ。

ハンカチをポケットにしまい、部屋を出ると、グリーンのダッフルコートにジーンズの女性が驚いたように足を止めた。洒落《しやれ》たベレー帽、首にはストロボ内蔵のカメラを提げている。

ここを〝発見〟した若き研究者、〝暗闇のロゼ〟こと武樋《たけひ》真弓《まゆみ》だ。

「薫さん……」

武樋は白い息を吐く。「脅《おど》かさないでよ……」

「部屋を見つけたんですが」

私は自然な笑みを心がけた。「鍵はかかっていません」

「あなたが言ってた秘密部屋ね！　中は？」

「誰かが生活していたみたいです」

「すごいじゃない！」

武樋は喜び勇んで部屋に入ると、ワードローブや洋箪笥を物色する。その浅ましい姿に、神聖な空間が穢《けが》されていくような気がした。

だが今は耐えよう。才能に免じて、彼女にも機会を与えなければならない。

「使い古されたものばかりだけど、この置き時計はちょっと値が張るかも」

武樋はアンティークな置き時計を手にしていた。「でも全体的には拍子抜けね。資産家だったんだから、もっと高級品があってもいいのに」

彼女は落胆も露《あら》わに言う。

「時計は、どうするんですか」

「研究と分析のために持ち帰る」

武樋は時計を無造作にリュックに入れた。

「でも、都内にこの規模の地下遺構が残されていたなんて、貴重な発見ですね」

今は彼女に調子を合わせる。

「貴重？」

武樋は鼻で笑う。

彼女は英和《えいわ》女子大学地下遺構研究サークルを主宰し、これまでいくつかの未登録の地下遺構を発見して注目され始めていた。

また武樋が都内で地下遺構を発見した——市井《しせい》の研究者界隈からそんな噂が耳に入ったのは二週間ほど前だった。探りを入れると、中野《なかの》区内らしいことがわかった。

当然、ここだと思った。

私は彼女と接触、秘密部屋があるという情報をちらつかせ、今日の〝フィールドワーク〟に潜り込むことに成功した。参加費はキッチリ取られたが。

参加者は私と武樋を含め、男女合わせて八人。そのうち四人は地下二層に残り、管理する職員が来た場合に、立ち入り禁止の区域に入っていることを誤魔化す役目となっている。

地下三層に侵入したほかの二人はペアで他所《よそ》を探索中で、ここには私と武樋だけ。

今後も、職員の目を盗みながら探索範囲を広げていくというが、彼女が持参しているのはカメラと空《から》のリュックだけで、マッピングや採寸、地下遺構関連の資料は用意していなかった。

――こんなに厳重なら金庫くらい隠してもよくない？

――だったらさっさと都に通告して、礼金もらう？

参加した武樋の友人たちは、口々に言っていた。

「ここ、造られた年代はいつ頃ですか？」

武樋が地下研究者の端くれなら、答えられて当然の質問だ。

「そんなの写真撮って、詳しい人に聞くから」

「今わからない？」

ざっと見ただけでも、梁《はり》の構造材に鉄骨が使われていることがわかる。退避路と、武器庫を想定した耐火耐衝撃構造の部屋が二箇所設置され、要所には気密扉が設置されている。

つまりこれは核戦争への脅威が身近だった時代に造られたものだ。使用されている建材、工法に少しでも通じていれば、一九五〇年頃と推定もできた。例外はあの部屋だけだ。

「かなり保存状態がいいし、壁とか天井とか綺麗だから最近のかもね。黴臭さがほとんどなくて、中がそれほど寒くないってことは、換気が自動化されているのかも。建造はここ十年以内。前の持ち主が亡くなる直前に財産を隠そうとしたけど、その前に力尽きたとか」

もっともらしい推論だ。彼女は公表されている地下一層と二層の図面を読み、何らかのインスピレーションを得て、地下二層のダストシュートに臆《おく》せず入り込み、三層への入口を開く装置を発見したという。その勘に期待をかけたのだが——

「どう考えても、ここ一九五〇年代初期の地下建築物でしょう。そこの部屋にある家具、インテリアを年代推定に使うのは慎重さが必要になります」

私は彼女の間違いを訂正する。「換気装置は恐らく、地下鉄の通気網の一部を借用していると推定できます。一九五〇年頃なら大手町線の建設と時期が一致します。ここを造った人は、自分の地位を利用して、ささやかな不正……税金を使って私設シェルターに地下鉄の換気装置を流用したんです」

ここを建造した人物が建設業界の大物であり、帝都地下鉄の建設に深く関わっていたことを考えれば、わかって然《しか》るべきだ——彼女には、地下遺構を発見する嗅覚は備わっているかもしれないが、学究のための資質と品性が著《いちじる》しく欠けている。

「装飾や所蔵品がないのは、核シェルター兼地下砦《とりで》として造られたからです」

「そんなことどうでもよくない？」

武樋は気分を害したようだ。「知ったかぶりはあまり上品じゃないわ。あとはみんなを呼んで、部屋の中をよく調べましょう。ワードローブにあった古いドレスは高く売れるかも」

彼女が部屋に向かおうと踵《きびす》を返したところで、私は背後からその口を塞いだ。

「残念です」

耳元で囁《ささや》いてから、右手で素早く腰のナイフを抜き、最小限の旋回半径で左胸に突き入れた。刃が肋骨《ろっこつ》の間を抜け、心筋を貫く感触、胸に伝わる筋肉の痙攣《けいれん》。引き攣《つ》る呼吸。絶命には十分な一撃だと確認できた。

カメラが床に落ち、音を立てた。私は力のベクトルを横方向に変え、そのまま胸を一文字に裂いた。肋骨間の肉を、皮膚と胸膜ごと削《そ》ぐ感触が指先に伝わってくる。生温かい液体がナイフを握る手を伝い、生命の火が消えてゆく肉体の重さを感じる。

絶命を確認後、慎重にナイフを引き抜いて彼女を俯《うつぶ》せに寝かせた。分厚いコートのおかげで返り血はそれほど多くはなかった。用意したタオルで手と腕を拭《ぬぐ》い、落ちたカメラからフィルムを抜き取り、置き時計を元の場所に戻した。

あとは、鎮魂——

第一章　探偵と助手

1　急報　二月十八日　月曜　――風野《かざの》颯平《そうへい》

ゆらり――相手が動く気配を感じた瞬間、竹刀《しない》の切っ先が風を切り裂いた。それをギリギリまで引きつけ、百分の一秒のタイミングで避《よ》ける。

並の選手なら追いすがり、隙が生じるのだが、今日の相手は深追いせずに一歩下がった。

理想型に近い中段の構え。面、胴、小手《こて》、どれも初期動作が同じで、太刀筋《たちすじ》が見分けづらい。しかも踏み込み、太刀先のスピードも〝普通〟の一流選手より四分の一テンポ早かった。なかなかに手強《てごわ》い。間合いを計りながら、呼吸を整える。

剣の道。それが僕の日常のひとつだ。

春季合宿で、神奈川の強豪、城武大《じょうぶ》が出稽古に来ていた。湘南《しょうなん》の猛者《もさ》たちと数試合こなし、仕上げにこの一年生とぶつかった。正確にはまだ入学前だ。

高校時代に選抜、インターハイ、国体の三冠を二年連続で達成した超逸材で、打倒創士館《そうしかん》大を狙う城武大がなりふり構わず獲得したモンスターだ。

僕に当ててきたのは、彼の力量を試すためか、創士館の出鼻を挫《くじ》くためか。

——負けてないぞ進次郎《しんじろう》！　そのままいけ！

——どうした風野、いつまで遊んでんだ！

敵味方双方から声が飛んでくる。確かに端《はた》から見れば僕の防戦一方に見えるだろう。彼の動きには無駄がなく、練習量の多さを感じさせる。しかし、眼球のわずかな動きで、次の動作が読めてしまうのが欠点だ。見切ってしまえば、先輩の叱咤《しった》に応え、勝負を決めるのみ。

心を無に近い状態にし、相手の動き出しを〝気〟で察知する——直後、筋肉の躍動を感じた。交差する竹刀の残像と、手応え。審判の旗が挙がった。

「一本！」

ふう、と息をつき僕は位置に戻り、蹲踞《そんきょ》。立ち上がり、後ろ足で下がり、礼。

敗北が信じられないのか、超逸材こと進次郎君は呆然としていた。

僕も一応〝創士館四天王〟の末席にいる者。有望な新人の鼻っ柱を叩いておくのも、責務の一つだ。

——進次郎まで子供扱いなのか？

——下っ端であれか？

——やっぱり四天王は化け物だ。

城武大の連中から、諦念じみた声が漏れ聞こえてきた。悪かったね、下っ端で。

面を取り、壁を背に汗を拭《ぬぐ》う。正面に座る進次郎君は早々に切り替え、次に備えて集中しているようだ。

僕としてはこれ以上手の内を明かしたくない。だが主将、副主将を含む四天王上位三人、つまり本物の化け物たちは、関東各地の強豪校からゲストとして呼ばれ、大暴れ中にて不在。彼の相手ができるのは、ここではたぶん僕だけだ。もう一本の機運が高まるなか、どうやって逃げようか思案していると、武道教官室の扉が開いて副教官が顔を出した。

「風野、電話だ！　藤間《ふじま》君だぞ」

藤間秀秋《ひであき》――碌《ろく》なことではないだろうが、渡りに船だ。一応不本意そうな表情を作りつつ「すぐ行きます」と応え、ことさら無念そうに教官室へ行き、受話器を取った。

『稽古中すまないな』

その口調にはすまなさの欠片《かけら》もない。『仕事だ。神子都《みこと》と合流してほしい』

七ツ森《ななつもり》神子都と――

「地下探検？」

口許《くちもと》を手で覆い、小声で応える。

藤間は私学の名門、聖架《せいか》学院大学の理工学部に在籍し、地下遺構の研究と探索を主としたサークル〈東京地下世界《アンダーワールド》〉を主宰していた。折に触れて僕も探検に駆り出される。

『地下探検はサークル活動だ。仕事と言えば警視庁からの依頼に決まっているだろう』

気づかれないように、息を呑んだ。

『君の父君からの依頼だ。現場に入る許可はもうもらった』

ならば〝切り裂き魔事件〟の現場だ。

首都圏で発生している地下遺構連続殺人事件――昨日、新たな死体が見つかり、同一犯による連続殺人と報道されていた。

「何も聞いていないけど」

『息子に捜査情報を漏らすほうが問題だと思うが？』

「危険すぎないか？　犯人は相当な手練《てだ》れって話だろう？」

東京都以外にも埼玉県浦和《うらわ》市と、神奈川県横須賀《よこすか》市で同一手口の殺人事件が起きていて、そちらも未解決だ。

捜査に加われば最悪、切り裂き魔と対峙する可能性もある。

『神子都に必要なものはなんだ』

有用性の証明だ。彼女が生きていくための価値の創造。『神子都は立場を自覚している』

「神子都は今一緒なのか？」

神子都も聖架学院大に在籍し、この春から二年生になる。「藤間も一緒に来るんだろう？」

『いや』と含みのある返答。『おれは再試験で、大学に強制連行されている』

「ばかか！」

この大事なときに――

『そっちの監督には話をつけてある、早く行け』

再試験男が偉そうに！

「寮まで迎えに行けばいいのか」

神子都は聖架学院大の学生寮で生活している。

『頼む』

「わかった、すぐに準備する」

武道場に戻ると、「悪い、あとよろしく！」と後輩たちに声をかけ、更衣室へ急いだ。

「風野さん！」

進次郎君が追ってきた。面を取ったら、なんとも甘くかつ精悍《せいかん》な面構えだ。

「見事な抑え小手でした。見えませんでした。でも……」

「消極的な手で済まなかったな」

攻勢をかけ続け、最後の瞬間にカウンターで一本決められたのだ。文句のひとつも言いたくなるだろう。

「もう一本お願いします！」

「そうしたいのは山々だけど、野暮用があってね」

彼なら、数度の手合わせで僕が防御とカウンターだけの人間と見切ってしまうだろう。

「次は春季大会でな」

〝四天王〟らしい言葉をかけ、更衣室のシャワーで汗を流し、ジーパンと革ジャンに着替えて大学を出ると、十条《じゆうじよう》駅から国電《こくでん》に乗った。

僕のもうひとつの日常は、探偵・七ツ森神子都の助手だ。

2　颯爽《さっそう》！　捜査コンサルタント　同日　――風野颯平

池袋《いけぶくろ》で山手線《やまのて》に乗り換え、目白《めじろ》で降車した。駅舎を出ると、右手に鬱蒼《うっそう》とした木立と、その奥に煉瓦《れんが》造りの門と古めかしい様式の建物が見えてくる。

私立、聖架学院大学だ。門を出入りする学生たちは、文武両道の「武」の部分が八割ほどを占める創士館大学とは違い、どこか上品で洗練されている。

僕は正門ではなく、深くなった緑と生け垣をなぞるように裏手に回り、南通用門を潜《くぐ》った。

「風野です。公務です」

詰所前に立つ守衛に会釈した。

警官上がりの守衛は、後方に向かい「来ましたよ」と声をかけた。

すぐに「ありがとうございます」と生真面目《きまじめ》な声が聞こえ、神子都が姿を見せた。

「早かったですね、颯平君」

大きく澄んだ瞳と、透き通るような肌、ふわりとして艶《つや》やかなセミロングの黒髪。白いニット帽に赤と白のチェックのハーフコート、白いコーデュロイのズボン。十九歳の愛らしい姿だ。

肩に掛けたカーキ色の無骨なバッグがミスマッチだが、中には記録用ノートと筆記用具、カメラ、ルーペや巻き尺など〝探偵用具〟が入っている。

「現場は聞いてる？」

「中野区の松《まつ》が丘《おか》ですね」

神子都は腕時計に目を落とす。「そろそろ車が着く時間です」

「帝和《ていわ》の特車？」

〈帝和交通〉は藤間家と契約しているハイヤー会社で、特車とは運転手が警護や救急救命の資格を持つ特別車輌のことだ。

「電車ですぐなのに、少し過保護です」

神子都は困ったように口を尖《とが》らせる。

ほどなく、黒塗りの小型車輌が到着した。

「行き先はうかがっております」

運転手が応え、車が動き出す。神子都の横顔には、気負いも高揚も感じられない。淡々と職務をこなす官吏にも見えた。

現場は、哲学堂《てつがくどう》公園の近隣で、聖架学院大がある目白通りから、ほぼ一本道だ。十分ほどで哲学堂公園が見えてきて、左折し、中野通りに入った。

「あとひと月半もすると、桜が咲きますね」

神子都が窓の外を見ていた。中野通りは桜並木が続いている。「今年もお花見が楽しみ」

そんな何気ない言葉が胸を揺らす。

「いつも御苑《ぎょえん》だから、今年は少し遠出しようか。代々木《よよぎ》公園とか」

「全然遠くないです！」

「まあ、歩けば遠いさ」

彼女は過去に陰惨な事件に巻き込まれ、十歳以前の記憶を失っている。今の性格と人間性は、療養とリハビリの期間を含む、この八年の間で形づくられたものだ。

だからこそ、花見が楽しみという情動の発露が、この上なく嬉しかった。

妙正寺川《みょうしょうじ》を渡ったところで車を降りた。

現場の旧山際《やまぎわ》邸は、川沿いの街路樹と瀟洒《しょうしゃ》なマンションが並ぶ一角にあった。

神子都がバッグから『捜査コンサルタント』の腕章を取り出し、腕に着けた。

「はい、颯平君も」ともう一枚を取り出して差し出す。

正面玄関近くの路上には警察車輛が数台停まっていて、顔見知りの捜査員が僕と神子都を認めると、中に案内してくれた。

広い敷地の中、桜とクスノキに囲まれた三階建ての母屋《おもや》は、日本建築とアールデコ建築が融合した奇妙なデザインで知られていた。建築は一九二五年。七〇年に山際家が都に売却、建物と地下第一層は文化遺産として都が管理し、一般公開している。

遺体発見後一日経ったわりに捜査員の出入りが忙《せわ》しなく、神子都を知らない者は、腕章を一瞥《いちべつ》するも、胡散臭《うさんくさ》そうな視線を向けてゆく。

我が父、警視庁捜査一課強行犯捜査の風野哲彦《てつひこ》管理官が、広い玄関ホールの中央で部下に囲まれていた。

ロマンスグレー（自称）の髪をキッチリと七三に分けた四十七歳。友人と後輩たちには「ダンディ」などと人気だが、優しさの仮面の裏に冷徹な刑事の貌《かお》を隠している。

「お久しぶりです、風野さん。白髪が増えましたね」

神子都は邪気のない笑顔で、捜査員たちと挨拶を交わす。

「青春を謳歌《おうか》しているかい？　遊びに勉学に、あとは彼氏か」

父の眉が八時二十分を示す。

「そういうこと言うなよ、不躾《ぶしつけ》な」

僕は父に釘《くぎ》を刺しておく。中年男特有のデリカシーのなさだ。

「颯平も合宿中に済まないな。どうだった、高校三冠との対戦は」

なぜ知っている！

「いや、途中で呼び出されたから」

「そうか？　一蹴《いっしゅう》したと聞いているが」

なぜニュース速報レベルで知っている！

「仕事で呼んだんだろ、指示《オーダー》をくれよ」

「犯人像の分析と、現場所感による犯人の足取りの推測。いつもの通りだ」

「わかりました」

神子都はうなずく。「では概要を聞かせてください」

「昨日午後、英和女子大学の地下探索サークルの八人がここに探索に入ったが、主宰の武樋真弓さんが胸を刺されて死亡し、参加者の一人が行方不明になっている」

父が説明する。行方不明者の件は、報道されていなかった。

「行方不明者の名は氷上薫。被害者の武樋真弓とペアを組んでいて、地下探索中に、トイレに行くと一人外に出たのが確認されているが、そのまま姿を消した」

女子トイレの窓の格子が外された形跡があったという。

「一日経っているのに、捜索中なのは、内部が広いからですか?」

「事件があったのは、新たに発見された第三層の内部だ」

旧山際邸の地下はこれまで地下第二層まで確認されていた。第一層が一般公開され、第二層は一部が非公開で、備品倉庫として使われていた。

「記録はないのですか?」

「山際家にも、東京都側にも第三層の記録はない」

父は応える。「この地下第三層が思いのほか広く複雑で、全容が把握できていない。捜索には特殊班も動員している」

予定の時間になっても武樋が戻らないため、残ったメンバーが中を再度捜索したところ死体を発見し、通報した。

その後、中野署員が到着し、第三層で武樋真弓の死亡を確認したが、手口が切り裂き魔事件に酷似していたため、警視庁本部へと連絡した。

「武樋真弓が発見された地点までは、彼女自身が付けたと思われる目印があったが、それ以外は迷路のようでな」

それで犯人が隠れている可能性も考え、改めて特殊班と捜索班を送り込んだのだ。

単純に考えれば、行方不明者が犯人の第一候補だが――

「参加者から血痕や被害者に関する微物は出ましたか？」

神子都が質問すると、父が「どうなんだ？」と部下に聞く。

「現在のところ出ていませんが、現在も厳重な監視下にあります」

「特殊班の投入は、被疑者が中に潜んでいる可能性を考えているのですね」

神子都は淡々とした口調で訊く。

「当然考えているが、可能性は低いだろう。まずは現場を見るといい」

父は玄関ホールの奥にある階段の裏に、僕と神子都を案内した。

床に口が開き、スチール製の階段が下へと伸びていた。入口の脇には順路表示の立て看板があり、『地下シェルターこちら』と記されていた。

「記録上、出入口はここと、非常口があと二箇所。非常時以外は閉鎖中で、監視カメラと赤外線警報器が付いている。異常はなかった」

「でしたら第三層にも、未発見の出入口がある可能性が高いですね」

行方不明者とは別に、そこから犯人が出入りした可能性も残されているということだ。

「無論そうだ。捜索班はほかの出入口も探している」

「でも特殊班は必要ありません。中に被疑者はいません。捜索専門の方に任せるべきです」

神子都は告げた。部下たちが困惑気味に、顔を見合わせる。「過去二回、浦和と横須賀を加えれば四回、犯人は現場に居合わせた人、時に警察の目を盗んで逃走しています。完全な逃走方法と逃走経路が、犯行の絶対条件なんです。行方不明の方が被疑者でなかったとしても、もう逃亡したあとと考えて差し支《つか》えありません」

「そうかもしれないがね」

父は息子に見せたこともない慈愛に満ちた視線を、神子都に向ける。「凶悪な犯人が中に残っている可能性はゼロではない。だから備える。確率的に無駄だと思えることも、人に安心を与えるために手を尽くす。君が大丈夫だと思っても、近隣の住民たちは不安を感じているからね、少しでもそれを和らげる必要がある」

そして僕を一瞥《いちべつ》する。「それに愚息を君の助手にしたのも、君に安心を与えるためだ」

「そうだったんですね！」

神子都が僕の手を両手で包むように握ってくる。「勉強になりました！」

「じゃあ仕事しようか、神子都」

父に目配せすると、父はわざとらしく時計を見る。「私は帳場に戻る。あとは任せる」

「か弱き女子と息子を危険な場所に放り込んで、自分はさっさと帰るのか」

父に顔を近づけ、小声で凄《すご》む。

「犯人が中にいる可能性は、彼女が言った通り極めて低い。特殊班は現場を囲むように配してある。危険はないだろう」

父は慈愛の欠片もない笑みを返してきた。「それに最後の砦たるお前も弱くはない。その腕が鈍っていないことは、今日証明できた。父として鼻が高いぞ」

進次郎君は体調のモノサシか！

「同行は芥《あくた》君に任せてある。では頼んだ」

父は僕の肩を叩くと、長身の女性を一人残して立ち去った。

フォーマルなジャケットに細身のスラックス姿。ショートボブで、整った怜悧《れいり》な顔立ちをしている。眼鏡の奥の目は神経質そうだ。

捜査コンサルタントの活動には、司法警察職員の同行が必須になるが——

「芥夕紀乃《ゆきの》。君たちへの同行任務を拝命した。捜査一課で地下捜査担当の管理官補をしている」

管理官補——上級警部クラスだが、どう見ても二十代半ば過ぎといったところ。キャリアか。

「身の安全に関しては警視庁が保障する」

夕紀乃はジャケットの胸に手を当てる。「わたしも拳銃を携行している」

「人に向けたことは？」

意地の悪い質問だったが、父は僕と彼女を、神子都護衛の最後の砦としたのだ。

「ないけど、もしもの時は然るべき対処をする」

芥夕紀乃は静かに言った。『つもり』と保険をかけず、『できる』と断言もしないところは、地に足がついている証拠だ。ひとまず信用していいと判断する。

「よろしく、夕紀乃さん」

神子都が頭を下げる。信頼する人には親愛を示し、姓より名で呼べと藤間が教え込んでいた。

いきなり名を呼ばれ、芥夕紀乃も若干表情を強《こわ》ばらせながら「よろしく」と応えた。

「僕も然るべき武器がほしいですね。警護としても呼ばれているので、夕紀乃さん」

僕も助手らしく、神子都に準じる。

夕紀乃は制服警官を呼ぶと、伸縮式の警棒を持ってこさせた。僕はそれを受け取ると、先端を伸ばし、手首のスナップを利かせて二、三度振り、グリップを手に馴染《なじ》ませた。剣道のほかに、警棒術の訓練も受けている。

「中に入る前に、遺体の状況と現時点での現場の状況を教えてください」

神子都が落ち着いた様子で訊く。

「被害者は武樋真弓、二十一歳であることは伝えたわね」

夕紀乃は僕らに向き直った。「死因は胸部への切創。鋭利な刃物で、心臓と肺が肋《あばら》に沿って切り裂かれていた。発見時に死亡確認。背後からの犯行で、被疑者が返り血を浴びている可能性は低い。凶器は見つかっていない」

「背後を取ることができたのは、被害者との信頼関係が確立されていた可能性もありますね」

神子都の指摘に、夕紀乃はうなずく。

「行方不明になっているのはヒカミカオル。恐らく女性」

夕紀乃は『氷上薫』という表記を神子都に伝えた。

「恐らくといいますと?」

「声と振る舞いから女性だろうと証言を得ている」

「武樋さんとの関係は」

「武樋がほかのメンバーに紹介した。探索前から交流があったということね。氷上の実地参加は昨日が初めてで、ほかのメンバーは誰も彼女のことを知らなかった」

「親しそうでしたか?」

「仲は良さそうに見えたとの証言がある。サークルに届け出た氷上の住所と電話番号は実在しない」

氷上が犯人なら、最初から被害者を殺すのが目的だったのか——

「警察は、氷上さんを一連の犯人と同一人物と考えていますか?」

「その判断はまだしていない」

「第三者が侵入して、背後から接近した可能性は?」

僕も質問を挟み、助手としての責務を果たす。

「受付と警備員の証言、監視カメラ、警報装置の情報から、武樋のグループ以外に同時間帯に地下に入った者はいないと確認できた」

第三層に未発見の出入口があれば、その限りではないが。

「背後から胸を刺すのは、技術的にも、返り血の危険を回避する意味でもプロらしいとは言えますが、胸を切り裂くのはそれに反します。強い恨みを感じさせますから」

神子都は否定した。怨恨。納得はできるが——

「恨みを持ったプロとか」

一応、根拠のない個人的な見解を挟む。

「その可能性も否定できませんが、高い技術を持っているのは確かです」

神子都は否定しなかった。「手際はプロ、犯行は怨恨。これまでの事件を通して、被害者に法則性はないんですか?」

「今のところ怨恨、無差別殺人のほか、政治的理由を含んだ暗殺の線でも動いている」

夕紀乃が応える。

「政治的理由といいますと?」

神子都は意表を衝《つ》かれたように、首を傾《かし》げる。社会情勢や歴史的背景は、彼女の苦手分野だ。

「被害者の中に、新左翼過激派グループのメンバーが含まれているから」

「警察に対抗するために、彼らが未発見の地下遺構を探して秘密のアジトにしていると、何度か報道されたことがある」

僕は補足を入れ、横目で神子都の様子をうかがう。

「なるほど、その面は勉強しておきます」

応える神子都に、感情的変化はなかった。

「では現場に案内する」

夕紀乃は僕らを先導し階段を降りる。

地下一層には照明が点《とも》り、『生活・貯蔵区画』『医療区画』など順路が示され、分岐や曲がり角など要所には制服警官が立っていた。

地下二層は最低限の照明しかなく、夕紀乃も即席の案内図を手に進む。

「ここが第二層の最深部」

五分ほど歩き、打ちっ放しのコンクリート壁の前に到達した。一般公開されていない区域だ。扉には『非常用食糧庫』と古びたプレートが掲げられていて、中に入ると空気は湿っぽく黴の臭いがした。

「地下三層の入口はここ」

夕紀乃が指し示したのは、業務用の大型冷蔵庫だった。

冷蔵庫前には制服警官が二人、物々しい空気を発散して控えていた。

「冷蔵庫が入口なんですね」

神子都は興味深げに周囲を見回す。

「秘密扉の開閉用ハンドルが、放熱板に偽装されていた」

第一層と第二層は、部屋と通路の配置が同じだったが、武樋はわずかなスケール感の違いを体感的に察知し、西の端に隠されたスペースがあると予測した。そして、数度の探索で、地下三層へ降りる機構を発見したという。

「直感的な天才と評価されていたようね、彼女は」

夕紀乃が放熱板の一枚を剝《は》がし、中にあるハンドルを回すと、冷蔵庫の中から、金属が擦れるような音が響いてきた。

「ハンドルを回すことで、壁板が横にスライドする機構になっている。内部の扉は分厚くて核シェルター仕様で、ご丁寧に物資搬送用の小型リフトもある」

夕紀乃が懐中電灯を手に、制服警官に「入ります」と声をかけ、頭から空《から》の冷蔵庫に進入、奥に口を開けた一メートル四方ほどの〝秘密通路〟を抜けると、小さな踊り場に出た。そこから細く急な螺旋《らせん》階段を降り、通路に出る。第二層からさらに一〇メートルほど深い位置だ。薄明かりの中、コンクリートに腐食防止剤を塗っただけの殺風景が浮かび上がる。梁や柱は太い鉄骨で、思ったより重厚な造りだった。

「ここから第三層。簡易照明を設置してあるけど、事件発生時は暗闇だったと考えて」

夕紀乃はジャケットの内側に手を入れ、拳銃ホルスターのロックを外した。

通路の幅は二メートルほどで、天井も二メートルと少し。万が一警棒を使う場合は、振り回さず小さな動作を心がけなければならない。

「このへんはもう鑑識作業が済んでいるから、普通に歩いて構わない」

僕らは床に貼られた青いテープをガイドに進む。通路には多くの分岐があり、複雑に絡み合っていた。並ぶ鉄製の扉は気密性が高そうで、安全確認のためか全て開け放たれていた。空の部屋ばかりだった。

「使った形跡はないですね」

部屋のひとつを覗《のぞ》き込んだ神子都が言う。

「非常用シェルターで、一部屋を除いて未使用だとうちの専門家は言ってる」

位置と方向を確認しながら、五分ほどかけて現場に到着した。

死体があった場所は、片側がテラス状に張り出た一角だ。壁には埋め込み式の棚が設えられていて、前方に木製のドアが見えた。

遺体の場所を示す印は、通路の中央にあった。血は既に拭き取られていたが、広範囲に染みがこびりつき、心なしか臭いも残っているような気がした。

「現状わかっている範囲で、ここが第三層の東端にあたる」

「西端が出入口でしたから、最深部というわけですね。あの突き当たりの部屋は？」

「誰かが居室にしていたとみられている。この第三層で唯一、使用した形跡があった場所」

遺体が倒れていた場所を迂回し、夕紀乃がドアを開けた。ベッドに小さな洋箪笥。その上には置き時計が置かれていた。部屋の中央には小さなテーブルと木製のイス。壁に設《しつら》えられた書架には、童話や絵本、古めかしい百科事典が置かれていた。調度は全てアンティークで可愛らしいが、壁や床は汚れ、一部にヒビやへこみがあった。

「ここからは毛髪と指紋が見つかって鑑定に入っている。ドア以外に外と通じるような通路は見つかっていない」

夕紀乃がドアを閉め、遺体があった場所に戻った。

「犯人は遮蔽された部屋ではなく、ここを殺害の場所に選んだのですね……」

神子都は懐中電灯をかざし、通路の端から端まで照らす。遺体は見通しが利く通路上にあった。

「昨日侵入した学生も、入口がある西端周辺しかマッピングができていなかった。目撃される危険は少なかったと考えている」

夕紀乃は応える。「探索メンバーでここに到達したのは、武樋真弓と恐らく氷上薫だけだろう。無論、第三者の侵入も考慮している」

「興味深いですね」

神子都はこれまで判明している情報を聞きながら、ノートに要点をまとめてゆく。

●現場は旧山際邸、未発見だった地下第三層。
●被害者を含む女性五名、男性三名の『英和女子大学　地下遺構研究サークル』が正式な入場手続きを踏み、地下シェルターに入ったのは、午後二時。
その後管理者の目を盗み、非公開の場所に侵入。
●本当の目的は、フィールドワークではなく窃盗だった可能性！
●武樋真弓のパートナーは氷上薫。武樋真弓が連れてきて、ほかのメンバーと面識はなし。
●午後四時頃、氷上が地上階のトイレに。
●閉館直前の午後四時四十五分に玄関ホールに集合の予定だったが、武樋と氷上が戻らず、再度捜索、遺体発見。
●致命傷は胸部の刺創。正確に心臓を貫いている。高度な技術。さらに胸を裂く。なぜ？
凶器は未発見。
●氷上は現在も行方不明であり、サークルに届け出た電話番号、住所もでたらめ。

「被害者は武樋さんを含めて四人ですね。浦和と横須賀を加えたら七人と……」

神子都は予習してきたようで、別のページを広げた。その備考欄に新たな情報を書き込んでいく。

同一犯とおぼしき連続地下遺構殺人事件
①一九七九年　三月二十九日／練馬《ねりま》区・未登録地下施設／被害者・谷本真知子《たにもとまちこ》（27）
②一九七九年　八月二十一日／杉並《すぎなみ》区・廃ビル跡地下施設／被害者・梓川結香《あずさがわゆいか》（20）　槙島《まきしま》淳也《じゅんや》（25）
③一九八〇年　二月十七日／中野区・未登録地下施設／被害者・武樋真弓（21）
備考
●一九七八年　十二月七日／埼玉県浦和市・未登録地下施設／
被害者の男子大学生は労革連青年部員
●一九七九年　一月五日／神奈川県横須賀市・旧軍地下遺構の未発見区域／
被害者は男女二名。両名とも統革共大泉《おおいずみ》派活動家

「被害者たちの共通点はわかりますか？」

神子都が夕紀乃に訊く。

「全員が心臓付近を切り裂かれていること、検死所見上、全員が最初の一撃で命を落としていること、地下建築物の研究や探索をしていたこと。各事件の被害者間の交流に関しては、まだ繋がりを見いだせていない」

「交友関係に共通点がなければ、探索の目的や行為、信条はどうですか？」

「その全てを想定しているけど、今のところ明確な共通点は認められていない。都内事件の被害者に、政治運動関係者はいない。武樋真弓についてはこれからね」

「もうひとつ……」

神子都が言いかけたとき――

「この第三層は純然たるシェルターだな！　まだこんな大物が残っていたとは！」

突然、背後から朗々たる男の声が響いてきた。僕はうんざりする思いで振り返った。

通路の角から現れたのは、やはり藤間秀秋だった。

「居住性よりも、軍事拠点としての使い勝手が優先されている。腐食防止剤の状態、天井の梁型、コンクリートの質を見ると、一九五〇年前後のものだ。一流の職人の仕事だな」

ボサボサの癖毛にフェルト帽を被り、赤いコーデュロイのシャツに革のジャケットを羽織っている。およそ殺人現場には似つかわしくない格好だ。

「至れり尽くせりすぎる空調は、大手町線の機構をちょろまかして引き込んでいるのかもしれないな。建築主はそれができる人物だった」

シャープな輪郭に彫りが深めの目鼻立ちで、退廃的雰囲気はあるが、人相は悪くない。

「藤間か……」

夕紀乃が息を吐きつつ、ジャケットから手を引き抜いた。「来るとは聞いていない」

「久しぶり、夕紀乃さん」

旧知の間柄のようだ。「腕章見せたら、問題なく入れてもらえた」

藤間も『捜査コンサル』の資格を持ち、腕章を着けていた。

「再試験はどうした」

僕はため息混じりに訊いた。

「隙を見て脱出したに決まっているだろう」

藤間は見得を切り、胸を張る。

「それ、留年確定ってことだよね。親が泣くよ」

藤間秀秋の父、藤間秀太郎《ひでたろう》は日本最大の医療機器メーカーの〈藤間医療器産業〉、通称〈フジ医〉の社長であり、社長就任までは陸上自衛軍の医務官、陸幕衛生部長、帝都大付属病院の副院長を歴任した、医療業界の大物だ。

元々藤間一族は、〈フジ医〉を含む企業グループの創業家であり、伯父は電子機器最大手〈藤通〉の社長兼会長。ほか一族は財界、中央官庁に人材を送り込んでいる。

だが、秀秋本人は三人兄弟の末っ子で無責任全開、兄たちが企業戦士として揉まれるなか、今春から大学生活六年を迎えることになった穀潰しモラトリアム野郎だ。

「都心近傍での新たな地下遺構発見となれば、再試験の価値など塵芥《ちりあくた》に等しい」

藤間は宣《のたま》ったうえに「あの部屋を見たいんだが」と図々しく突き当たりにあるドアを指さした。

この男がなぜここまで偉そうなのか——警視庁など関係各組織の要請および承認を得て、神子都の生活全般を藤間家が支援しているからだ。そして不肖の三男には、藤間家から、たぶんブラブラさせておくよりマシだという理由で、神子都の指導役という役目を与えられている。

加えて彼は、幼い頃から僕に対し、兄貴面をしていた。つまりは幼馴染み。そんな藤間との関係も、僕が神子都の助手兼護衛に選ばれた一因でもあった。

「部屋があるだけで行き止まりだ。あの部屋だけには居住した痕跡があったが、見つかった指紋は被害者のものだった」

夕紀乃が面倒くさそうに説明する。

「ああ、暗闇のロゼ君ね。惜しい人材を亡くしたね」

不遜《ふそん》な物言いは、とても惜しがっているようには見えない。「品性はよろしくなかったが」

暗闇でも高低や方向の感覚を失わず、マッピングなしでの行動に長けていたため、そんな二つ名がついたという。

「部屋に隠し通路や隠し扉はなかった。居住の痕跡もかなり以前のものという見立てだ。ただ、一部の家具や調度品が動かされた形跡があって、我々は被害者が一度入室し、出て来たところを襲われたと考えている」

「考察は神子都と警察にお任せする。おれは純粋に部屋が見たい」

藤間は夕紀乃の正面に立ち、見下ろす。確信犯の我がまま三昧《ざんまい》だ。

「室内の物に触れず、ブルーシートの上から出なければ許可する」

夕紀乃が眉根に皺《しわ》を寄せ、わずかに目をそらす。藤間は「では」と僕の前を素通りし、遺体が横たわっていた場所をステップを踏むように迂回して、向かいのドアに消えた。

「藤間とはどんな関係なんですか？」

興味本位で夕紀乃に訊いてみる。

「父が藤間秀太郎氏と帝都大の同期で、秀太郎氏と交流の深い小古瀬《おごせ》刑事部長、風野管理官に目をかけられた」

「僕とそれほど変わらないのですね」

「庁内政治には興味ないけど、勝手な期待と善意の強制でいくつかの機密を背負わされて迷惑している。藤間秀秋に関しては、十年ほど前に家庭教師をさせられていた」

若干のシンパシーを感じはしたが、傷を舐《な》め合うつもりはない。

藤間は五分ほどで戻ってきた。

「居住の痕跡なんてものじゃないな。警察の目は節穴か」

「どういう意味？」

夕紀乃は不機嫌そうに藤間を睨《にら》みつける。

「手垢《てあか》の具合も、ベッドの各部の摩耗具合も異常と言うほかない。かつてここに居住していた何者かはかなり乱暴に扱われている。壁の修理跡は、殴って穴が開いたからか？　おれにはなんとしてでも部屋を出ようとした意志と、それが不可能とわかった絶望を感じた」

「だとしても今回の事件との関連性はない。賭博《とばく》や違法風俗に使われていないことも確認している。あとは家庭の事情と考えた上での判断だ」

夕紀乃は忌々《いまいま》しげに応えた。

「家庭の事情？ 山際家の先代当主には不道徳な嗜好があったと言うが、警察はあえてそれに触れないと……」

口調はゆるいが詰問だ。「青少年の保護育成に甚《はなは》だ反する所業だと聞いているが？」

「本件との関連は薄いとみている」

応える夕紀乃の歯切れは悪い。

「なんだよ、保護育成って」

僕だけが事情をわかっていない。

「少女の監禁容疑だ。その少女は公的には養子で、十三歳で事故死したことになっているが、折檻《せっかん》死の可能性が高い。先代の山際虎夫《とらお》の異常な性癖は、その筋では有名な話だ。中央官庁、有力代議士、経同連に友人が多い〝帝都地下鉄の父〟に、警察・検察ともに深入りすることはなかったがな。いずれ告発すべき事案だが、今は目の前の事件に注力するとしよう」

藤間は吐き捨てる。「おれの見立てだとここ地下第三層は、第一層、第二層と建造時期こそ近いが、わずかに工法が違う。そこに引っかかりを覚える」

「具体的にどういうことですか？」

神子都が興味を示す。

「まずはこれだ」

藤間はバッグから写真を数枚取りだした。ポラロイド社製カメラによるインスタント写真だ。

そこには通路内の柱の継ぎ目や天井の梁などが写っていた。

「第一層と第二層、第三層の通路と梁を撮影したものだが、違いがわかるか？」

「第二層と第三層では、継ぎ目の組み合わせ方が少し違うような気がします」

神子都は即答したが、指摘されなければわからないほどの、わずかな差異だった。

「違うのは工法だけではない」

藤間は仄暗《ほのぐら》い笑みを浮かべる。「通路のサイズは第二層まで幅二一〇七センチ、高さ二一一〇センチに統一されていたが、ここはどうか」

神子都はすぐにリュックから巻き尺を取りだした。

「颯平君、手伝っていただけますか」

神子都は夢中で通路の寸法を測る。手が届く僕が天井に巻き尺の先端を合わせた。

「ここは幅二〇五センチ、高さ二〇七センチです！」

神子都が目を輝かせた。

「そうだ、わずかだがサイズが違う。おれは二層から三層に降りた時点で気づいたぞ」

藤間は夕紀乃に勝ち誇ったような視線を向ける。「気づいていたか、夕紀乃さん」

夕紀乃は口を結び、何も応えない。

「途中、顔見知りの鑑識員がいたんで尋ねたが、警視庁は現時点で通路の差異に気づいていないようだ。鑑識は第三層の現場付近しか測っていないという話だ。地下遺構が専門ではない彼らを責める気はないがね。これがどういうことかわかるか?」

藤間は嫌味なほど優雅な所作で、壁を指先でなぞった。

「地下第三層だけ施工業者が違う可能性があるんですね!」

神子都の答えに、藤間は満足げにうなずいた。

「そうだ。隠し軍事拠点という用途のほかに、自分の歪んだ性癖のために造ったのなら、第一層と第二層を先に造り、第三層を別業者に造らせた」

「それが事件とどう関係があるというんだ」

夕紀乃が苛立《いらだ》ち紛《まぎ》れに訊く。

「それを調べるのが警察の仕事だろう。ただ、捜査コンサルとして放置できる問題とは思えない。犯行は第三層の中だけで完結しているんだから」

夕紀乃は苦虫を嚙み潰したように「わかった」とだけ言った。

「秀秋君、警察の見解を説明します。今のところですね……」

神子都は藤間に向き直り、律儀にノートを見せながら、夕紀乃と話したことを報告した。

「現時点での最善策は埼玉、神奈川両県警との密な情報交換と連携捜査ですが……」

神子都は顔を上げ、夕紀乃を見つめる。

「手は尽くしている」

夕紀乃の含みのある返答に、藤間は鼻で笑った。

「連携が上手くいっていない時の言い方だな」

「現場写真と捜査資料は共有している。あとで届ける」

夕紀乃は、努めて事務的に応える。

「資料だけか。人的交流は」

「してはいる……公安が」

「向こうからすれば、おたくの公安が資料を全部持っていった。そちらで共有してくださいと」

藤間の指摘に、夕紀乃は何も言わなかったが、表情を見れば図星であることはわかった。

父の周辺を見ていると、同じ警視庁でも、刑事部と公安部には深い溝を感じる。

「横須賀の戦争遺構を発見して、侵入したのは統一革命共同体の過激派セクトのメンバーだ。埼玉も、侵入した五人のうち一人が、セクトのメンバーと友人関係にあった」

久しぶりに耳にした、セクトという言葉。「ここ十年と少し、警視庁公安部が首都圏と関東近県の警察に、だいぶ横暴なことをしてるからな」

一九六〇年代から拡大した、安保闘争に端を発する新左翼運動と学生運動への対処のことだと、政治に疎《うと》い僕にもわかった。

「横暴って？」

神子都の目に貪欲な興味の光が宿る。

「公安は十分な理由を告げず、情報を隠したまま、多くの現場警察官をあごで使った。時に危険な任務にも」

六〇年代後半に入ると運動は先鋭化、一部の組織は武装し、警察に対抗した。警察も一部のセクトを極左暴力集団として取り締まり、セクト側の表現を使えば弾圧を強化した。

そんななか、活動家、警察官双方の命が失われる事件も発生した。

「死んだのは現場の警察官だ。捜査の過程で周囲と自身の安全のために、武器を持った若者を殺すことになったのも現場の警察官だ」

八〇年代になり、過激な暴力闘争こそ下火になったが、今も新国際空港の建設を巡り、千葉県三条《さんじよう》ケ辻《つじ》で、死傷者が出るような闘争が続いている。

「不当な命令、不当な労働の強制への反発という解釈で正しいですか?」

神子都は教師を前にした学生の如《ごと》く聞く。

「概《おおむ》ね間違っていない。それを今も埼玉県警、神奈川県警相手に天下ご免でやっているわけだ。だから最低限の協力しか得られていない。犯人検挙が第一だが、人は理屈だけでは動かない」

「難しいです……いろいろ」

「で、犯人はなんでここを現場に選んだんだ？　神子都」

僕は話の軌道を変えたくて、神子都にお題を出した。

「ナイフを使うのに十分な広さがあるからだと思います」

「ナイフを振り回す広さが必要なら、別に部屋の中でもよかったはずだ。悲鳴を上げられても音は漏れにくくなるし、目撃される確率も低くできる」

藤間も疑問を投げかける。「それにわざわざどん詰まりを選ばなくてもいいはずだ。出口を押さえられたら不利になる」

神子都は床に目を落とす。大きく広がった血痕。

「犯行の絶対条件は、逃走路の確保です。ここで犯行に及んでも、逃げる方法があったと解釈します。事前に第三層の全貌を知っていれば、未発見の通路を通るか、ほかの参加者に気取《けど》られることなく移動して、第三層を脱出することは可能です。部屋を現場にしなかった理由については情報が足りません。部屋を汚したくなかった、という理由が思い浮かぶくらいで」

「なぜそう考えた」

「第三層の内部構造を熟知していたのでしたら、あの部屋の用途も知っていたと考えました。それと以前の事件でも、被害者は窃盗をしていたことがわかっていますよね」

神子都の問いに、夕紀乃がうなずく。

「あの部屋は悲しい過去があると同時に、窃盗の対象でもあります」

「確かに古びているが、高級品も置かれていたな」

建築物や調度品分野の藤間の目利《めき》きは確かだ。「中にあった時計も売れば数十万はする」

「でしたら、そのあたりに動機があると考えます。犯人が殺しているのは、不正を目的に侵入した者と考えることができます」

「地下で悪事を働く輩《やから》を誅殺《ちゅうさつ》しているということか」

藤間が納得したようにうなずく。

「窃盗だけで？」

僕は反論する。命の対価としては著しくバランスを欠く。

「言葉は悪いですが、同じような意味だと考えます」

神子都は否定しなかった。「なにか盗まれたものがないか、再度調査を要請します。ここだけでなく、光《ひかり》が丘《おか》と久我山《くがやま》の現場でも」

「わかった、調べよう」

夕紀乃が言い添えた。「だが武樋が何か持ち出した形跡はなかった」

「犯人が元に戻した可能性も考慮に入れてください」

神子都は念を押した。

一階に戻ると、氷上薫が消えたという女子トイレを検分した。

山際邸の裏手側にあり、内装はモザイク状のタイル敷きで、建設当時のレトロな様式のままだ。神子都はトイレ奥の窓を開ける。綺麗に剪定《せんてい》された低木越しに、裏庭が見えた。

「氷上薫はここから外に出たとみられている。窓の外に足跡があった」

夕紀乃が告げる。石畳の通路はあるが、多くの場所で土が剝き出しになっている。「足跡は裏庭を抜けて、妙正寺川沿いの遊歩道で消えていた」

「窓の鍵は開いていたんですか？」

神子都が訊く。

「換気のために開館中は三分の一ほど開けているそうだ」

窓のすぐ外にある低木は、目隠し用でもあるようだ。

「出ることができるのなら、入ることも可能か」

藤間が言う。「見たところ警備員も注意を向けているのは正面玄関が主のようだし、地下三層に未発見の通路がなかったとしても、事前に忍び込んで、中で待ち伏せることもできるな」

しかし、氷上薫は他のメンバーと一緒に入った――

全ての検分を終え、正面玄関を出た。色濃くなった木漏れ日が揺れ、冷たい風が吹き抜ける。

「要は犯人が内部構造を事前に知っていたことが犯行の前提なんだ」

藤間が三階建ての洋館を見上げる。「つまり、犯人はおれレベルの研究者と考えてもいいな」

「趣味レベルということか？」

時々傲慢《ごうまん》さと自己顕示欲が先行する藤間に、釘を刺すのも僕の役目だ。

「犯人が腕のいい地下探索者か研究者である可能性は、捜査本部も重要視して……」

「まだ、そうとは言い切れないと思います」

神子都が遮《さえぎ》った。

「どういうことだ？」

藤間が意外そうに小首を捻《ひね》る。

「秀秋君が余計なことを言うからです」

神子都はそそくさとノートをリュックにしまった。「見解を出すのは、一連の現場を全部見てからにしましょう」

「手配しよう。警視庁管轄の現場だけになるだろうが」
夕紀乃は藤間をひと睨みした。

3　共通項とカンニング　二月十九日　火曜　――風野颯平

翌日、寒風が吹きすさぶ午前九時すぎに、僕らは警視庁管内における第一の殺人現場、練馬区の光が丘樹林公園を訪れた。

「今は公園だが、以前は旧帝国陸軍の飛行場だった。太平洋戦争後に米軍に接収され、五〇年代半ばまで米軍の通信基地兼連絡飛行場となっていたが、入間《いるま》と所沢《ところざわ》に通信基地が新設されたのを機に返還されて、公園と団地群に姿を変えたんだ」

落葉樹の枯色《かれいろ》と青空が織りなすコラージュの中、藤間が得意げに講釈し、神子都は熱心に聞いている。「その名残で公園の地下には、米軍が建造した二層の地下施設がある。返還後は、第一層が駐車場、第二層が災害時の避難所、食料、水、生活用品の備蓄倉庫として整備された」

現場は公園北西の端にある白亜のチャペル――の地下に広がる未発見だった地下遺構の中だ。チャペルは米軍が残した準戦争遺構で、建設は終戦直後の一九四六年。米兵の礼拝用で、朝鮮戦争の米兵犠牲者の追悼にも使われたという。一九五五年の返還後は東京都が管理し、一時期は結婚式や催事に利用されていた。

しかし、三年前の立川《たちかわ》地震で壁と床の一部が破損、以後立ち入り禁止になっていた。

「で、まだか」

腕を組んでぼやく藤間の息が白い。「そろそろ話すネタが尽きるんだが」

「少し待って！」

夕紀乃がチャペルの扉と格闘していた。「錠前が錆《さ》びてて……思うように……」

肝心の事件だが、去年三月、雑誌ライターの谷本真知子がチャペル下の地下遺構を探索中に、胸を切り裂かれて殺害された。探索には谷本の出身校である青徳《せいとく》大学の地下探索グループ五人が同行していた。

しばらくして、カチリという音とともに、数箇月ぶりに扉が開かれた。

「地下への入口は祭壇の下。しばらく人が立ち入っていないから気をつけて」

夕紀乃の注意喚起に全員がうなずき、中に足を踏み入れた。

奥には小さな祭壇とステンドグラスの窓があった。窓から差し込む陽光が、浮遊する埃《ほこり》を浮かび上がらせる。

縦長の礼拝堂は、わずかに漂う黴と防腐剤が混じり合ったような臭いがした。

祭壇を回り込むと、壁との間に『立ち入り禁止』の立て看板があり、剝がされた床の下に、地下へ続く階段が口を開けていた。

「元々祭壇はこの通路入口を塞ぐように置かれていた」

特殊な機構を使い、祭壇を動かすことで、地下への入口が開く仕組みだった。「事件一箇月前、谷本は地震で破損した壁の穴から礼拝堂に侵入した際に、祭壇の床下にある空間を発見、その後数回にわたり侵入し、開けることに成功した」

　発見当時は谷本一人だったが中が広く、後日改めて後輩を巻き込んで侵入したことが警察の捜査で明らかになっている。

　谷本を除く五人は、探索後に部屋から銀食器や調度品を持ちだしていた。

《全てを盗むつもりはありませんでした。戦争遺構として価値があれば、ある程度物品は残した状態で、あとから報告するつもりでした》

　そう証言したが、主目的が窃盗だったのは明らかだ。そのせいで、主宰である谷本が殺された可能性も、神子都は指摘している。

「その才能が純粋に学究に向かなかったのが残念だ」

　そう受けた藤間に、脳内で「お前もな」と言い返しておいた。

　僕らは各々懐中電灯を点灯させると、夕紀乃を先頭に降りていった。階段は思いのほか幅が広く、大柄な人間でも余裕を持って降りられる。

「米兵仕様だな」

　藤間が言うと、夕紀乃が「そう聞いている」と背中で応えた。

　階段は小さな踊り場で何度か折り返し、降り立った先にある小さなホールから左右に廊下が延びていた。

「悪趣味だな」

　藤間が呟《つぶや》いた。壁は腰の高さまでは木製だが、上部から天井にかけてはベルベット生地が張られていた。色褪《いろあ》せてはいるが、以前は毒々しい紅色だったことが窺える。天井には豪奢《ごうしゃ》なシャンデリアが設えてあった。

「第一層には個室が一二部屋ある。床のテープを辿《たど》れば、現場へ行ける」

夕紀乃が床を指さした。黄色いビニールテープが、廊下の右隅に貼られてある。廊下は不規則に分岐し、部屋の配列も入り組んでいた。

個室の造りはどれもほぼ同じで、華美で大型のソファや調度が置かれたリビングがあり、ダブルベッドが置かれた寝室があり、バスルームとドレスルームがあった。

奥には厨房《ちゅうぼう》やリネン室、化粧台が置かれた控え室のような部屋もあった。歴史的背景を考えれば、ここが娼館跡だと僕にもわかった。それも神聖なチャペルの下に隠された戦後の闇、進駐軍の澱《おり》――

「娼館だったんですね」と神子都。

「用途の面から、あえて記録に残さなかったと考えていいだろう」

藤間が嫌な現実を告げる。「警察の捜査が入ったあとも、この地下遺構の詳細は報道されていない。だが恐らく、チャペルはここを隠すために造られたんだ」

殺害現場は、扉に『V』と刻まれた部屋だった。赤い塗料が剝げかかった扉を開ける。

「現場はバスルームよ」

夕紀乃はリビングを横切り、かつては白かったであろう木製の扉を開けた。

白いタイルの床に、曲線的で洒落《しゃれ》たバスタブが置かれていた。シャワーもアンティークデザインだ。そのバスタブの中と縁が、赤黒く汚れていた。

「遺体はバスタブの中で俯《うつぶ》せになっていた」

「殺害の実行もここですか？」

「鑑識がそう判断した」

部屋を汚すことを避けたのだろうか。

リビングでは藤間が持参した水準器で、這うようにして床の水平度を調べていた。

「水平の垂直も完璧。感覚的にだが、旧山際邸第三層と同じ系統の技術だな」

神子都と夕紀乃がバスルームから出てきた。

「状況的には旧山際邸第三層と共通します」

旧山際邸の事件との差異は、侵入した六人が同好の士で、初対面の参加者がいなかったことだ。通報から警察の到着まで、誰一人現場から動かなかった。その後の現場検証、警察の捜索でも、谷本と探索メンバー以外の人物は発見できなかった。

当然、容疑は同行した五人に向けられたが、後日、警視庁の探索班が最深部に偽装された扉とその奥に続く通路を発見した。

通路は公園下駐車場の天井裏にある通気ダクトに繋がっていた。米軍が造った地下駐車場を改装していたが、換気設備はそのまま利用していたために、気づかれなかったのだ。

通気ダクトからは人が通った痕跡と、谷本と同じ血液型の血痕が発見された。

「次へ行きましょう」

神子都は言った。

一時間後、僕らは杉並区の久我山にいた。

訪れたのは京王井《けいおうい》の頭《かしら》線久我山駅に近い、人見《ひとみ》街道と神田《かんだ》川《がわ》に挟まれた一角にある四階建て雑居ビルだった。

「ここは三年前までは〈平和総業〉という不動産業者の持ち物だった。平和総業は和郷《わごう》会系暴力団、平良《たいら》組の関連会社で、この部屋は元組事務所だった」

夕紀乃は両手を広げる。「今はただの空き部屋だけど」

がらんとした二階の一室で、窓からは神田川が見下ろせた。

「三年前、組員同士の諍《いさか》いが発砲事件に発展して、流れ弾が通行人に当たって重傷を負わせた。それで組長以下組幹部が根こそぎ逮捕されて、組は解散になった」

翌年、別の不動産業者がビルと土地を買い、商業ビルに改装した。

「現場はこの地下なんだけど……」

去年八月二十一日、ビル所有者の長男である槇島淳也とその友人の梓川結香が、胸を裂かれ殺害された。

地下一層には居酒屋と洋食店、雑貨店が店を構えていて、殺害現場は利用されていない地下第二層だった。

「二階に来たのは、構造上、地下一層から二層へは行けないようになっているから。行けるのはこの部屋からだけになる。元の用途は襲撃時に組幹部が退避するシェルターね」

夕紀乃は室内の隅にある鉄製の扉を開ける。壁のスイッチを入れると明かりが点り、階段を照らした。定期的に換気が為されているのか、黴臭さや異臭はない。

地下二層まで降りると、コンクリート打ちっ放しの廊下が左右に延びていた。地下娼館より規模は大分小さく、廊下の左に一部屋、右に二部屋があるだけだ。ただ、扉は重々しい金属製で、間隔から一部屋がそれなりの広さであることが推察できた。

「事件後の捜索で、右奥の部屋に通気ダクトに偽装した通路が発見されて、神田川に注ぐ導水管に繋がっていることが判明した。通過の痕跡があって、犯人が出入りしたと断定された」

「ここでも犯人は、第三者という立場だったのですね」

神子都が確認する。

「結果的にはそうなる」

夕紀乃は応えた。「隠し通路の公式な発見は、警察の進入時」

「ここを買った不動産会社は知らなかったのですか？」

「平良組の解散時、幹部と構成員の誰一人口を割らなくて、不動産業者も知らなかった。通路があった部屋から見ようか」

夕紀乃が通路右奥の部屋の扉を開けた。三〇坪ほどの広くフラットな空間に、セミダブルのベッドが二台とガラステーブル、冷蔵庫、テレビ、ラジカセが置かれていた。見上げると、天井には剝き出しの通気ダクトが張り付いている。

「不動産業者が買い取った時は家具や調度品は一切置かれていなかったそうだ。それでこの第二層もテナントとして使いようがないから、ビルオーナーの息子が使っていた」

「殺された槇島さんですね」

「友人を呼んで遊んだり、泊めたりしていたそうよ」

右の二部屋は同じ造りだった。ただ、通路左側の部屋は違った。

ソファやテーブル、オーディオ機器が置かれ、奥にはバーカウンターも見える。

「パーティールームだな」

藤間が壁に触れる。「上質な防音壁だ」

「事件当日は、ここで被害者二人を含む九人が夜通しパーティーをしていた」

パーティーの開始は午後十時過ぎ。食事やつまみは地下一層の洋食店からの配達で、受け取りは二階の事務所で行われた。

《テレビゲームしたり、歌ったり、踊ったり……》

証言によると、男女の親交を深める普通のパーティーだったようだが、午前一時過ぎ、隣室で休憩すると槇島と梓川が部屋を出た。

午前五時をまわり、お開きの時間になっても戻らない槇島と梓川を仲間が呼びに行ったところ、右通路のどん詰まりで、全裸で折り重なるように死んでいる二人を発見した。

「トイレも室内にあるし、槇島と梓川が部屋を出たあとは、誰一人としてここから出ていない。大音量でレコードをかけていて、物音や悲鳴にも気づいていなかった」

パーティーに集まった女性四人のうち、梓川ともう一人は槇島と初対面、男性四人は、全員槇島の友人だった。無論、事件当初は疑われたが、各人の証言はほぼ整合し、さらに指紋、血痕その他、メンバーを犯人と疑うだけの物証も出ていない。

「初対面の二人が戻ってこなくて、誰も不審に思わなかったんですか？」

神子都が不思議そうに訊く。「どうして誰もそこを指摘しないんですか？」

「いや、それはむしろ友人への心遣いと理解していい」

僕は咄嗟《とっさ》に応えたが、なんと説明すればいい。「会った瞬間燃え上がる恋もあるし、そうなると様々なプロセスを省略して、結ばれることはままある」

神子都は合点したようにパチンと手を叩いた。

「性交渉ですね。なるほど」

なるほど——か。

「両名は部屋を出たあと、隣室で事に及ぼうとしたが、その前に殺害された」

「及ぼうとした？」

「シャワーを使った形跡があり、ベッドには乱れがあったが、梓川に情交の痕跡はなかった。殺害は午前二時前後。二人とも腹部と顔面に内出血と打撲痕。死因は胸部を裂かれたことによる失血死。殴打で抵抗力を奪い、廊下に引きずり出しての犯行と推測される。犯行後、犯人は脱出路から逃走した。そこから多量の血痕が発見されている」

「ここでも部屋での殺人を避けたわけか」

僕はやはりそこが気になった。「犯人は最初からこの二人を狙っていたんでしょうか」

「男女の組み合わせは、その場の雰囲気だったそうだ」

カップルが成立すれば、部屋を抜け出し、残った者も干渉しないというのがルールだったと夕紀乃は説明した。

「槙島さんがここを使うと予測できたんでしょうか」と神子都。

「誰がどこを使うかは、決まっていなかったそうだ。二組カップルが成立すれば、両方の部屋が使われる。そんな例も何回かあったみたい」

つまり、槙島が中央の部屋を使ったのは偶然だった。

「部屋を穢《けが》すと殺す……」

神子都が呟く。「調べる必要がありますね」

帰途、電話ボックスで定時連絡を入れた夕紀乃が、メモを取り始めた。

「進展があったようだな」

後部座席の藤間が言う。「旧山際邸で脱出路が見つかったのかもしれないな」

彼の予想は的中した。

「旧山際邸地下三層で、隠し通路が見つかった」

運転席に乗り込んできた夕紀乃が言った。

「やはりな」

藤間がしたり顔をする。「現場の近くなのかい？」

「殺害現場から一五メートルほど離れた通路で、天板の一部が外れる仕組みだったみたい」

「その先は？」

「妙正寺川に注ぐ導水管に繋がっていたそうよ」

旧山際邸の導水管は半世紀前に作られた豪雨時の緊急排水路で、直径は約八〇センチ。普段は使われておらず、山際家の縁者、都も把握していなかった。今も鑑識班が人が通った痕跡を探しているという。

「第三者の犯行の可能性がちょっと強くなりましたね」

僕は夕紀乃を横目で見た。「氷上薫の行動には疑問は残るものの」

「ただ――」

夕紀乃が含みを持たせる。「妙正寺川導水管から脱出路への扉は、封鎖されていたと報告が来ている。太い鎖が開閉ハンドルに巻きつけられ、錠前三個で固定されていた」

「外された形跡は？」

藤間が表情を引き締める。

「鎖も錠前も開閉の形跡なし」

「地下三層を抗戦用拠点と考えるなら、脱出可、侵入不可という構造は当然の帰結だが、封鎖したのは、山際氏が自身の嗜好を優先したからかもしれないな」

少女の監禁と虐待か――「犯人は、第三層の存在もその内部構造も知っていた。脱出路が使用不能であることも含めてな。だから、顔をさらす危険を冒して参加者の一人として侵入し、トイレから脱出した。氷上が切り裂き魔の可能性が高まったな」

「それと……」

夕紀乃がさらに続ける。「第三層のあの部屋の置き時計は動かされた形跡があった。埃に乱れがあったみたい。今押収して、指紋を採っている」

神子都がノートを取り出し、膝の上で要点をまとめる。

●犯人像。十代後半から二十代後半の女性？　設計、建設系会社の経営者、もしくは現場統括クラスの人物の縁者である可能性。第二現場、久我山の雑居ビルの地下は、研究者や探索者による発見は不可能。建設時の事情に関し、平和総業への追加捜査の必要性。

●同様に各現場地下遺構の施工業者が共通している可能性。

●動機は現場地下遺構への拘《こだわ》り。事件などで女性、もしくは少女が犠牲になった現場の静《せい》謐《ひつ》を守ることが第一義の可能性あり。ただ、命を奪うほどのこと？

●第三現場、旧山際邸において、地下第三層だけ別業者が建設した可能性あり。

犯人像は妥当だ。姿を見せたことにより、二十代の女性である可能性が高まった。裏を返せば、犯人自身が、姿を見られてでも実行する価値があった殺人なのだ。

神子都は疑っているが、動機は恐らく理屈や理性ではない。本能的な衝動か、妄執に囚《とら》われた人間なら、殺人を犯すだろう。

旧山際邸の事件がターニングポイントになる可能性は十分にあった。

「施工業者についてはすでに調べを進めている」

神子都の提案を受けた夕紀乃が言った。「光が丘のチャペル地下は、大垣《おおがき》組が建造に関わった可能性が高い。可能性と表現するのは、契約書などの証拠が存在しないため。成増《なります》に本社がある独立系で、特定の企業グループには属していないけど、当時の関係者や古くからの住民の証言で建設に関わった事実が浮上した。ただし大垣組自体は十五年前に解散している」

「久我山の元ヤクザビルは」

藤間が粗野な表現で訊く。

「太刀川《たちかわ》工務店。去年まで平和総業の関連会社だったけど、組の解散で独立した。地元に古くからある会社で、大垣組と太刀川工務店の間に繋がりはない」

「調べたのは会社だけですか？　もっと徹底していると思ってました」

神子都が少し不服そうに顔を上げた。

「これで徹底していないと言うの？」

夕紀乃は気分を害したようだ。

「誰がどのような形態で工事を依頼したのか、工事全体に影響を及ぼす人物は誰なのか。たとえば設計者とか、現場監督レベルの人物の氏名や来歴は？　そこに共通点があるかもしれません。関わった全ての人を確認する必要があります」

先回りされ、意地になっているようには見えなかった。

「未登録の地下施設で、物件によっては二十年以上前の話になるのに？」

「無駄にはなりません。捜査を通じて、警察のデータも蓄積されるはずです」

神子都は譲らない。

戦争の最たる負の遺産と言われることもある無数の地下遺構。

広島、長崎に続いて、朝鮮戦争でも原子爆弾が使われ、世界は全面核戦争の脅威に怯《おび》えた。一九五〇年、時の総理の『日本列島改造論』により地下建築物支援法が成立、全国に地下シェルターが爆発的に増えた。

その時、別の目的＝特に非合法な目的を持った無届けの地下施設も多数造られた。それが時とともに、受け継ぐ者や記録が失われ、未登録、未発見の地下遺構となった。

公的記録がない地下遺構は、そのまま犯罪組織や過激セクトのアジトにも利用された。

「現場の共通項が見つかれば、被疑者の絞り込みは容易になります」

神子都は断言した。

「なぜ言い切れるの？」

夕紀乃が挑発的に返す。

「旧山際邸に関して、犯人は第三層の情報しか持っていなかった、と考えたからです」

僕は驚いて言葉も出なかったが、神子都の口調は淡々としたものだ。「地下三層へ降りる機構は、二層にありました。犯人がその情報を持っていれば、武樋さんたちと一緒に入る必要はありません。でも危険を冒してまで姿を見せて一緒に中に入りました」

　第三層は別業者の施工――

「なるほど、第三層の内部は知っていても、降り方は知らなかったんだな。ならば、旧山際邸に関しては、施工業者の掘り下げは第三層のみでいいことになる」

　藤間は何かを合点したようだ。「恐らく第一層第二層と、第三層の施工業者が異なるように、第三層に降りる機構を造ったのも、また別業者の可能性が高いな」

「悪い、どういうことか説明してくれ、神子都」

　僕は割って入る。どうにも頭が混乱してしまう。「施工業者がなぜ重要なんだ？」

「地下遺構の研究には地道なフィールドワークが必要で、武樋さんや谷本さんのような直感型の人はごく希《まれ》なんです。そんな彼女たちでも一人ではどうにもできなかったと思います」

　メンバーの協力あってこそか。「切り裂き魔が若年の単独犯なら、研究者であるよりも最初から各地下遺構の情報、もしかしたら詳細な図面を持っていると考えた方が無理はないと思います。つまり、切り裂き魔はカンニングをしているんです」

　犯人がどこから情報を得たのか――それが施工業者からなら話は早いし、たとえば同じグループの業者なら、情報が一箇所に集まることも考えられる。

「共通項がはっきりすれば、我々が切り裂き魔を待ち伏せすることも可能になるな」

　藤間の意気が揚がる。

「なんで？」

再度僕が首を傾げると、藤間と夕紀乃が間髪《かんはつ》を容《い》れず「ばかか」とユニゾンした。

「過去三件と共通点を持つ地下遺構を把握できれば、先回りできる」

藤間が人差し指を立てた。「生け贄《にえ》か囮《おとり》が必要になるがな」

「あくまでも最終手段として、綿密な計画を組む必要はあるけど」

ともあれこれでバトンは警察に渡り、僕と神子都はお役ご免、また平穏な学生生活に戻ることができる――と思ったのだが、それは大間違いだった。

第二章　無垢と喪失

1　硫黄島《いおう》からの呼び声　二月二十八日　木曜　――風野颯平

囲炉裏端《いろりばた》に胡座《あぐら》をかいた老人は、お茶をすすってから伏し目がちに訥々《とつとつ》と語り出した。

「……資材はあちらさんが全部用意してくれてのう、工賃も破格だった」

広い板の間の天井は太い梁が剝き出しで、かつての豪農を思わせる日本家屋だ。

小柄で実直そうな老人の名は馬宮軌雄《まみやのりお》といった。

三十五年前、光が丘の地下娼館建設に携わった人物だ。旧軍では工兵特務大尉を勤め、終戦後は埼玉県川口《かわぐち》市で建築事務所を経営していたという。

現在七十七歳。今は引退し、息子夫婦とともに、埼玉県大宮《おおみや》市郊外にあるこの家で暮らしている。

「馬宮さんが携わったのは空調設備ですね」

相対する夕紀乃は、やや耳が遠くなった馬宮に大きめの声で訊く。

「全体の図面を引いて、現場監督みたいなことをしとった」

馬宮は応えた。「仲間も多くが死んだし、隠しておく義理もないな」

チャペル地下娼館の建設当事者——現場近隣の聞き込みを徹底し、当時、馬宮の下で働いていた元内装職人を見つけた夕紀乃の捜査班の成果だった。

九日ぶりの招集となった僕と神子都は、夕紀乃の後ろに控え、神子都は記録係に徹している。

「当時の設計図面などは残っていますか？」

「工事のあと全部燃やしたよ、米軍の監督官の前でな」

施主である米軍の指示だったという。「口外厳禁、身内にも話さない。それが高い工賃の条件だった」

地下娼館は政府や自衛軍、米軍の資料にも一切の記述がない。

「何を造っているのか察してはいたよ、言われるがままに造ったがね。我々は敗軍の兵だった」

馬宮の口許に悔恨の皺が刻まれる。「生きるために仕方がなかったなんぞ言い訳にもならん」

完成後、地下娼館に集められた女性の中には、十二、三歳に見える少女もいた——食い扶持《ぶち》を減らすために親に売られるなど、珍しいことではなかった。

「馬宮さんは旧軍で南海兵団第一〇九師団・独立混成第一三九旅団の工兵大隊に所属していましたね」

夕紀乃が本題に入る。「お話しした三つの現場ですが、その全ての建設に、独立混成第一三九旅団工兵大隊の生き残りの方が関わっています」

夕紀乃は資料を馬宮の前に置いた。

①練馬区光が丘、チャペル地下第三層、馬宮軌雄。空調技師
②杉並区久我山、元平和総業ビル、木村豊《きむらゆたか》。平良組元若頭補佐
③中野区松が丘、旧山際邸地下第三層、青田一郎《あおたいちろう》。電気設備技師

確認できたのは都内の三例だけだったが、捜査は着実に進展していた。

警察はマスコミを使って地下遺構の探索を当面自粛するよう呼びかけ、留年が決定した藤間も、気兼ねなく旧軍第一三九旅団工兵大隊が関わった地下遺構の調査に没頭している。ここに同行していないのも、それが理由だ。

「懐かしい連中だな」

馬宮は目を細め、文字を追う。「豊はヤクザになったのか」

この三人の中で、存命しているのは馬宮軌雄だけだった。

「木村さんは、現場となった地下室の建設の陣頭指揮を執ったそうです」

旧山際邸の第一層、二層については、建設時の登録と書類が残されていて、工兵大隊出身者は無関係だとすぐに確認できた。大隊関係者が加わっていたのは、第三層だけ。藤間の気づきがなければ、見つけだせなかった。

実践的な築城技術をもつ工兵大隊の生き残りたちは、戦後の地下施設建設ラッシュのなか、各地の建設会社、建設現場で引く手あまただった。

大戦末期、激戦地だった硫黄島を守備していたのが南海兵団だった。土木工事に優れた編制で、硫黄島に総延長二十七キロにも及ぶ通路が張り巡らされた地下要塞を建設、補給が断たれ、多大な犠牲を払いながらも終戦まで米軍に完全占領を許さなかった。

「犯人は記録から漏れ、人々の記憶から消えた地下遺構の中を跳梁《ちょうりょう》して、誰も知らない出入口から逃げています。つまりこの三件に関して、一三九旅団工兵大隊の生き残りか関係者から、未発見の地下遺構の情報が漏れているとしか思えません」

夕紀乃は馬宮の反応をうかがう。「我々は現状、何者かによって、地下遺構の情報が集約されている可能性があると考えています」

「聞いたことはないが」

馬宮は資料に目を落としたままだが、嘘をついているようには見えなかった。

「一三九旅団は硫黄島で最後まで戦い抜いた部隊。ともに死線をくぐり抜け、生き残った方々の結束が固いことは周知の事実です」

「確かに戦後すぐはそうだったが、もう大隊長含めて士官連中は大方が死んだ。若い連中も郷里へ散って、それぞれの人生を歩んでおる」

「建設に携わったのは、大垣組の依頼だったのですか?」

「話は大垣組からきたが、先方が米軍の指名があったと言っていたな」

「生存している元工兵大隊の関係者のリスト作成と、周辺捜査が必要になります」

馬宮家を辞し、近くの青空駐車場に戻ると、神子都は逸《はや》るように言った。「提案書、ここで書いていいですか？ 夕紀乃さんも本庁にそのまま持ち帰れますし」

「十五分程度なら待とう」

夕紀乃は腕時計に目を落とす。

「わかりました！」

神子都がワゴン車輛の後部座席に乗り込むと、夕紀乃は懐《ふところ》からタバコを取り出し、火を点けた。

「大隊関係者がわかれば、容疑者が絞れそうですね」

関係者の子息か縁者で、二十代の女性は限られるだろう。

「一つの可能性でしかない」

夕紀乃は紫煙を吐き出した。だが少なくとも地下遺構、中でも特定の部屋への拘りという神子都の見立ては強固になってきた。

少女趣味の噂が常に付きまとっていた山際邸の旧主。第三層にあった生活の痕跡と壊れた壁は、出たい、苦しいと足掻《あが》いた絶望の残滓だろう。部屋からは、武樋の指紋や毛髪のほかに、古い毛髪が採取されていて、若年の女性のものという鑑定結果が出ていた。

「久我山も、少女虐待が行われていた可能性がありますね」

久我山のビルも改めて鑑識が入り、地下二層の全ての部屋の壁紙、床を剝がしたところ、多量の古い血痕が見つかった。神子都の提案がなければ、発見できなかったのだ。

『久我山の地下二層は緊急避難所であると同時に、監禁と拷問も行われていた可能性が高い』

『監禁・拷問された被害者の中に、敵対組織幹部の妻や娘が含まれていた可能性がある』

その後の捜査で、そんな報告が上がってきていた。

「切り裂き魔は、亡くなった女性の魂の静謐《せいひつ》を守る墓守。そこを穢した人を誅殺する死神のような気がしますけど」

「結論を急ぐな」

夕紀乃が釘を刺し、ふと車輛を見遣る。窓越しに、提案書を書く神子都の横顔が見えた。

「……彼女との関わりは？」

夕紀乃から不意に問われた。「個人的な興味だ。わたしも機密を聞かされている」

「ある日突然、一方的にという形でした」

神子都との出会いは六年前、僕が中学三年の時だった。

『七ツ森神子都です。学校ではお世話になります』

父に紹介された神子都は当時十三歳で、少し緊張した面持ちで僕に頭を下げた。

父から、二年に編入してきた彼女の友人になるように言われたのだ。

『あとは世話役と護衛だな。彼女は人との接し方が未熟で、要らぬ誤解を生む』

父はそう付け加えた。なぜ僕なのか——なにかの間違いで剣道全中ベスト8になってしまったのが決め手だったと推測している。切れ者で剣豪・風野哲彦の長男なら間違いない——特に現場警察官の武道盲信ぶりは想像を超えていて、思春期だった僕も熱き期待の声に舞い上がっていたのだと思う。

確かに神子都は特異だった。

『先ほどまで非難していたのに、本人を前にすると賛同を示す意図を知りたいんです』

この一言で、教室の中で微妙な均衡を保っていた女子グループのパワーバランスを破壊し、疑心暗鬼を生み、グループ再編の呼び水を作った。

『好意を持たれることのメリットと、嫌悪を抱かれるデメリットは状況ごと、あるいは長期的な展望を加味してその都度判断すべきで、好かれることを絶対不変の基準にするのは合理的ではありません』

グループからはじき出されたが、ヒエラルキーにこだわるクラスメイトにそう言い放ち、一時登校拒否にさせるなど、万事直球で思ったことをそのまま口にする神子都は、すぐに孤立した。本人に気づいた様子はなかったが。

『人は理屈だけじゃない。だから人なんだ』

借り物の言葉だったが、僕は時間をかけて周囲との付き合い方を教えた。飲み込みは早く、半年ほどで、友人たちと〝普通〟の会話ができるようになった。ただ神子都の場合、相手の心を推し測り、理解するのではなく、自分が発する言葉で相手がどのような反応を示すのかデータを蓄積し、場や状況に即した最適な言葉を選ぶようになったのだ。

「事情はどこまで？」

夕紀乃は携帯灰皿に灰を落とす。

「革青連と、山小屋のことから」

僕は息をついた。「十八歳になった途端に、守秘義務の誓約書を目の前に置かれて聞かされたんです。晴天の霹靂《へきれき》ってやつです」

高校卒業までは、僕は神子都の友人であり、相談相手であり、護衛など名目だけだった。

「未成年だった君には酷な話だ。写真は見せられたのか?」

憐れむように言う夕紀乃に、僕は肩をすくめてみせる。

『これが彼女が背負っているものの一部だ』

誓約書にサインしたあと、父に写真を見せられた。警察が撮った捜査資料だった。

山小屋の暗い一室。太い柱にチェーンでくくりつけられた、十歳くらいの少女が写っていた。顔が酷く腫れていた。頬から首にかけて刃物のような傷が刻まれ、黒く固まった血がこびりついていた。髪は干からび、全身は薄汚れ、カメラを見つめるその瞳には生気も感情も見いだせなかった。

その少女の傍《かたわ》らには、少女以上にボロ雑巾《ぞうきん》のようになった女性の死体が横たわっていた。拷問を受けたようだ——父は説明した。

顔には刃物傷があり、歯の大半が失われ、腕や脚は肉が抉《えぐ》り取られた痕があった。

そこは標高一五〇〇メートルにある山小屋の地下貯蔵庫で、部屋の隅には破れた天窓から入り込んだ雪が積もっていた。

凄惨《せいさん》、などという言葉では到底表現できない有様だった。

少女は神子都であり、死体は彼女の姉だと聞かされた。

『彼女は少なくとも二週間以上この状態で過ごした。水も食糧もない状態で。雪を食べて命をつないだようだが、何があったのか詳しくはわからない』

父は不自然に言葉を濁した……ような気がした。『彼女は記憶もろとも心が破壊されていた。今は書いてあったことが全て消しゴムで消されたノートのような状態だ』

それで神子都の言動に合点がいった。僕と出会った時点で、まっさらなノートに社会生活の基礎を新たに書き込んでいる最中だったのだと。

『今は安定しているが、今後不意に記憶が戻った時は、彼女の保護に徹し、すぐに我々を呼べ』

神子都が背負っている過去――それは学生運動の暗い澱と檻の中にあった。

僕が物心ついた時、世は革命の嵐が吹き荒れていた。多くの若者が日本のあるべき姿について語らい、熱心な者は政治運動へと身を投じ、先鋭的な者は暴力革命を目指した。

帝都大隅田《すみだ》講堂占拠事件を象徴とする大学封鎖、籠城、警官隊との衝突は連日テレビで報じられ、小学生だった僕は、映画かドラマのような感覚で観ていた。鎮圧や摘発に駆り出された父が、時に負傷して帰ってくることが現実との接点だった。

その中でも象徴的な存在が、革青連＝革命的青年連合だ。

一九七〇年、いくつかの学生セクトが合流し誕生したこの組織を、警察は最も危険視していた。

彼らは暴力革命を是とし、銃砲火薬店を襲撃し猟銃と実包を多数強奪。その後に銀行を襲い、交番、警察関連施設、自衛軍施設、軍需産業関連企業への火力攻撃を繰り返した。

一方で、幹部である十和田麗子《とわだれいこ》による力強く知的で理路整然としたアジ演説は、その美貌も相まって多くの支持者を集めた。彼女を昭和のジャンヌ・ダルクと呼ぶ者もいた。

発行される機関誌も過激で、軍事教練の様子、他セクトの〝捕虜〟の尋問、裏切り者とされるメンバーに拳銃を向ける十和田麗子の姿が、まるで週刊誌のグラビアか、アクション映画のポスターのように掲載されていた。

しかし、警察の強硬な摘発で、二年と経たず力を失い、幹部の一部は海外に逃亡、十和田麗子を含む残ったメンバーは北関東の山岳に拠点を移し、息を潜めながら、来《きた》るべき警察との決戦に備え軍事教練を重ねた。

その時、十和田麗子が、組織の活動に当時小学生だった妹を連れて歩いていたという証言が、逮捕された元メンバーからもたらされた。

それが十和田美都子《みつこ》。七ツ森神子都の本名だ。

連れ歩いたのは緊急時に人質とするため、次代の扇動者、闘士として訓練、教育するためなど様々な説があった。

警察の包囲網が狭まるなか、革青連の中核メンバー二十七人は、密かに設営した山中の拠点＝ベースを転々と移動、時に警察と銃撃戦を交えながら、群馬県の赤城《あかぎ》山中へと至った。一九七二年の冬のことだ。

その終着点が、四人の男が猟銃を手に、管理人の女性と従業員を人質に山荘に立て籠もった赤城山荘事件だ。

彼らは海外逃亡の手段と資金を要求した。テレビは朝から晩まで現場を中継し、山間には銃声が響いた、

決着は五日後だった。警察は重機を使って山荘の壁を破壊、踏み込んだ機動隊によってメンバー二人が射殺され、一人が自殺。一人が逮捕され、人質は無事救出された。

最終的に警察官二名、取材中の記者一名が犠牲となり、負傷者は八人に上った。

しかし、真に恐ろしい事件が発覚したのは、そのあとだった。

拠点を移動中、多くの仲間が死んだ——逮捕されたメンバーが語った、山岳ベース事件だ。

供述通り複数の拠点から男女合わせて十六人の死体が見つかったのだ。死体には酷く暴行された痕跡があったという。

逃避行のなかで、指導部の作戦、方針に異を唱える者が相次ぎ、仲間内で亀裂が広がり、離脱者も出始めた。そんな中で生まれたのが『総括』と呼ばれる自己批判、反省を意味する行為だった。

当初は、言葉通りに機能していたが、物資が底をつき、状況が過酷になっていくなかで変質し、些細な意見の食い違いや愚痴が裏切りと見なされ、集団リンチへとエスカレートした。

暴行により命を落とす者、樹木に縛り付けられたまま放置され、衰弱死する者が日を追うごとに増えていったという。そこに十和田麗子、美都子も含まれていたのだ。

麗子は、安易な『総括』の乱発に異を唱えていたという。

『麗子と新しい組織を作るつもりだった』

赤城山荘に立て籠もった四人は、指導者とその側近を殺し、離脱してきた者たちだった。

山岳ベース事件は世間を震撼《しんかん》させ、革青連は求心力を失い、暴力的な学生運動自体への支持も急速に萎《しぼ》む結果となった。

逮捕されたメンバーは、全てを語らないまま拘置所で自殺、十和田姉妹の両親、祖父母も事件発覚後、謝罪の言葉を遺し自死した。

「救出したのが父の班だったみたいです」

山岳ベース事件唯一の生き残りとなった神子都を巡り、刑事部と公安が対立した。

刑事部、特に捜査一課の主眼は残りのメンバーを検挙し、事件の全貌を解き明かすこと。だから生き証人の神子都の記憶が戻ることを重要視し、治療とリハビリを主張した。

対して、公安は極左暴力集団のメンバー、アジトを割り出し、壊滅させることを目的としていた。そのためには神子都に拷問や薬物を使うことも辞さない姿勢だったという。

不穏な情報もあった。

——山岳ベースから見つかった死者の中に、公安の潜入捜査員がいた。

——警察に殉職者が出た銃撃戦で、子供が拳銃を撃つ姿を目撃した。

いくつかの情報がリークされ、脚色され、週刊誌や夕刊紙が報じた。市民や政治活動家の中にも神子都を殺人者と見なし、害意を持つ者が少なからず現れた。公安は〝事実確認〟と〝保護〟のため、神子都の身柄引き渡しを要求したが、刑事部は拒否し、今に至っている。

『公安の中にも、私怨含みの者がいる。神子都の記憶が戻ったとしても、彼女の身柄を公正に扱うとは思えないと判断した結果だ』

「彼女が顔や出自を変えたことは？」

マスコミは容赦なく、姉妹の写真を紙面に載せていた。

「聞いています」

神子都は傷を治療する過程で顔を変え、新たなプロフィールが用意された。

「神子都本人は信じているようですけど」

十和田美都子としての記憶を全て失った神子都に与えられた新たな出自は、事件の遺児だった。

七年前、革青連系の過激セクトによって、調布《ちょうふ》にある警視庁の官舎が爆破され、警官とその家族、合わせて七人が死亡した。神子都はそこで両親を失ったことになっていた。

当時公安関係者も住んでいて、実際の被害を知られないよう、発表された数字と実際の数字が異なっていることを利用し、ストーリーが創られた。天涯孤独の神子都の後見人となったのが、〝死亡した警官の親友〟だった藤間秀太郎というわけだ。

神子都は疑問を持つことなく受け入れたという。

『大きな精神的な衝撃を受け、それが今後の生存に害を為すと脳が判断し、記憶を封印したと担当医は言っている』

父はそう説明した。

担当医はアメリカで最新の精神医学を習得、研究し、帰国したばかりの気鋭だという。

『記憶は失われていない。隠されているだけだと説明を受けた。アメリカに症例があるようでな。自己防衛のための記憶、人格の分散と聞いた』

言葉や基礎的な常識に問題はなく、知能テストの結果は極めて優秀。ただ相手の考えや感情を推測する、勘案するという部分が欠落していた。興味を示したのは探偵小説で、それも極めてマニアックなパズラーと呼ばれる種類のもの。

神子都に残っていたのは、純然たる『なぜ、なに、どうして』であり、事実と観察と理屈を重ねた先にある解答だった。

そこに父と藤間の父、秀太郎が光を見た。

父は担当医を巻き込み、すでに終了した事件の捜査資料を取り寄せて、神子都に見せてみた。

都内で発生した殺人事件。隣家の騒音を巡るトラブルが動機と認定され、裁判も終え有罪も確定していたが、犯人とされた男が収監後も無罪を訴えていた。

彼女は資料を読み、ひとつの疑問を指摘した。〝余計〟な目撃情報が全体像を歪ませていると。

それは、事件発生から二箇月後に上がってきた、犯行直後の被疑者の目撃情報だった。これでアリバイが崩れ、捜査本部は被疑者逮捕に踏み切ったのだ。被疑者は目撃情報を否定したが、証言を覆《くつがえ》すだけの証拠がなく、その後犯行を自白、起訴に持ち込まれていた。

神子都の指摘は、目撃時の天候と、目撃者の位置だった。

『その日のその場所その時間帯は夕立の最中か、まだ雲は晴れていなくて、暗かったはずです。もしその方が赤信号の交差点で被疑者を目撃したのなら、目撃者の位置からは、対向車のヘッドライトが目に入ったはずです。顔は判別しにくかったと思いますが、指摘されていません』

目撃者が立っていた位置はT字路の上辺で、車も対向車を気にせずにライトを点していた場合、被疑者はシルエットになっていたと神子都は指摘した。彼女は独自に目撃された当時の気象情報を集めていたのだ。

確かに資料は夕立に触れていなかった。父は改めて資料を精査、捜査担当者に話を聞いた。結果的にその目撃情報は、捜査員により誘導されたことが濃厚となった。

事件は再審となり、決め手となった目撃情報は証拠として採用されず、自白の強要も認定され、被告人は無罪判決を受けた。捜査本部全体の焦りと、個人の功名心が、捜査の方向性を歪めた一件だった。

父と担当医は、何件かの未解決事件、再審案件の資料を神子都に開示し、そのすべての事件の全容を指摘するに至り、神子都の才能を確信した。

父は良心に従って間違いを正したが、当然の結果として警察に批判が集中した。

『多くの恨みを買った。脅迫も嫌がらせも受けた。その代わり心ある者たちの信頼を得た』

父は言っていた。

政治闘争が吹き荒れるなか、時の政権も警察の信頼回復が急務となった。政府主導でアメリカを参考にした科学捜査主義へ舵が切られ、民間の力を活かす『捜査コンサルタント』制度が定められた。

電子工学、化学、生理学、社会行動学、心理学などのエキスパートを特別捜査官として登用する制度で、自白に頼らない捜査の確立を目指したものだった。

警視庁では警備部、特に公安が反対したというが――

『捜査コンサル制度だが、神子都の才能が活かせると思ってな』

彼女に居場所を作り、さらに彼女自身の価値を高め、警察内の不協和音を少しでも静めようとする意図もあったという。

神子都は中学を卒業すると、高校に通いながら捜査コンサルタントの資格試験に向け訓練に入った。

驚いたことに、柔術や警棒術など、近接格闘術の基礎が体に染みこんでいた。試しに訓練用の拳銃を与えたら、手慣れた様子で分解、組み立てができた。

革青連で実践的な軍事教練を受けていたことが、改めて浮き彫りとなった。

『どうしてできるのかわかりません』

一番驚いていたのは、神子都自身だった。

一年間の勉強と訓練を経て資格試験に合格、さらに半年間の実地研修を受け、捜査コンサルタント、七ツ森神子都が誕生した。

「好きなの？　彼女のこと」

ド直球な質問だったが、彼女の表情を見ればそれが牽制であることは読み取れた。

「質問の意図を確認したいです」

「彼女は言われたことを実行するだけの人形にしか見えない」

神子都のサポートに迷いがあるようだ。

「最近は、そうでもないんですよ」

花見を楽しみと言った神子都――「だから、好意を抱き始めています。人としてですが」

記憶と感情を失いながらも、何事にも真正面から純度百パーセントで挑む神子都を、心から護りたいと思うようになっていた。

「そういうものか」

完全に納得はしていないようだったが、夕紀乃は最後の紫煙を吐き、タバコを携帯灰皿に押し込んだ。

後部ドアが開き、神子都が顔を覗かせた。

「電話が鳴ってます！」

夕紀乃が運転席に乗り込んで受話器を取った。

僕も後部座席に飛び乗る。

運転席と助手席の間には、電話機が設置されていた。去年からサービスが始まった自動車電話で、一部の警察車輌で試験運用されている。警察無線は傍受されやすいため、秘匿性が高い会話は自動車電話が使われていた。

危急の何かが起こったようで、受話器を持つ夕紀乃の横顔に険しさが刻まれる。

「現場は……わかりました」

夕紀乃は受話器を置くと、「ばかどもが」と呟きつつエンジンをかけた。

「何があったんですか」

「地下遺構に無断侵入したグループがいる。詳細は確認中だが、保谷《ほうや》署と風野管理官旗下の捜査班が急行している」

「中止勧告は？」

「公安に阻まれているみたい」

「どういうことっすか」

「公安は彼らの動きに便乗して、勝手に犯人邀撃《ようげき》作戦を始めている、刑事部《こちら》には一切の連絡もなしに。これが公安のやり口。藤間が気づかなければ、全て秘密裏に実行されていた」

藤間が――？

「現場は保谷市東伏見《ひがしふしみ》にある資料館地下」

「武蔵関《むさしせき》公園に隣接する旧陸軍鉄道資材庫跡ですね」

神子都が即座に脳内データを引き出す。「富士見《ふじみ》池のほとりにある戦争遺構で、戦後は米軍が接収して拡張した施設です。一三九旅団の方が関わっていてもおかしくありません。同行させてください」

「危険なことは慎むなら」

夕紀乃は怒りを抑え込むように唇を結ぶと、車を発進させた。

「まずは探索をやめさせること。そのあと、藤間と合流して抜け道がないか探索する」

しかし荒川《あらかわ》を渡り、笹目《ささめ》通りから富士街道に入り、現場まであと十分となったところで、探索グループが襲われ、死傷者が出たと連絡が入った。

2　切り裂き魔を捕縛せよ　同日——風野颯平

武蔵関公園の正門周辺にはすでに複数の警察車輌、救急車輌が停められ、警察官の動きも殺伐としている。『都営・武蔵関公園』の木製看板の奥には鬱蒼《うっそう》とした木々が広がり、その奥には緑がかった水をたたえた池と煉瓦造りの建物が見えた。

路肩に車を停めると、救急隊員がストレッチャーを押しながら正門を出てきた。横たわる女性は目を開けていたが、動く気配もない。首元に巻き付けられた止血帯は真っ赤に染まっていた。

胸に冷たく鋭利な金属を押しつけられたような感覚に囚われた。

——大丈夫だからね！　すぐ病院に連れて行くから！

救急隊員は声をかけながら、慌ただしくストレッチャーを救急車に乗せる。

「くそ！」と声が聞こえ、夕紀乃がハンドルを叩いた。

喧噪の中、藤間が待ち構えていた。横に背広姿の刑事を従えている。

背広が敬礼しつつ助手席に、藤間が後部座席に乗り込んできた。

「来て早々に悪いが、車を出してくれ夕紀乃さん。行き先は電電公社研究所前。事情は走りながら。目的は切り裂き魔の捕縛。急ごうか」

「待てよ、神子都を危険にさらすようなことはできない」

僕も語調を強くする。誓約書にサインした護衛としての責務がある。

「そのための私ですよ」

助手席の刑事が言った。「一課の古田《ふるた》です。お見知りおきを」

顔は知っていた。父の部下の一人だ。

「捕縛に二人だけ？　やる気が感じられない」

「追って応援が来る。ことは急を要するんだ、車を出してくれ」

藤間が急《せ》かすと、夕紀乃は荒っぽく車を切り返し、アクセルを踏む。

「風野管理官の指示か」

夕紀乃が前を向いたまま問うと、藤間が「要するにこの局面で巧遅より拙速を選んだのさ」と偉そうに宣った。

地図で確認すると、電電公社研究所は、公園から青梅《おうめ》街道を挟んだ向かいに位置していた。直線距離で数百メートルと言ったところだ。

「公安の邀撃作戦って、どういうこと？」

夕紀乃が苛立ったように訊く。

「公安の協力者が探索グループに紛れ込んでいたようです」

姿勢を正した古田が応える。公安は新左翼政治セクトや過激派グループに〝S〟、協力者を潜り込ませるのが常套《じょうとう》手段だ。「彼らを餌にしたんでしょうね。あるいはSが探索を誘導したとしても驚きませんよ」

「人の命をなんだと……」

夕紀乃の声が震える。

「今しがた特殊班が内部に突入、被疑者の捜索に入りました」

「公安の動きは？」

「監視任務と称して、三十人規模で石神井《しゃくじい》川周辺を固めています」

地図を見ると、公園内の池＝富士見池は南北に長い楕円で、旧陸軍鉄道資材庫跡はその中央付近の西岸に建っていた。富士見池の水は石神井川から流入し、また石神井川に流れ出ている。旧山際邸も、久我山の旧暴力団ビルも、抜け道は川への導水管だった。

「被害者は」

「侵入したのは京元《きょうげん》大の地下研究サークル。三人が胸を切り裂かれて搬送されました。二人は救出された時点で呼吸心拍とも停止。もう一人も状態がよくないと聞いています」

「ここも旧陸軍鉄道資材庫跡も戦後の改装に一三九旅団の生き残りが関わっている」

藤間が補足する。「武蔵野図書館の戦史資料室で文献と図面を見つけたんだが、用途不明の区画がいくつか描かれていた。京元大の連中が入ったのはそこだろう。設計者は杵屋《きねや》宗一郎《そういちろう》。旧軍では陸軍少佐で、独立混成第一三九旅団工兵大隊の大隊長副官だった」

米軍は施設の返還の際に、用途不明区域を破壊、管理を引き継いだ東京都も強度不足と判断、その区域を立ち入り禁止としたという。

「主宰は優秀だが山師だ。京元大のセクトとも距離が近く、公安の監視対象だった」

藤間もここ数日、各大学の地下探索グループと連絡網を構築、〝要注意サークル〟の動向を追い、今日になり京元大グループの動向を摑んだという。藤間は父の捜査班に通報後、武蔵野図書館で旧陸軍鉄道資材庫の情報を集めたようだ。

「公安さんも現場の共通点を摑んだのですか？」

神子都が訊いた。中野の旧山際邸は、脱出路の情報は開示されたが、第三層のみが一三九旅団工兵大隊という共通点は秘匿され、夕紀乃以下少数の一課捜査員しか知らないはずだ。

「生け贄を用意して三十人態勢を組んだんだ、その可能性は十分ある」

藤間は言外に警察内で情報が漏れている可能性を示唆《しさ》する。「単純に学生セクトの動きを追った結果の可能性もあるとは思うが」

「人の命が懸かっているんだろう」

僕の中でも沸々と怒りが湧き上がった。

「切り裂き魔を捕まえて、未発見の地下遺構の所在を吐かせれば、それだけ地下に潜ったセクトの捜索に活かせるかもしれない。切り裂き魔の情報を利用し、未発見の地下遺構にセクトを誘引できるかもしれない。将来的なテロ犠牲者を減らすこともできる。そんな論法なのさ。公安の目的は新左翼過激派組織の壊滅。切り裂き魔はそれを推進させる情報を持っている。切り裂き魔を捕縛して利用するほうが有益だと考えているんだ」

本職の警察官を前に偉そうにと思ったが、前席の二人が反論しないところを見ると、事実なのだろう。「当然、刑事部にその身柄を押さえられたくないわけだ」

革青連の情報を記憶の中に秘めている神子都のように――か。

「刑事部の情報が漏れているんですか」

酷だとは思ったが、僕は前席の二人にど真ん中の直球を投げた。

「可能性はなくはない」

夕紀乃が小声で応えた。「それでも前に進まなければならないのが警察だ」

車は青梅街道との交差点を越え、住宅街を抜けると五日市《いつかいち》街道に出た。目の前は広大な敷地を持つ電電公社研究所の正門だ。

道幅は広く、小さな川沿いに車を寄せた。

「それで、なぜ電電公社前なんですか」

神子都が興味を示したのは〝切り裂き魔捕獲〟ではなかった。「これまでの例を考えれば、石神井川周辺を固めるのは正解だと思うんですけど」

「これだ」

藤間は折り畳まれた紙片を取り出すと、神子都の膝の上に置いた。

「随分古い……これ旧軍の地図ですね！」

一九四四年の保谷《ほうや》付近の地図で、機密の押印があった。旧陸軍資料の複写のようで、陸軍鉄道資材庫が描かれていた。武蔵野図書館から警察権限で借り受けてきたものだという。

「颯平君、その地図を見せてください」

神子都は膝の上で旧軍地図と道路地図を見比べる。

「何かわかるか？」

僕も旧軍地図を覗き込む。現在の武蔵関公園から電電公社研究所の一帯は、巨大な軍需工場になっていた。

「工場だったんだな」

「注目すべきは鉄道の終着点だ」

藤間の言葉に、夕紀乃が「鉄道？」と聞き返した。

電電公社研究所一帯に鉄道の駅はない。国電の中央線と西武線に挟まれた中間点あたりだ。

「いいか、電電公社研究所一帯は戦前から戦中、巨大な航空機工場だった。それでこのあたりまで南は三鷹《みたか》、武蔵境《むさしさかい》から、北は西武線東久留米《ひがしくるめ》から資材運搬用の鉄道線が引かれていた。空襲で破壊されて、今は残っていないが」

藤間は地図を指さす。「西武線側の終着点は鉄道資材庫。国電側の終着点は航空機工場。この二つの鉄道の終着点を繋ぐ資材運搬用の地下道の記録があった」

神子都が「なるほど！　その考えは支持できます」と感嘆した。

切り裂き魔が知られていない通路を使って、この近辺に逃げてくる可能性が十分あるのだ。

藤間は地下遺構の調査についてだけは労力を惜しまない。

「本命の資材庫跡周辺と石神井川は、公安が押さえたんだろう？　ならおれたちは別の可能性を探る。これまでの犯人の動きを見たら、こっちのほうが分《ぶ》のいい賭けだと思わないか？」

旧軍地図にも道路地図にも、五日市街道に沿うように小さな川が描かれていた。

「狙いは千川《せんかわ》上水か」

僕も藤間の意図に気づいた。川沿いは並木の遊歩道となっている。

「事件発生から三十分と経っていない。切り裂き魔がまだ中にいる可能性もある。後続を待つ時間はない」

古田が拳銃をホルスターごと夕紀乃に手渡した。〝拙速〟を見越して事前に用意していたようだ。

「二手に分かれましょう」

夕紀乃も腹を決めたようで、拳銃の動作をチェックする。「わたしと古田で行く。古田も不審人物を見つけても近寄らないで。位置を通報して、応援を待つこと」

「承知してますよ」

「君たちはここで待機。危険を感じたら車に籠《こ》もって」

伸縮式の警棒を手渡された。「あなたは護衛の任を果たしなさい」

拳銃を懐に忍ばせた夕紀乃と古田は、車を起点に上流と下流に分かれて、木立の中に消えた。

藤間は車載電話で父の捜査班と連絡を密にし、僕は警棒を手に車外に出て周囲を警戒した。

後続の車輛がやって来たのは十分後だった。藤間が状況を伝え、応援の捜査員たちが夕紀乃と古田と合流すべく上流と下流に散った。

胸を刺された古田が発見されたのは、さらにその十分後だった。

陽が落ちた千川上水のほとり。木立に囲まれた住宅街で、複数の赤色灯の光が乱舞している。警官たちが拳銃を手に慌ただしく散開していき、周辺には非常線が張られつつあった。

「申し訳ありません……油断しました」

救急車が到着し、応急の止血処置をしてストレッチャーに横たわった古田は、痛みに顔をしかめながら報告する。「年齢、性別は識別できませんでした。服装は……上下黒のジャージ。帽子とマフラーで顔はわからず。格闘技の訓練を受けた者の動きです」

「わかったから、もう喋るな」

夕紀乃が表情を歪めながら声をかける。首筋から右胸にかけて、血の染みが広がっている。古田は千川上水沿いの茂みに立つ不審人物を発見し、連絡のため無線機に視線を落とした隙に刃物で襲われたという。防御姿勢をとって左胸への直撃は避けたが、右胸を刺され、首の付け根を浅く切り裂かれた。

「あとは任せて」

夕紀乃が送り出し、古田は搬送されていった。藤間は腕を組み、珍しく仏頂面で口を結んでいる。さすがに堪《こた》えたのか。

気がつくと、神子都が周囲を忙しなく見回していた。

「何か見つけたのか」と彼女の耳元で囁く。

「若い女性が多いです」

野次馬が集まっているが、確かに僕らと同世代の女性の姿が目立つ。

「近くに女子大がある」

藤間が言った。すでに春休みの時期だが、サークルやクラブ、研究活動があるのだろう。

「切り裂き魔が若い女なら、遠くに逃げる必要はないわけだ」

「この中に紛れている可能性もあるのか？」

僕は小声で言う。木を隠すなら森へ――なのか？

「なくはない。野次馬の写真を撮るよう夕紀乃に進言しておいた」

その後一時間経っても二時間経っても、不審者捕縛の報は届かなかった。

武蔵関公園・旧陸軍鉄道資材庫跡の立ち入り禁止区域に侵入した京元大学地下探検サークルのメンバー八人のうち五人は無事だったが、主宰を含む三人の死亡が確認された。

さらに捜一特殊班と捜索班が古田が襲われた地点周辺を捜索、閉鎖された旧水道塔に併設されている井戸の中に小さな扉を発見した。進入したところ、未発見の地下道に通じていた。

翌日の調査で、人が通った痕跡があり、通路の先が旧陸軍鉄道資材庫跡の立ち入り禁止区域に繋がっていることが確認された。

戦争遺構の研究者にとっては、それなりに歴史的な発見ではあったが、同時に古田を刺した不審者が、事前に内部構造を知っていたことを意味していた。

公安は不審者を取り逃がした捜査一課を非難、藤間が示した地下運搬通路の情報を伝えなかったことに対し、強く抗議してきた。

――連携が取れていれば、確保の可能性は飛躍的に高まったはずである。

『子供じみた意趣返しだ。気にするな』

これは抗議を受けた夕紀乃の言葉である。『だけど、我々が最良の方法をとらなかったのも事実。公安の言い分自体は正論だし』

3　錬成会の美女　三月八日　土曜　――風野颯平

キエー！　オルゥア！

高い天井に気勢、熱気が籠もった声と、床を踏む音、竹刀と竹刀が弾け合う音が乱反響している。

綺麗で上質で整備が行き届いた床が心地いい。設備も最新で開放感のある国際基準仕様だ。

久々の副島逍遙《そえじましょうよう》記念国際武道センター。帝都大創始者の名を冠した武道専門競技場で、剣道、柔道の国際試合も開催される武道の聖地でもある。

僕はここで帝都大剣道部主催の錬成会に参加していた。

二日前に急に決まり、創士館へ参加要請があった。創士館本隊は今日横浜《よこはま》遠征だったが、四天王の一人が来てくれればそれでいいという条件で、僕だけが本隊を外れ、ここに来ることになったのだ。ほかに近隣の順正堂《じゅんせいどう》大、聖架学院大剣道部が参加していた。

体調はすこぶるいい。帝都大剣道部も関東学連トップクラスの実力を持つが、全日本選手権五連覇中の創士館から見れば、普通の強豪でしかない。僕はそこで帝都大、順正堂大の猛者、聖架学院大のザコたちを蹴散らしつつ、時間を見つけては女子の試合場を見遣《みや》った。気になって仕方ないのは、強豪に挑む、『聖架学院・七ツ森』と刺繍された前垂れを着けた剣士だ。

構えはそれなりにサマになっているが、時々見せる妙ちくりんな剣さばき、左右へフェイントをかけるような足さばきで注目を浴びている。

——聖架学院女子の秘密兵器か！

そんな声も聞こえてきた。

神子都には二日かけて剣道の実践をみっちり教え込んでいた。元々格闘技、警棒術の素養があり、飲み込みは早く、踏み込みのスピードは申し分なかった。体に染みこんだ癖を直す時間はなかったが、それが逆にトリッキーな動きとなり、躊躇《ちゅうちょ》なく相手の懐に飛び込む荒々しい攻撃で、強豪を時に翻弄していた。

これで剣道歴二日と誰が思う。

数試合を終えた神子都は、次に『御坂《みさか》』と刺繍された剣士と向かい合った。

僕と神子都がこの錬成会に参加したのは、彼女と会うためだった。

二日前、藤間に呼び出された。

訪れたのは、聖架学院大の中央棟の地下にある、巨大書庫の片隅。居並ぶ黒い書架の列の狭間にソファとテーブルが設えられた〈東京地下世界《アンダーワールド》〉の研究室だ。

ソファにふんぞり返る藤間の対面に座ると、しばらくして神子都がやって来た。

「早かったですね」

神子都はノートを手に、僕のとなりにちょこんと座った。

「揃ったな。始めようか」

藤間は身を起こすと、僕の前に一つ封筒を置いた。『帝都大学体育会剣道部・春季特別錬成会参加依頼』と流麗な文字で記されていた。

「うちの剣道部から相談を受けた。風野は神子都を連れて出てくれ。創士館にも話を通した」

創士館の監督は藤間の狗《いぬ》だ。

「錬成会ってなんですか？」

神子都が訊いた。

「複数の学校が集まっての合同練習とか練習試合みたいなの」

藤間に向き直る。「出るのは別にいいけど、なんで神子都を連れて行く必要がある？」

「参加依頼の中身が、地下遺構探索依頼だった。まず読め」

僕は封筒から便箋を取り出し、内容を検《あらた》めた。都内の地下遺構を調査して欲しいと書いてあったが、所在地など詳細は一切書かれていなかった。

差出人の名は、『帝都大学・御坂摩耶《まや》』。

「このご時世に地下探索？」

藤間のサークルには時折、個人法人問わず調査依頼が舞い込んでくる。恐らく聖架学院大学理工学部の名に騙されてのことなのであろうが。

「警察の勧告を無視しています。受けてはいけません」

神子都も咎《とが》めるように追従した。「必要ならお説教も」

「最後まで読んでみろ」

藤間に促され、僕は続きを読み進めた。そこには自分が地下遺構の調査を行うことを家族や親族を含め周囲に知られたくないこと、それゆえに公的研究機関ではなく、アマチュアの第一人者である藤間秀秋を選んだこと、しかし直接会うことに慎重になっていること、さらに自分には監視がついているという疑念があることが書き記されていた。

「家族に知られたくないのは、目的が邪《よこしま》だからか？」

僕は便箋をテーブルに戻した。「例えば窃盗とか」

「それはわからない。受諾するかどうかの判断は会ってからすればいい。錬成会は先方がおれたちと自然な形で会うために企画したようだ」

「それだけのために？」

「それだけのことができるんだ、彼女は」

藤間はソファに放ってあった週刊誌をテーブルに置き、グラビアページを広げた。

《御坂家次期当主は美女剣士》

そんな見出しとともに、道着姿の凜々《りり》しく美しい女性が写っていた。

「彼女が御坂摩耶さ」

法学部で国際政策研究会の副会長……学園生活を切り取ったスナップの数々。剣道部員ではないが、時々稽古に参加するらしい。

「伯父は〈帝洋地所《ていようじしよ》〉の会長で、〈帝洋建業〉〈帝洋テック〉などグループ企業でも要職を務める室洋圭佑《むろなだけいすけ》。父は〈帝洋建業〉の副社長」

財界系のお嬢様か――藤間と同種の人間のようだ。

「参加依頼状は郵便ではなく聖架学院大剣道部を通じて、直接おれに届けられた。大学同士の錬成会なら参加するのは選手と関係者のみ。全員身分がはっきりしているし、盗聴の危険も少ない」

「用件はわかった。でも女子部の御坂さんとどう接触すれば？」

帝都大はガードが堅い。ましてや良家のお嬢様だ。

「神子都を聖架学院大剣道部員として送り込む」

神子都を御坂摩耶と対戦させ〝意気投合〟を演出、親睦を深める、という筋書きだった。

神子都が、御坂摩耶と相対した。面越しでもその美貌がわかる。前垂れに『眉目秀麗』と刺繍されていても誰も異議を唱えないだろう。剣の腕前も、帝都大剣道部のトップと遜色《そんしよく》ない。

会場が一瞬、静まりかえる。

始めの声。神子都は変幻自在のステップで、左右に動いたが、摩耶は惑わされることなく、正面から踏み込んで、立て続けに一本を取った。

会場に拍手が響く。

幾度目かの鍔迫《つばぜ》り合いの時、神子都が何かを話し、摩耶も小さくうなずくのが見えた。

「気になるかい？」

帝都大の主将から声をかけられた。「本来なら彼女が主将の器《うつわ》なんだが、どんなに誘っても入部してくれない」

「真っ直ぐで正々堂々とした太刀筋ですね」

一応それらしい感想を言っておく。先が読みやすいともいうが。

「あの聖架学院の子も結構面白い。今は才能だけで戦っているみたいだが、鍛えれば相当な選手になる」

さすが帝都大、本質を摑んでいる。結局摩耶は神子都と十本近く戦い、彼女に興味を持ったことを周囲に印象づけた。

さらに帝都大女子剣道部主将が、僕を対戦相手に指名してきた。予定調和のエキシビションだ。彼女も全国クラスの猛者で、手を抜くのは失礼なので、技を全部受けたあと、二本連続カウンターを決めた。

そこで摩耶が対戦の名乗りを上げた。これも予定通りの行動なのだろう。

面の奥からの視線に一点の曇りもない。中段に構えると同時に、彼女は鋭く打ち込んできた。小手にわずかな隙があったが、あえて受け、流した。彼女はあしらわれたと感じたのか、ムキになって攻め込む。

頃合いかと鍔迫り合いに持ち込んだ。

「僕も藤間の遣いで来ました」

「後ほどうかがいます」

涼やかな返事。ムキになったのは演技か。直後に一本取ると、悔しがるように二本、三本と対戦を求めてきた。さらに強気に攻め込み、周囲が沸いた。

僕的には充実した錬成会だった。

4　山荘への誘い　同日　――風野颯平

一人で来たせいか、控え室は個室をあてがわれていた。

シャワーで汗を流し、着替えて寛《くつろ》いでいると、ノックもなく扉が開いて藤間が入ってきた。素知らぬ顔で、聖架学院大剣道部のジャージを着ている。

「コンタクトは問題なしだな」

藤間はスポーツ飲料が入ったボトルを僕の前に置いた。流行の、粉末を水で溶いたものだ。

「それでこのあと、さりげなく彼女と会えと」

僕はボトルを手に取り、薄味の飲料を飲む。

「その前に御坂摩耶との手合わせの感想は」

「相手は女性だし、力の差は……」

「そうじゃない、剣士としてだ」

藤間の意図が読めない。

「稽古と研鑽《けんさん》を重ねたのがわかる。だから神子都の変則的な動きにも惑わされなかったし。逆に言えば、基本に忠実すぎて次の手が読みやすかったけど」

「なるほど。それで殺気は感じたか？」

「殺気？　真っ直ぐな熱意は感じたよ。正々堂々、小細工はしないタイプだね」

「そうか、邪悪な心は見いだせなかったと。神子都と同じ答えだな」

「どういう意味だよ」

「先入観なしの感想が欲しかっただけだ」

「なんの先入観！」

「彼女の祖父は御坂忠藏《ちゆうぞう》だから」

知っているか？　と問いかけるような表情を向けてくる。

「確か、政治家だよね」

認識はその程度だ。「少し前の大臣だったか」

藤間は若干の失望を臭わせつつ、首を一度だけ横に振る。

「戦後すぐ衆院議員になって与党三役、国防大臣、建設大臣を歴任しながら、東西冷戦の中、来るべき核戦争に備え地下建築物支援法の制定に奔走し、時の総理を焚《た》きつけて、核シェルターと地下要塞の建設推進を進めた張本人さ」

財界と政界の繋がりは密接で、特に驚くことではなかったが――「それで去年、脳溢血で急逝した。割と大きなニュースになったが、知らないのか」

「勉学に剣道に忙しかったから……」

「御坂忠藏は元々軍人で、退役後に実家が営む建設会社を継いだが、戦争が始まると技術士官として旧陸軍に復帰した。マレーシア、シンガポールで陣地や要塞建設に携わるなか、戦局の悪化に伴い転戦、相次ぐ指揮官の戦死で部隊の長となり、硫黄島で終戦を迎えた」

部隊の長、硫黄島で終戦――

「その時の役職は南海兵団第一三九旅団工兵大隊、大隊長」

そこで事の重大さに気づいた。

切り裂き魔事件で、神子都が割り出した犯人像は、若い女性であり、未発見の地下遺構の情報を得る立場にある者。事件があった地下遺構の建造には、第一三九旅団工兵大隊の生き残りが関わっていた。そして、戦後も戦友が造った地下遺構の情報が然るべき人物の元に集まっている可能性を、神子都は指摘していた。

「彼女は容疑者候補なのか？」

ようやく、殺気の有無を問うた藤間の意図を理解した。「まさか……彼女が殺人犯のわけがない」

「よろしい、容疑者の条件を満たす人物は彼女だけではないからな。このあと親睦会がある。そこで御坂摩耶と会う」

藤間は言い残すと、控え屋を出て行った。

十五分後、選手用ラウンジに足を運ぶと、汗を流しさっぱりした男女が、コーヒーや軽食を挟んで、談笑していた。僕も呼び止められ、最初の三十分は帝都大のむさい連中との交流に使った。真面目な技術論や、創士館大の稽古法など質問攻めにされた。

気づくと、私服に着替え、小さなバッグを肩に掛け髪を下ろした御坂摩耶がテーブルにやって来た。

黒いセーターにチェックのスカート。元来の美しさに加え、理知的で、物怖《ものお》じしない芯の強さも垣間見える。

僕を囲む古武士モドキどもが黙り込んだ。

「少しいいかしら、風野さん」

言葉は素っ気ないが、春先の微風のような心地よい響きだった。引き止める者はおらず、羨望の眼差しのなか、僕は平静を装いつつ彼女の誘いを受けた。

片隅の丸いテーブルが、面会場所だった。籐製の衝立《ついたて》が置かれ、周囲からは見えにくくなっていた。テーブルにはすでに即席剣士・神子都と、ニセ剣道部員・藤間が待っていた。

「改めまして、御坂摩耶です」

摩耶が、藤間の向かいに掛けた。僕も空いている席に座った。

「素晴らしい太刀さばきでした。動きが読まれているとわかっても、対処ができなかった」

摩耶は僕に言い、藤間に向き直る。「こんな酔狂《すいきょう》に付き合ってくれてありがとう」

「酔狂だったから興味を持った次第。藤間秀秋です」

藤間は右手を差し出した。

「でしょうね」

御坂摩耶は微笑で握手した。「この変わった剣士さんと藤間さんがお友達だったなんて」

「サークルの後輩ですよ。風野は一応幼馴染みでね」

「では始めさせていただきます」

神子都がノートを広げて、杓子定規《しゃくしじょうぎ》に話し出す。「まずは探索対象となる地下遺構の場所と状態をお願いします」

摩耶は若干戸惑ったようだが、すぐに切り換えて表情を引き締めた。

「住所は東京都西多摩《にしたま》郡奥多摩《おくたま》町原《はら》××。地図を持参しているから」

摩耶はバッグから、折りたたまれた地図を出してテーブルに広げ、さらに三枚の写真を僕らの前に置いた。山間に広がる緑と、青い湖面の写真がまず目に入った。

「奥多摩湖か」

藤間が写真を手に取る。もう一枚には、緩やかな斜面に建つ、尖った屋根の北欧風の建物が写っていた。三階建てで、壁は白と木目がバランスよく配置されている。尾根を切り拓いた土地のようで、周囲には広い芝生と樹林が広がっていた。

地図を見ると、この建物は奥多摩湖を見下ろす御前《ごぜん》山の中腹にあった。

「名はケイウンソウ」

摩耶が別荘の名を告げた。神子都が表記を尋ね、『景雲荘』とノートに書き込んだ。

「ところで、これはなんですか？」

神子都が指した三枚目の写真には、尾根の急斜面に張り付くように建てられた縦長の小屋が写っていた。屋根と柱だけの東屋《あずまや》で、中には石造りの大きな窯《かま》が階段状に並んでいる。

「登り窯だよ」

僕が陶器を焼くための設備だと説明すると、藤間が「御坂忠藏氏が陶芸を趣味としていたのは有名だった」と補足を入れた。

「そう。愛好家の方たちを招いて、陶器を焼くのを何よりも楽しみにしていて」

摩耶も幼少期から、彼らの陶器づくりを見学したり、時に手伝ったりしていたという。「わたしも、夏休みにここに行くのが楽しみだった」

摩耶は成城《せいじょう》在住だが、長期休暇の時には、祖父と景雲荘で過ごすことが多かったという。

「去年の冬に祖父が亡くなってからは、行けていないんだけど。いろいろ整理しなければいけないことがあるのに……」

摩耶は少し寂しげに息を吐いた。「それ以前に、立川地震で母屋の二階が壊れていて、そのあとの大雨で山道も崩れてしまって、今は立ち入り禁止になっているの」

現在は景雲荘とその周辺は、御坂忠藏が遺した基金を利用し、管財人が管理しているという。

「管財人は祖父が指名した法律事務所で、所長が祖父の陶芸仲間だったの。わたしも小さい頃からよく知っている人」

「この山荘に地下遺構があるんですね」

神子都の問いかけに、摩耶は思わせぶりに小首を傾げる。

「それがわからないから、一緒に探したいというのが依頼」

「所在不明ですか……」

神子都は少し戸惑ったようにノートに書き込む。「管財人さんの了承を得ずに侵入するのでしたら、協力はできません」

「所有者はわたし。管財人はわたしが成人するまで管理を代行しているだけ」

摩耶はさらりと応えた。庶民は驚くところなのだが、神子都は無反応で、藤間も「なるほど」と軽く受け流す。

「土地と建物は祖父の遺言からわたしが相続した。ただし二十歳《はたち》になるまでは、管財人の指示に従うという条件で」

「では、管財人の許諾はあるのですか?」と神子都。

「必要ない。来週二十歳になって、所有者としての義務と権利がわたしに移るから」

「所在不明の地下遺構に関して、都への登録や記録はないのですか?」

「ない。確認済みよ」

「では、もし存在したら、違法建築の可能性がありますね」

神子都がプリミティブな正義感から、摩耶に咎めるような視線を送る。

「それも所有者として確認すべきことなので」

「地下建築物支援法制定の中心となったのは、御坂忠藏議員でしたね。とても清廉で自己に厳しかった政治家ですが、お祖父さんの違法行為を疑っていらっしゃるんですか」

神子都は相変わらず、相手に忖度しない。だが、地下建築物支援法制定の立役者の別荘から、違法な地下建築物が見つかるのは小さくないスキャンダルだ。帝洋グループの看板にも傷がつくだろう。所有者としても孫としても、専門業者や公的機関に調査は頼めまい。

「地下建築物の有無について、管財人は承知しているのですか?」

「知らないと思う」

「では、違法な地下建築が存在すると思い至った根拠を教えてください」

「幼少期の曖昧《あいまい》な記憶かな?」

摩耶は一瞬少女に戻ったかのように、遠くを見つめる。「大きくなったらお城を見せてあげるって祖父に言われたことがあるの。大人になったらわたしに譲るって」

「御坂氏は日本の地下要塞化を進めた張本人さ。景雲荘に地下要塞があったとしてもおかしくはない」

藤間が勿体ぶったように言い、摩耶に視線を向ける。「今探索する目的を知りたい。警察の警告を知らないわけではあるまい。切り裂き魔が跋扈《ばっこ》する東京で、あえて危険を冒す目的は」

「存在すら曖昧な地下遺構を、切り裂き魔が知っているとは思えない。これがひとつ」

摩耶が視線をずらし、少し肩をすくめる。「もうひとつは、少し厄介な噂があって……それを白黒はっきりさせたい。でないとわたしが殺されるかもしれない」

殺される――？　話が飛躍して混乱したが、藤間は納得したように薄く笑みを浮かべた。そして、「金塊のせいで？」と藤間からあまりにも脈絡のない言葉が吐き出された。

摩耶は「話が早い人でよかった」と安堵したように応えた。

神子都も話の流れを理解していないようで、首を傾げている。

「なまじ大金の噂があるから、相続を巡って命のやりとりがあるかもしれない。そうなると、たぶん最初の標的は所有者であるわたしだから」

藤間は御坂摩耶を切り裂き魔候補として考えているはずだが、情報や状況が上手く結びつかない。

「金塊ってなんですか？」

神子都が理解のスタートラインとなる質問をする。

「戦後すぐから噂があった、山下《やました》将軍の財宝の話さ」

藤間の説明に、摩耶がうなずく。

「太平洋戦争序盤、マレー半島からシンガポールを攻略した山下将軍が、英軍が残した膨大な金塊を接収した。真偽不明で、いくつも俗説がある話だが、今も一攫千金《いっかく》を狙った好事家が時々現地を訪れ、金塊探しをしている」

「その一部を祖父が密かに日本に持ち帰って、管理している。俗説の一つよ」

摩耶が補足する。

「御坂忠藏氏は工兵部隊を率いていて、開戦当初山下将軍旗下に所属、橋や陣地の建設を行っていたが、将軍の密命を受け、金塊を日本に持ち帰った。御坂忠藏氏が転戦を繰り返したのは、金塊の輸送を実行するため。これが俗説の基本形だな。持ち帰った金塊の価値は、数十億円とも数百億円とも」

「その金塊が景雲荘にあるかもしれない。お祖父さんが言ったお城は地下建築物で、金塊の隠し場所だと解釈したのですね」

神子都も合点がいったようだ。

「いい線だ。だが景雲荘の周辺に〝お城〟に該当する建物はない。加えて、御坂忠藏氏の部隊が地下築城を得意としていたから、摩耶さんはお城を地下建築物と考えた」

いかがかな？　という視線に摩耶が「概ねその通り」と言った。

「ちょっと待った」

流されそうな空気に、僕は割って入る。「そもそも金塊の話に信憑《しんぴょう》性は？　俗説なんだろ？」

「金塊が日本に運ばれたという説については、政府もまともな学者も、大手マスコミも相手にしていない」

藤間は大戦の中盤以降、日本軍が多数の輸送船舶を失い、海上輸送に苦しんだ歴史を説明した。「確かに旧陸軍において船舶の運用は工兵部隊の役目で、素人研究はそれも俗説の根拠としたが……」

御坂部隊の輸送能力についても、保有車輛の種類や燃費、作戦行動における燃料の消費と手配の記録まで明らかになっていて、金塊輸送の余力がなかったことなど、藤間は俗説を否定する根拠を朗々と得意げに開陳した。

「それでも素人研究者は政府の隠蔽だ、帝洋グループが隠している、帝洋の急成長の裏には、その金塊の存在があったとかなんとか、根拠のない妄想を膨らませている」

「摩耶さんは金塊のお話をどこで知ったんですか？」

神子都が訊く。

「子供の頃から何度も聞かされていたから。景雲荘に時節の挨拶に来た親戚や親戚のそのまた親戚とか、有象無象の皆さんから」

摩耶は記憶に浸るように視線をわずかに揺らす。「わたしが景雲荘を相続することがわかってから、矛先がこちらに向いたわけ。別荘と同時に金塊の在処《ありか》も受け継いだと思ったみたいで。祖父も突然倒れて死んでしまったから、何も聞いていないんだけど」

それで、正式な相続を機に、地下遺構の有無をはっきりさせようというのか。

「法的な権利者になったわたしが何もしなければ、わたし以外の相続権を持つ人たちが、直接的な行動に出る可能性もある。中には不遇な人もいるから」

そう言えば依頼状には監視がついているとの記述があった。「その上で、身内からは景雲荘の取り壊しと土地の再開発の声が出てる」

帝洋建業は確かホテルリゾートの開発も行っている。写真を見る限り景観は抜群で、しかも都内だ。優良な開発候補地なのだろう。

「再開発となれば、造成工事が行われますね」

神子都が気づく。「それに地震による崩落があったのでしたら、地盤強化の工事も必要です」

「工事は法人が行うことになる。そこで掘り返して金塊が見つかれば、公表されるだろう。御坂家もおそらくは個人の所有にはしない。対処は国に委ねられることになるだろう」

藤間の予測に、摩耶はうなずく。

「そうなったら、有象無象さんたちが金塊を相続する可能性がほぼなくなってしまうから」

摩耶が成人してから、造成工事が行われるまでの間に、何かが起こる可能性がある——

「父も実家も、相続が決まってから、山道の修復と母屋の処分を勧めてきている。母屋をどうするかはともかく、地盤の調査と山道の修復は絶対にしないといけないことだから」

摩耶によれば、今年の夏休みに予備調査と工事の準備が始まるという。

「その前にわたしが死ねば、所有者は別の誰かになる。そこから個人的に金塊を発見すれば、全てではなくとも、土地の所有者としていくばくかを手にすることができる」

元が数十億、数百億とも言われる金塊だ。たとえ一割でも大金になる。

「地下遺構がなければそれに越したことはない」

摩耶は願うように手を組んだ。「次期当主として、御坂の家に禍根があれば速やかに処理します」

彼女の瞳には、一点の曇りもなかった。

第三章　闇と屍《しかばね》

1　いざ景雲荘　三月十七日　月曜　――風野颯平

東京は夜半から雨が雪に変わり、明け方まで降り続いた。

午前七時過ぎ、中央線は十五分遅れで立川駅に到着した。ミリタリージャンパーのジッパーを首元まで上げ南口を出ると、ロータリーの端に停まる白いランドクルーザーを見つけた。

シャーベット状になった雪をおっかなびっくり踏みしめながら道路を渡り、車のバックドアを開ける。すでに大型のリュックが、三つ並んでいて、僕は四つ目を荷台に乗せた。

後部座席から二つの顔が振り返った。

「平地でもすこし積もりましたね。足もとは大丈夫ですか?」

神子都は少し心配そうだった。探検仕様なのだろう、迷彩柄のニット帽にオリーブグリーンミリタリーコート姿だ。

「おはよう。あいにくの天気になったね」

摩耶は登山用のキャップに、体にフィットした革製のハーフコート姿。今日も美しかった。

身の危険を予測させる、地下遺構探し。摩耶の要望により、完全な隠密行動だ。

藤間、神子都、僕は、藤間が雇った〝東京地下世界のメンバー〟とともに、昨日から京都地下遺構見学ツアー中ということになっている。僕らは実際に京都まで行き、影武者と交代後、すぐに東京にトンボ返りする念の入れようだ。

『今回の探索、警察に報告しなくていいのか』

事前に藤間に確認はした。殺されるかもしれない——と身の危険を主張しているとはいえ、御坂摩耶は、神子都が設定した被疑者の条件を満たしているのだ。『せめて夕紀乃さんに』

『第一に、公安が施工業者の共通点に気づいている可能性が高いこと、第二にその情報が刑事部から漏れた可能性が否定できないこと、第三に摩耶さんの地下遺構探索の情報が漏れれば、摩耶さんが被疑者である可能性を踏まえ、公安が介入してくる可能性が高いこと』

地下探検グループを餌に切り裂き魔を誘引し、結果的に三人の犠牲者を出した公安の手法は、人を人と思わない冷酷さがあった。

『理由は理解したか。夕紀乃から情報が漏れた可能性もゼロではないからな』

『もし摩耶さんが切り裂き魔だったら？』

『確認できて、危害を加えてきたのなら、三人で協力して捕縛する。現行犯なら私人逮捕で、法的に問題ない』

神子都の有用性を知らしめる——藤間は神子都のことになると、時々視野狭窄《きょうさく》になる。黙って父に知らせることも考えたが、公安介入の可能性があるのなら致し方なしと思い直し、藤間に従うことにした。

「揃ったな。行くとするか」

藤間はアクセルを踏んだ。

車は住宅街を抜けると、奥多摩街道に出て右折、前方に見える山塊に向かい、西進する。景雲荘に行くには奥多摩町が起点となるが、摩耶は檜原村《ひのはら》を経由するルートを選択した。

『山道が崩れても、人とバイクは通行できるようにしてあって、警報装置も取り付けてあるから、今も奥多摩町が景雲荘の玄関口っていう認識があるの。その裏をかきたい』

摩耶はその理由を語った。『奥多摩には顔見知りも多いし』

三十分ほどでランドクルーザーは山間に入り、檜原村から北秋川《きたあき》沿いに進み、雪化粧の稜線の中、峠道を進んだ。濡れた路面を藤間は巧みなハンドルさばきでせめてゆく。

「もうすぐ、〈山友《さんゆう》総業〉という看板が見えてくる。そこを左に入って」

摩耶が指さす先にかすれた文字の看板が見え、藤間はハンドルを左に切った。

濃密な林間を抜ける未舗装の砂利道で、上下動が激しくなる。『私有地につき立ち入り禁止』という看板にかまわず、駆動を四輪に切り替えたランドクルーザーは前進する。

「この先に小屋がある。そこに車を停めて」

摩耶は身を乗り出すように前方を見る。やがて木々の間から、二階建ての木造ロッジが見えてきた。ロッジの脇にある空き地に車を入れると、各々が降車し、リュックを背負った。

ロッジは無人で、一階の扉には、『山友総業・檜原村源泉管理所』の看板が掲げられていた。

「元々はここで源泉を汲み上げて檜原村の温泉宿に送っていたんだけど、地震でぱったりと出なくなって今は様子見中。人が来るのは三箇月に一回の定期点検の時だけで、最後の定期点検は十日前」

摩耶が簡潔に説明する。源泉小屋の裏手からは、尾根に沿うように幅一メートルほどの砂利道が続いていた。景雲荘までは、約六キロの行程だ。

「さあ、行きましょう……」

摩耶が告げると同時に、ざわざわと森が音を立て地面が揺れた。それほど大きな揺れではなかったが、入山を拒まれているような、どこか不吉な予感が僕の胸を通り抜けていった。

小径は所々ぬかるみ、歩きにくかったが、気がつけば稜線の頂《いただき》を越え、道は下り勾配となり、雲間からは陽光が差し始めていた。吐く息は白いが、背中には汗を感じた。

途中、数箇所に小さな地滑りや崩落の跡があり、地震による山の荒廃を感じさせ、さらに所所ゴツゴツとした岩が剝き出しになっていた。

「少し待て」

藤間が足を止め、二度三度と地面を踏みつける。「下が岩盤層で上に土が滞積したタイプの尾根だな。このあたりの荒れ方を見てもそう感じる。別荘は近くなのか?」

「あと二十分くらい」

先頭に立つ摩耶が応える。

「だったら、もし別荘に地下遺構があったとしても、違法ではない可能性がある」

「どういうことですか？」

摩耶が興味深げに聞き返す。

「天然の鍾乳洞《しようにゆうどう》を利用した可能性が考えられるということさ」

藤間はあたりをぐるりと見渡す。「この周辺には日原《にっぱら》鍾乳洞、大岳《おおたけ》鍾乳洞、三《み》ツ合《ごう》鍾乳洞などいくつも鍾乳洞がある。御前山も地質的に同じ連なりなら、地下に鍾乳洞が広がっていてもおかしくはない。地下建築物が、自然の鍾乳洞に手を加えた程度のものなら、届け出は不要。違法には至らない」

「なるほど！」

神子都が手を打った。「秀秋君らしい見解ですね！」

「それなら工事も資材も限定的で、周囲に気づかれることなく実行できそうね」

摩耶も安堵したように息をついた。

行軍を再開してしばらくすると、視界が開け、木々の間から赤い三角屋根が見下ろせた。景雲荘だ。その向こうでは奥多摩湖が陽光を反射していた。

「綺麗で幻想的ですね」と神子都が感嘆し、藤間が「一ミリでも商才があれば、リゾート開発を進めるべきだろう」と余計なことを言う。

急坂に沿って尾根の斜面を降りると人の背丈ほどの祠《ほこら》があった。脇に小さな泉があり、岩の間から水が湧いている。

「この湧水は飲めるから、場所を覚えておいて」

摩耶が言ったそばから藤間が屈み込み、両手を清めたあと、貪《むさぼ》るように水を飲んだ。余裕そうに見えたが、実際はきつかったようだ。

「美味い水だ」

藤間が水筒を湧水で満たす姿を見て、摩耶が「もうすぐそこよ」と苦笑気味に声をかける。

さらに数十メートル進み、森が途切れた先に景雲荘が姿を現した。

上から見るより瀟洒《しょうしゃ》かつ渋みのある造りに圧倒される。破損が激しい一階部分は補強材で支えられ、建物全体が金網の柵で囲われていた。

「母屋には近づかないで。警備会社直通の警報装置が付いているから」

摩耶が注意喚起する。「尾根を回り込むと、窯小屋がある。そこをベースとしましょう」

尾根に沿って進むと、窯小屋が見えてくる。やはり写真の印象より大きかった。壁のない東屋だが、屋根が大きく張り出していて、天候が崩れても風雨はしのげそうだ。

階段状に並ぶ窯は石と煉瓦で組み上げられ、それぞれが重量感に満ち、静寂も相まって歴史的建造物のようにも見えた。一番下段には、暖炉のようなアーチ状の穴が開いていた。焚き口だ。ここで火を燃やし、上に並ぶ窯へ数百度の熱を送り込むのだが、今は大量の石と煉瓦が詰め込まれている。

「塞いだのは、侵入した不届き者が、勝手に使えないようにするためだな」

藤間が腕を組む。「ただ、詰め込んであるだけなら、再び使うという意図も感じられる」

「たぶん、祖父の意向だと思う。地元の陶芸愛好家の人たちも大事にしたかったから」

「この窯なんですけど、火を入れるのに二日かかって、同じくらいの時間をかけて冷ますんです。雄大で創造的な作業ですね」

予習してきたのか、神子都は重厚な構造物に興味津々だ。「ひとつひとつの窯は焼成室と呼ばれているそうです」

「それで、闇雲に探しても埒《らち》があかないと思うけど、どなたかご意見は？」

各々荷物を下ろし、一息ついたところで摩耶が訊いた。「母屋と山道は探し尽くされてる。この窯の中が怪しいという人もいたけど、窯自体は戦前からあったものを修理したもので、秘密の通路は見つかっていない」

「法的観点で考えるなら……」

藤間が切り出す。「深度三メートル以上で、地下空間が二百立方メートルを超えると地下建築物としての報告義務が生じる。地下にあるものを鍾乳洞と仮定し、法の厳守を条件とするなら、尾根の岩盤層に近いところを入口にして、通路も最短距離で鍾乳洞とつなげているはず」

長い通路を設置し、その容積が基準に達すれば報告義務が生じる。ならば岩盤層に＝鍾乳洞に近い部分に入口を設置するという推理だ。藤間はさらに続ける。

「もしシェルターとしての機能も考えているのなら、母屋から遠すぎても意味がない」

景雲荘の裏口からこの窯小屋まで三〇メートル、祠までは七〇メートル近くあるだろう。

「条件に当てはまるのはこの窯小屋と水神様の祠なんだけど……」

摩耶が窯を見遣った。窯＝焼成室にはそれぞれ扉が設えられていたが、南京錠で施錠された上にモルタルで固められていた。

「二手《ふたて》に分かれるか」

藤間が提案した。

2　焚き口　同日　――風野颯平

十分後、僕と摩耶は祠の前にいた。

石の土台の上に建つ、正面に扉が付いた高さ一メートル半ほどの祠宮だ。

「子供の頃から散々中に入って遊んで怒られたし、有象無象さんたちも入念に調べたはずだけど……十年ぶりくらいに失礼します」

摩耶は一礼して扉を開け、祠に上半身を突っ込んだ。「記憶よりも狭く感じる」

右に左に上半身を捩《ねじ》りながら中を検めた摩耶は、三分ほどで体を引き抜いた。

「異常ないと思うけど、一応第三者視点も必要だってことで交代してくれる？」

手を合わせ、僕も祠に上半身を入れる。正面に小さな祭壇があり、古びたお札が貼られているだけで、御神体らしきものは見当たらない。

「湧水自体が御神体だから、中は何もないの」

壁や天井、木材の接合部や突起部分をそっと押したり叩いたりしたが、何も起きなかった。

上半身を引っこ抜いたあと、祠自体を抱くように揺すったり回そうと試みたが、ミシリと音がするだけだった。力を入れすぎると、壊してしまいそうだ。

僕は祠から離れると「疑ってごめんなさい」と頭を下げた。

「先人たちも散々罰当たりなことしたんでしょうけど」

「ところで中に入って遊んで怒られたって、随分と腕白だったんだね」

初対面の印象より、摩耶は野性的で活動的で自信家だと感じていた。

「御坂の家は代々文武両道が家訓で、小さい頃から剣道、柔道は本人の意志に関係なく必須だったから、仕方なく稽古させられてたの。だからかも」

剣道の腕前は仕方なくの域を超えていた。ならば柔道も？　摩耶が切り裂き魔であるなど疑いたくもなかったが、もしもの場合は僕が相対することになるだろう。神子都はある程度自衛ができるが、藤間は戦力にならない。

「もしここが入口だったとしても、何か鍵か専用の道具が必要なのかも」

窯小屋に戻ると、藤間が上着を脱ぎ、汗だくになりながら、窯の焚き口から煉瓦を取り出していた。神子都も取り出された煉瓦を脇に退《よ》け、小屋の外に積んでいる。

藤間の肩越しに中を覗くと、三分の一ほどの煉瓦や石が取り除かれていた。

焚き口こそ幅七〇センチ、高さ一メートルほどだが、中は広くドーム状になっていた。幅、奥行きとも二メートル前後、高さも一メートル半はある。壁面は使い込まれたように白く焼け焦げていた。

藤間の肉体労働という滅多に見られない光景を横目に、僕と摩耶は取り出された煉瓦と石を使って、小屋の隅に小さな竈《かまど》を造った。

「じゃあ、火起こしを頼むよ」

僕は摩耶に告げると、藤間と交代し、煉瓦の除去作業に入った。

ひとつひとつの煉瓦は思いのほか重く、動かすと粉状の白い灰が舞った。五分で汗が噴き出てきたが、黙々と作業をこなした。創士館大剣道部名物、「無限掛かり稽古」に比べたら、終わりが見えるだけ精神に負担はない。

ほどなく、全ての煉瓦が取り除かれ、焚き口は完全な空洞となった。

「当然、中に入るんだよな」

正面の壁の上方に幅一メートルほどのスリット状の開口部が出現していた。ここから熱と炎が上の窯へと流れていく仕組みなのだろう。懐中電灯で照らすと、そこが一番麓《ふもと》側の焼成室の床面になっていた。内部も階段状の構造なのだ。

「奥に行けそう？」

背後から摩耶が訊いた。

「頭さえ入ればなんとかなると思う。灰まみれになることを厭《いと》わなければ」

僕は一度焚き口を出て、探索作業用の上着に着替えた。摩耶も汚れてもいい上着に着替え、帽子とマスクを着用した。

神子都が中に入り、灰が舞うのも頓着《とんちゃく》せず、巻き尺を手に床面や壁を測ったり叩いたり撫《な》でたりしている。

「まず僕が入る」

神子都と交代し焚き口に入ると、開口部を見た。

「隙間は二三センチです」

神子都は気を利かせたつもりだろうが、二〇センチ台と聞いて、心臓がきゅっと絞まったような気がした。

「おれは体力の回復を待つ。先に入れ」

「最初から期待はしてないって！」

藤間とそんな応酬をして、僕は挟まる恐怖のなか、そろりと頭を入れ、頬を擦りつけるような体勢で体を押し込み、頬、胸部、腹部をゆるりと通過させ、なんとか最下段の焼成室に入り込む。

中は暗く冷え冷えとしていた。上下左右を懐中電灯で照らす。天井は僕の身長ほど、広さは三畳弱か。壁際には陶器を置くための棚があり、床には小さな欠片が無数に落ちていた。山側の壁には、胸の高さのところに、となりの焼成室につながるスリットがある。

「どいてくださる？」

足元から摩耶の声がして、細身の肉体がするりと入ってきた。

「わたしも入りたいです」と神子都の声がする。

「思ったより狭い。御坂さんと僕が次の部屋に行ってからだ」

摩耶と神子都を二人きりにさせないのが、藤間との取り決めだ。

「神子都はおれとペアだ」と声が聞こえてきた。

僕と摩耶、神子都と藤間のペアで、二部屋ずつを捜索した。カラクリがあるにしても、熱に耐えられることを考慮に入れるべきだろう。

「床や壁の一部が外れるかもしれない」という僕の見解に、摩耶が「あれば誰か気づくと思う」と疑問を口にする。確かに長期間にわたり人の出入りがあったのだ。

一時間以上かけて調べたが、結局、通路の入口や仕掛けのようなものは発見できず、僕らは太陽の下に帰還した。

「やっぱり二十年の重みは伊達《だて》じゃないわね」

摩耶が体に付いた灰を払いながら、疲労感を滲ませる。「午後三時までに入口が見つからなければ、一度下山。それでいいかがかしら？」

正午まであと一時間と少し。携帯ラジオが、夕方からの天候の崩れを報じていた。「地盤も少し弱くなっているみたいだし」

藤間が不服そうな表情をしかけたが、僕は「それがいい」と摩耶は賛同した。間を置き、次の機会までに夕紀乃の捜査班が被疑者の絞り込みを行う。それで摩耶への疑いが晴れれば、存分に探索を行える。

僕らの思惑を尻目に、神子都は持参した資料を入念に見ていた。

「記録と機関誌がこれだけあるなんて、この窯を利用していたのは、本格的なグループばかりなんですね。貴重な写真もたくさん載っています」

陶芸愛好者たちが編纂した同人誌だ。窯に花器や酒器を入れてゆく作業、火入れの作業などが写真付きで並んでいた。

《我が愛好会の集大成！　上手く焼けるか？》

この冊子が発行された日付は、二年前の十月だった。

「よく見つけたね、この同人誌」

摩耶が懐かしそうに目を細める。

「秀秋君がいろいろ手を回してくれまして」

「愛好者たちが割と有力者ばかりだからな、御坂氏の縁だけあって」

藤間ではなく、藤間家の力を利用したのか。

「でも、よく考えたらこれ立川地震のあとだよね」

今さらながら気づく。

「母屋が壊れても陶芸会の活動は続いてて、もちろん母屋には近づかずに安全を最優先にすることを条件にして」

地震以後は陶芸愛好家たちも、崩落部を避け、徒歩で通ったという。

最後に窯に火を入れたのは、一九七八年五月二十八日だと写真付きで記録されている。

《徹夜で温度管理　楽しみは手作りの夜食》

真夜中、火が入った焚き口でベーコンやソーセージを焼き、酒盛りするメンバーの写真。生前の御坂忠藏の姿もあった。

「これは毎度のお楽しみで、わたしも小さい頃はよく夜更かしして、焼いたソーセージをもらって食べてた。みんなで食べると本当に美味しくて」

窯の火入れは、月に一度から二度のペースで行われていた。

「でも火入れの記録は、この年の九月までですね」

《最後の火入れに万感の思い》

同年九月十五日の記録だった。

「ここを塞いだのは、このすぐあと」

忠藏氏と管財人の話し合いで決まったという。「祖父は少し名残惜しそうだったけど」

「忠藏氏は焚き口が地下への入口だと知っていたから、煉瓦を詰めるに止《とど》めた。そう考えられないか？」

藤間の推論に、神子都もうなずく。

「あと調べていないのは、焚き口だけです。単純な消去法です」

「問題は、焼成の時に内部が高温になることだが」

「七〇〇度から一〇〇〇度以上になるそうです。でも開口部に近ければ、熱の多くは外に逃げます」

神子都が受け流す。その理屈はわかるが――

「それと……」

神子都は資料を置くと、焚き口の開口部付近を指さした。「見てください、開口部に近いところだけ煉瓦の種類が違うような気がするんです。もしかしたら耐熱煉瓦かもしれません」

神子都の気づきに、藤間が焚き口の前に這いつくばり、指先で煉瓦表面をひとつひとつ指先で撫で、感触を確かめてゆく。僕の目には同じ煉瓦にしか見えないが――

「わずかだが表面の手触りが違う。焼きムラと言われれば、納得してしまうが」

藤間の表情が引き締まる。しかし、煉瓦の間はセメントで埋められていた。

「シェルターではなく、単純に宝の隠し場所ならあり得るか」

藤間は大型ナイフを持ちだし、膝をついて煉瓦の隙間に切っ先を突き立てる。二度、三度打ち付けると、表面のセメントが崩れ、地中に消えた。

「セメントは表面だけだ」

藤間はナイフを煉瓦の隙間に打ち込み、梃子《てこ》の原理でゆっくりと持ち上げていく。

「今だ、抜いてしまえ」

煉瓦が数センチ浮き上がったところで、僕と摩耶がわずかにできた隙間に指を入れ、煉瓦を取り出すことに成功した。

一つが外れると、ほかの煉瓦も楽に取り除けた。その下にはもう一層耐熱煉瓦が敷かれていたが、それも易々と取り除くことができた。

二層目の煉瓦の下にはボード型の断熱材が幾重にも重ねられていたが、それも全て引き剝がすと、中央にハンドルが付いた円形のハッチが姿を現した。

直径一メートル半ほどはあるだろうか、潜水艦の水密ハッチのようだった。

「見つかる時は、案外呆気《あっけ》ないものだ」

藤間はクールを装っているが、頬と目尻が小さく痙攣《けいれん》していた。

「大発見です！　すごいです！」

神子都も感激の声を上げている。

「開けよう」

僕は深さ五〇センチあまりの穴に降り、ハンドルに手を掛けたが、ビクともしなかった。

「暗証番号が必要だな」

藤間が僕の肩に手を置いた。ハッチには四ケタの数字錠が付いている。「摩耶さんのために残そうとしたのなら、少なくとも摩耶さんに関係した数字で開くはずだ」

僕と交代した摩耶は数字錠を眺めたあと、ゆっくりと四列のダイヤルに手を伸ばし、「とりあえず誕生日かな」と数字を合わせたら、カチリと金属音が鳴った。

「呆気ないものね」

摩耶自身も信じられないようだ。解錠の数字は０３１５だった。

「持ち主がすぐに思い当たる数字にするのは理《り》にかなっている。元々ハッチ自体が隠されていたんだ、不用心ではないさ」

藤間は知った風に応えたが、指先がわなわなと震えていた。「代わろう」

しかし、摩耶は首を横に振った。

「これはわたしの責任で」

摩耶はハンドルを握り、両腕に力を込めた。同時に金属が軋《きし》む音がしてハンドルが回り始め、半周すると、ガチンという金属音とともに止まった。

「開けます」

摩耶は開閉用の取っ手を摑んでゆっくりと持ち上げる。

わずかに空気の流れが変わり、地下へと続く空間と鉄製の梯子が現れた。

「これで撤退はなくなったな」

藤間が摩耶と入れ替わり、ハッチに触れ、観察する。

「型式から見てハッチは核シェルター用の製品で、ここ十五年以内に製造されたものだ。シェルター機能もあると考えていい。降下の準備を」

全員が無言で、しかし高揚を滲ませながらヘッドランプを装着し、リュックを背負った。

「先頭はおれ、次に摩耶さん、風野、神子都は最後だ」

藤間は告げると躊躇なく梯子を降りていく。摩耶、僕、神子都と続いた。縦穴はリュックを背負っていても降りていけるほどの広さだ。

一〇メートルほどで、底部に到達した。下はコンクリートで固められていた。

「前方に通路あり、障害物はない」

藤間の声が反響する。底部からは立って歩けるほどの横穴＝人工的な通路が続き、藤間と摩耶はすでにその中を進んでいた。岩盤をくり抜いたようで、凸凹の壁面が手掘りであることを物語っていた。

「秀秋君の推理が当たりましたね」

背後で神子都が降り立った。一〇メートルほど通路を進み、吹き抜けのような円形に近い空間に出た。壁は天然の岩肌で、直径は二〇メートルほどか。

「ここも自然造形ですね」

神子都の声が響くなか、四条の光が交差する。補強は土の層を押さえるためか」

「土の層と岩盤層の境界のようだな。補強は土の層を押さえるためか」

藤間が天井と壁面を舐めるように懐中電灯で照らし、細部を確認してゆく。「補強はしっかりしているが、水がしみ出しているな。金属や木材が劣化している可能性もある」

通路から見て左の壁面には、鉄製の扉が取り付けられていた。焚き口のハッチと同じく、重重しいハンドル付きだ。通路から見て正面と右の壁面には、人が一人通り抜けられる程度の岩の裂け目があった。

「おれと摩耶さんは扉の解錠を試みる。風野と神子都はそちらを」

藤間は岩壁を見遣った。正面の裂け目は天然のままだが、右の裂け目は人工的に拡幅され、長方形に近い形をしている。

「どっちの裂け目がいい、選んでいいよ神子都」

「では颯平君は右の通路に。わたしは正面に行きます」

「了解」

右の裂け目のほうが、わずかに幅が広い。神子都は体格で決めたようだ。

「何かあったらすぐに知らせろよ」

僕は声をかけ、リュックを下ろし身軽になると、裂け目に入った幅は一メートル半ほどで、五、六メートルほど進むと、一坪ほどの空間に出た。立方体のように拡幅され、壁には大小の角材、板材が立てかけられていた。資材置き場のようだ。

隅の床には幅三〇センチほどの天然の裂け目があった。顔を近づけると、わずかな空気の流れがあり、奥からかすかに水が流れるような音が聞こえてきた。地下水路かもしれない。然るべき装置を作れば、ここからでも水をくみ上げることもできそうだ――這いつくばり、中を照らしてみたが、狭い上に起伏が激しく、奥まで光が届かなかった。

一度円筒ホールに出ると、神子都が入った裂け目に身を滑り込ませた。ここは天然のままで、開口部も広かった。やや左にカーブした通路の先は四畳半ほどの狭い空間だった。

神子都は、岩壁を背負うように設置された洗濯機のような機械の前に屈み込んでいた。

「なんだそれ」

機械の脇には木箱が置かれ、〈灯油〉と書かれた角形の缶が数本収められていた。

「これ、小型ですが発電機ですね。インバータ付きです」

神子都が振り返る。発電機からはケーブルが延びていて、壁に設置された電気メーターのようなボックスに接続されていた。

「これは、コンセントボックスです。防水仕様です。動かしてみましょう」

神子都は発電機の給油口を開け、灯油を注ぐと、慣れた手つきで燃料コックを開いてチョークレバーを操作した。始動グリップを思い切り引くと、発電機が唸りを上げた。

「これで何が動くかですね」

神子都と円筒ホールに戻ると、重々しい鉄扉が開いていた。発電機のおかげではなく、数字を合わせただけのようだ。

「ここは1211だった。御坂忠藏氏の誕生日だ」

藤間が得意げな顔で迎えたが、開けたのは摩耶だ。「そっちも成果があったようだな」

ここまで発電機のエンジン音が漏れ聞こえていた。

「通路の奥に発電機を見つけたので動かしてみました。出力は一〇〇〇ワットでした」

神子都が応えて、僕のほうを向いた。「颯平君の成果は」

「資材置き場を見つけただけだ。それで、壁に裂け目があって、奥から水音が……」

「風野は神子都を手伝え」

藤間はそう言い残し、摩耶を連れて鉄扉の向こうに消えた。

僕と神子都は岩壁を照らし、鉄扉の近くに凹面に小さな配電盤を見つけた。蓋の中のスイッチは『Generator』『Hall』と記された二つだけ。どこかに別の発電機があるようだ。

「両方のスイッチ入れますね」

神子都が操作すると、開いた鉄扉の向こうが明るくなり、「すごい！」と摩耶の声が響いた。

僕らも鉄扉を潜る——途端に、淡い明かりに照らされた空間と、それを大きく包む巨大な闇が視界に飛び込んできた。

　巨大な鍾乳洞だった。藤間の予測は的中したようだ。照明は鉄扉の上に設置されていたが、照らされているのはごく一部だけのようだ。

「見た目以上に広いぞ。地学的にも大きな発見じゃないのか？」

「照明は五〇〇ワットですね。発電機は一〇〇〇ワットでした。残り五〇〇ワットの使い道は、たぶんどこかにある水力発電機の起動用と推測します」

「水力発電？」と摩耶。

「耳を澄ましてください。遠くから水音が聞こえています。音が響くほどの強い流れを持つ地下水路があると思います。ある程度流れがあれば、水力発電が利用できます」

「妥当な推測だな」

　藤間がうなずく。「地形的に湧水が集まる場所にあるのか、あるいは人工的に湧水を一箇所に集約して、発電可能な川を整備したのか」

　鉄扉の脇からケーブルが出ていて、岩の壁伝いに固定され、奥へと続いていた。

「一本道ではありませんね」

　神子都のヘッドランプが照らす先には、三つの洞穴が口を開けていた。ケーブルはその一番右の洞穴へと消えていた。「右です。早く行かないと。小型発電機の燃料は、もってせいぜい二時間です。その間に別の発電機を見つけて起動させないと」

「二手に分かれて行動しよう」

藤間が提案した。「おれと摩耶さんは中央の通路を調べよう」

中央と左右どちらの洞穴も地面に大小の凹凸があったが、その上に幅一メートル半ほどのアルミ板の通路が設えてあった。

「至れり尽くせりね」

摩耶が言い、藤間とともに中央の洞穴に入っていった。僕も神子都と右通路に進む。

天井からは滑らかな曲線を描く鍾乳石が垂れ下がり、壁面はブラウンとベージュを基調とした曼荼羅《まんだら》模様だ。アルミの通路が足音を奏で、前方からの水音は徐々に大きくなってくる。洞穴はゆるやかに右にカーブし、一分と経たずにまたドーム状の空間になり、眼前に川が出現した。

幅は二メートルほどで、水量は豊富で流れも速い。水は川底がはっきり見えるほど透明だった。二〇メートルほど下流には岩の裂け目があり、川の水はそこから地下に吸い込まれていた。その川沿いには、扉のついた電話ボックス大の箱が四つ並んでいた。

「トイレでしょうか」

神子都が歩み寄る。形状は見るからに仮設トイレだった。

「使えればいいけど」

一番手前のボックスの中には洋式便器が鎮座していた。蓋を開けると、すぐ下に川面の水流が見えた。トイレの部分だけ川幅を広げ、排泄物が直接川に落ちる仕様のようだ。

「身も蓋もない水洗ですけど、少し安心できました」

神子都は安堵したように言った。

となりもトイレだったが、奥の二つは簡易シャワー室だった。きちんと水量が調節できるようになっていて、『温水』への切り替えコックがついていた。

「温水が出るみたいだ」

周囲には屋外設置型物置のような部屋があり、高さ一メートルほどの箱型の機器と、円筒形のタンクが並んで設置されていた。

「貯湯式の湯沸かし器ですね、この装置は電気給湯器です！」

神子都の声が弾む。タンクに水を溜め、それを電熱で温める方式のようだ。給湯器の脇には、少し古い型の洗濯機と乾燥機が二台並んでいた。

「あの小さな発電機でこれ全部動かすのは無理だよな。やっぱり大きなヤツがあるのか」

僕らは再びケーブルをたどり、一五メートルほど上流の岩陰に、幅二メートルほどの大型エンジンのような機械を見つけた。そして川面の上には重々しい水車が吊り下げられていた。

「やっぱりありましたね。ツシマ社の水力発電機です。山間部の補助電力として、いくつかの自治体が使っているタイプです」

だが、吊り下げられた水車は、水面には触れていない。

「水車の劣化を抑えるために、使わないときは水に接触させないようにしているんですね」

水車は天井のデリックに鎖で吊られている状態で、水車を回すためには川面まで降ろし、車軸を川の両側にある軸受けに固定しなければならないようだ。

水車の直径は二メートル強で、羽根は八枚でアルミ製。幅は一メートルほどで、水車用の軸受けが設置されている部分だけ、川幅が半分近くにまで狭められていた。極力隙間を潰し、効率よく羽根に水流を集中させる仕組みのようだ。

「下掛け式と呼ばれるタイプの水車です。さっそく起動させましょう」

神子都が主機に取り付く。制御盤には出力一五キロワットと表示されていた。『電源』と書かれている小さな赤いランプが灯っている。

「起動電力はきちんと来ていますね」

小型発電機はやはり水力発電機の起動用でもあったようだ。

「どうすればいい」

「たぶん単純に水車を降ろせばいいだけかと。あのチェーンを引いてください」

デリックには手動のチェーンブロックが設置されていた。垂れたチェーンを引っ張ると、水車が徐々に降りてきた。

羽根が水に浸かり、水車本体が水流の勢いで前後にゆっくりと揺れ出す。そこで神子都と交代、神子都がチェーンブロックで徐々に下げ、羽根が川底に触れそうな位置まで降りたところで、僕が車軸を摑んで軸受けに固定させる。すると、水車がギリギリと回り始め、制御盤の電光表示が『発電開始』に変わった。

「これで、電源が使えるようになったんだよな」

「でも給湯器に照明に、一五キロワットでは到底賄《まかな》えるとは思いません。シェルターとしての機能もあるのでしたら、これ一基だけではないはずです。この流れの速さなら、もっともっと利用できるはずです」

神子都の言葉には説得力があった。

「ま、発電と生活用水兼用となると、ここが一番下流なんだろうな。トイレあるし」

明らかに長期の生活が想定されている造りだ。「まずは明かりのスイッチを探そう」

僕らはすぐに壁に取り付けられたプラスチック製のボックスを見つけた。

「電源ボックスですね」

神子都が留め金を外し、蓋を開けると《W・Heater》《Bath Area》《Route3》と記されたスイッチが並んでいた。Wヒーターは給湯器、バスエリアはここのこと、ルート3は今辿ってきた右通路と理解した。神子都がバスエリアとルート3のスイッチを入れると、トイレの周囲が白く浮かび上がった。

「点いた！」「点きました！」

バスエリアを出てみると、通路にも淡い明かりが点っていた。

「こっちも点いてる！」

声を上げたところで、背後で金属を裂くような悲鳴が反響した。

慌てて駆け戻ると、神子都がトイレの脇にへたり込み、震える手で川の向こう岸を指さしている。水路の対岸に男がいた。出かかった呻《うめ》きを飲み込み、神子都の前に出て身構えた。

「誰だ！」

男は岩の窪みに俯せになり、顔だけこちらを向けている。中年のようだ。セーターにパンツ姿で、衣服は変色が激しく長い年月が経っているようにも見えた。頭髪はべっとりと肌に張り付いていて、その肌も青白く、まるで生気が感じられない。

「人形……か⁉」

蠟《ろう》人形のように見えなくもなかった。

「よくわからないです……」

乱れ、焦ったような足音が響き、藤間が駆け込んできた。

「何があった」

藤間は焦ったように神子都の肩を抱く。「ケガはないか」

「大丈夫です。少し、驚いただけです」

神子都は呼吸を整えつつ、立ち上がった。「心を乱してはいけないんです」

遅れて摩耶もやって来た。

「藤間、あれを」

対岸の男を指さした。男を視認した藤間は息を呑み、摩耶も小さく悲鳴を上げた。

「人形か……ミイラみたいだな……」

藤間が一歩、二歩と川に近づいてゆく。「いや、ミイラにしては瑞々《みずみず》しいし乾燥した様子もないな……みんな動くなよ」

藤間は川を飛び越し、滑らないようにゆっくりと男の前に到達する。

「タカマサさん……」

摩耶がぽつりと言った。

「知ってるの?」

思わず摩耶に聞いたが、目の前の光景と噛み合わない。

「ずっと行方不明になってて……」

「えっとどういう……」

「死体だ」

藤間の言葉が割り込んできた。

「死体って……」

「死んだ人間のことだ」

わかっているけど——

「その人、摩耶さんの知り合いみたいなんだけど」

「キネヤ・タカマサさん。管財人の一人で、わたしの義理の叔父です」

摩耶は胸を押さえながら応える。「でも、どうしてここに……」

「服に不自然な穴が開いている……」

藤間は、男の体のあちこちを観察している。「シロウ化しているな。風野、周りに遺留品がないか見てくれ」

シロウの意味はわからなかったが、「了解」と応え、川を飛び越える。

気色悪かったが、僕も探偵助手の端くれ、男の周辺の地面を観察する。濡れた岩や鍾乳石が連なっていたが、男がいる窪みから一メートルほど下の岩陰に、衣服を見つけた。

厚手のハーフコートだった。内側に『杵屋』と刺繍がされていた。その背中には、刺されたような穴がいくつも穿《うが》たれていた。

「コートがあったけど穴が開いてる。背中から肩胛骨《けんこうこつ》の辺りにかけて、五箇所」

「セーターの背中部分にも穴が開いているな。血の染みもある」

藤間が死体のセーターをゆっくりとめくった。皮膚か皮脂のようなものがセーターの裏側に張りつき、体から剥がれていったが、藤間は構わず肩胛骨のあたりまでたくし上げた。

「滅多刺しかな」

背中に黒い傷痕がいくつも刻まれていた。

体格は小柄だが腰や腹部の締まり具合で、生前かなり鍛えていたことが見て取れた。

そこで記憶が繋がり始める。キネヤ・タカマサ。コートの『杵屋』の文字——

「杵屋孝誠《たかまさ》って、元柔道日本代表の？」

軽量級の選手で国内では無敵だったが、負傷しがちのうえ、仕上がりに波があり、オリンピックや世界選手権など、国際大会での活躍はなかった。

「そんなときもあったかな」

摩耶が応えた。「古い話なのに、よく覚えていたね」

「一応、武道家の端くれだし」

「どんな実績があろうと、今は変死体だ、限りなく他殺に近い」

藤間が神子都と摩耶の元に戻った。「あの状態だが、低温と湿気の条件が重なると、腐敗せずに体の脂肪分が蠟のようになる。屍の蠟と書いて〝屍蠟《しろう》〟だ。永久遺体と称されることもある。条件にもよるが、最短で死後一年といったところだろう」

「入口が塞がれる前に入ったってこと？」

僕も川を飛び越える。

「可能性はあるが、断定は早い」

「どうする、藤間君」と摩耶。

「もちろん仕切り直しさ。警察に連絡する。いいかな、摩耶さん」

「当然」

私情を優先しないところが潔く、摩耶らしかった。

僕らは再び装備を身につけると、地上へと引き返した。

3　侵入者　同日　——風野颯平

僕が先頭で焚き口から這い出た途端に、悲鳴が上がった。

下からではなく、外から——プチパニックと恐怖に襲われながらも、素早く片膝立ちになり、身構える。

窯の脇で若い女性が、腰が抜けたようにへたり込んでいた。

「どうしたルリ」

小屋の外から男の声がして、足音が近づいてきた。

姿を現したのは、サングラスを掛けた三十前後に見える大柄な男。

「誰だお前」

凄む男は一八〇センチ以上あるだろうか。胸板も厚く威圧的だった。

「あんたこそ誰だ」

多少身構えつつ応える。背後の焚き口から誰かが這い出てくる気配。

「セイジさん⁉」

摩耶の声だ。男の視線が僕の後方に移る。

「摩耶か！」

男が驚いたように声を上げた。「お前こそなにやってる」

摩耶が膝の煤を払い、前に出てきた。

「セイジさんこそ……」

摩耶の声が警戒に満ちたものになる。

――何かあったのかね。

――誰？

――もしかして泥棒？　人のことは言えないか。

男女の声が交錯し、次々と闖入者《ちんにゆうしや》たちが姿を現した。

セイジと呼ばれたピアス男を含め男性が三人、女性が二人。女性二人には見覚えがあった。藤間と神子都も焚き口から出て来て、五人と対峙した。いずれも登山装備で、背負うリュックも大きい。

「理由を聞かせてもらおうか」

セイジは言った。三十前後だろうか。どこか美少年の面影を残していたが、不健康な痩せ方をして、減量で追い込まれたボクサーのように、目だけがギラついている。

「それはわたしのセリフです」

摩耶は言い返したが、うつむき短く思案すると、再び顔を上げた。「タカマサさんが中にいました」

突き放すような敬語が、摩耶とセイジの関係と距離を感じさせた。

「親父が？」

セイジは一瞬呆気にとられ、「どういうことだ」と目をつり上げた。

「なんでここで親父が死んでんだ」

地下水路の対岸に横たわる死体を見て、杵屋誠二《せいじ》は甲高い声で摩耶に詰問した。呼吸は少し荒く、凄むことで動揺を隠そうとしている。

「わかりません。わたしたちも見つけたばかりです。警察に連絡しようと思って外に出たら、

「誠二さんたちがいたんです」

杵屋誠二は、ここにある死体――杵屋孝誠の長男だという。個人的には付き合いたくないタイプだが、案内しないわけにはいかなかった。ただ、誠二のあとに闖入者四人がくっついてきたのは、計算外だった。

「ただ事では済まないぞ」

誠二が恫喝《どうかつ》するが、摩耶は「言っている意味がわかりません」とひるまず言い返す。

様子を見ている女性二人ははっきりと記憶していた。

夕紀乃が作成した資料に、切り裂き魔候補として、写真付きで名を連ねていた女性だ。

背が高く大柄で、引き締まった体をしているのが星井未来《ほしいみらい》。

星井より小柄で、目鼻立ちが整い、艶やかな雰囲気を醸しているのが緒川瑠璃《おがわるり》だ。

ともに御坂忠藏の縁者で、元工兵大隊の兵員が建設に携わった地下遺構の情報を入手できる立場にあり、かつ二十代女性という条件を満たしている人物だ。金塊が存在し、摩耶が死んだ場合、その財産を受け取る資格を有している。

誠二以外の男性二人の身元は不明だ。落ち着いた学者のような雰囲気の小太り中年と、三十代半ばに見える黄色いフレームのメガネをかけた文化人風。二人とも死体を見た瞬間こそ動揺を見せたが、今はこの鍾乳洞に興味を向けていた。

「それで、お前が連れている連中はなんだ」

誠二が威嚇《いかく》するような視線を向けてくる。

「私は東京の聖架学院大、地下世界研究会の藤間秀秋です」

藤間はいつもの如く、飄々《ひょうひょう》と応える。「御坂摩耶さんの依頼でここを調査しています。それで、今し方大きな成果を上げたところです」

「調査？　成果だと？」

「ここを見つけた。これを大発見と言わずなんと言います？」

藤間に続き、僕と神子都も自己紹介を済ませる。

「このたびはご愁傷《しゅうしょう》様です……」

神子都が深々と頭を下げると、誠二は勢いを殺されたように舌打ちをした。

「調査とか、勝手に何をしている」

「勝手とはどういうことですか。十五日を以て、ここは正式にわたしの所有となりました」

誠二を見上げる摩耶は一歩も引かない。「それより、改めて聞きます。なぜ誠二さんがここにいるんですか」

「家のためを思ってだ」

誠二の視線が再び藤間に向けられる。「そっちの連中、なんも知らない摩耶を騙して、金目《かねめ》の物をぶんどろうって魂胆じゃないのか」

「一応、持っているのでしたら学生証を見せていただけますか」

小太りの中年が言った。

僕と神子都は所持していなかったが、藤間は持っていて、小太りに差し出した。

「本物ですね」

一見しただけで、小太りは言った。

「だが、知らないやつを連れ込むのは、感心できないだろうが」

誠二は反論したが、それはお互い様だろうと言い返したかった。

「私はコヅカといいます。五年前まで東邦新聞に勤務しておりましたが、今は退職し高円寺《こうえんじ》で古道具屋をやっております。地下調査も請われれば行っています」

僕は軽く、神子都は「それはご苦労様です」と礼儀正しく頭を下げた。

「聖架学院大で藤間秀秋君と言えば、〈フジ医〉の藤間秀太郎氏のご子息ですね」

誠二は「だからなんだっていうんだ」と毒つく。「こんな男どこから湧いて出た」

湧いて出た――それではっきりした。

「わたしの行動を見張っていたんですね」

摩耶の指摘に、誠二はあからさまに狼狽《ろうばい》した。実にわかりやすい。

「もしかして、この窯小屋か山友総業の源泉小屋に、勝手に警報装置でも取り付けましたか?」

摩耶も当然そう思うだろう。「会社や所有者に無断でやったのなら、違法行為です」

「だから御坂と杵屋の家のためだ」

誠二は暗に認めた。「違法というなら親父の死体はどう説明する。お前たちは容疑者だ」

「早合点はいけない」

コヅカは誠二を制し、死体を指さした。「御坂さんがここを発見したのは今日です。この死体はどう考えても屍蠟であり、昨日今日のものではない」

「なんだそれは」

「体の脂肪酸がカルシウムやマグネシウムイオンと結合し、腐敗することなく原形を保ったまま、蠟人形のようになった死体のことを指します。見たところ、少なくとも一年は経っているようですね」

コヅカは藤間と同じ見立てをした。

「親父が中にいるのに、御坂の家は入口を塞いだってのか」

誠二が吐き捨てる。「それとも厄介払いに、閉じ込めて殺したのかよ」

「孝誠さんは二年以上前から行方不明でした、状況を考えてください」

摩耶は言い返した。

「とにかくいったん状況を整理しましょう。私が聞いていた話とは、少し違うようですし」

コヅカは誠二を手で制し、摩耶に向き直った。「景雲荘の所有権が御坂摩耶さん、あなたに移ったのは確かですか？」

「わたしの成人とともに所有権が移行するのは祖父の遺言で、法的にも有効です。管財人を通じて確認することもできます。お望みなら書面も用意できます」

摩耶は毅然と応える。「この建物と土地に関して、誠二さんは全てにおいて無関係です」

「警察への連絡は少し待っていただけませんか。死後大分経っているようですし、通報が一日や二日遅れたところで、状況が劇的に変わるわけではありません」

コヅカは誠二に視線を戻す。「警報装置を付けたのは、本当ですか」

「防犯のためだ」

「どこにでしょうか」

「源泉小屋と……この窯小屋だ」

源泉小屋と窯小屋――摩耶の行動を読んで？

「よく理解してください、誠二君。君は不法に侵入して、不法に建物に警報装置を設置したことになります。つまり一切の権利を失う可能性があるということです」

「話し合いが必要？」

摩耶に問われ、誠二は悔しげに視線をそらした。

4 殺人者 同日 ――氷上薫

巨大な鍾乳洞の一角。仏像のような死体。九人が織りなす奇妙な空気。水音と、水車のキリキリという金属音が響いていた。

陵墓を荒らす可能性がある連中を監視するつもりが、とんだ茶番劇が始まってしまった。

記憶にない死体。他殺は明らかだった。

しかし、美しくない。何度も刺すのは冷静さと技術を欠いた証拠で、無様で無粋この上ない。

いったい誰が殺したのか――

第四章　欲望と鳴動

1　崩落　三月十八日　火曜　――風野颯平

一度地上に出て、登り窯小屋を調べると、柱と梁に赤外線警報装置が設置されていた。動くものに反応し、無線を通じ監視者の元で警報が鳴る仕組みらしい。

誠二は今朝警報をキャッチし、準備を整え、奥多摩町側からやって来たという。警報からわずか数時間。彼もまた摩耶の誕生日と、工事が始まる夏までの期間を重要視していたのだ。

「警報の解除キーを持っていたんですね」

摩耶の問いに、誠二が「だからなんだ」とふて腐れる。

「皆さんは……」

摩耶は誠二以外の四人に視線を送る。「ここにあるかもしれない何かを求めてきたの？」

彼らは摩耶が言うところの「有象無象」なのだ。

「お前だってそうなんだろうが」

誠二が視線を伏せたまま吐き捨てる。

「わたしの場合、土地の所有者として長年の懸案に白黒付ける目的があります。あなたのような人がいるから」

「具体的には、金塊がある可能性を示唆されて呼び出されたんです」

小塚《こづか》が一歩前に出た。外に出る際に、小塚貴文《たかふみ》と自己紹介を受けていた。「誠二君からは以前から相談を受けていて、御坂さんが動いたら即応できるよう準備を指示されていました」

「余計なことを言うな、小塚」

「あなたが最初から本当のことを言ってくれていれば、こんな弁明をしないですんだんです」

「お前だって金塊に目がくらんだんだろうが」

「ええ、歴史学的に」

小塚は生真面目に応えた。「ロマンですよ。探すことに意義がある」

「私は星井未来」

彼女は美しい立ち姿のまま一礼する。「小塚店長の古美術雑貨屋で店員と、登山と地下探索のアドバイザーをしている」

陸上自衛軍の元隊員で、退役時は三等陸曹だった。特殊任務隊《レンジャー》の資格を持ち、現在は予備役となっている。武道武術に長《た》け、切り裂き魔の条件を満たしている。

「血筋としては、摩耶の従姉《いとこ》。ただし婚外子だけど。摩耶の伯父さんは奔放な人でね」

星井未来は、室洋圭佑の婚外子だった。これは調べた夕紀乃自身も驚いていた。「父と忠藏さんの計らいで、遺産を受け取る資格もある。摩耶にとっては邪魔な存在かな」

ここに来るという意味も、立場も理解した、頭の切れそうな女性だ。

誰も気づいていないようだが、彼女は自分の立ち位置と、僕らの間合いを常に測っているように見えた。軍人、もしくは武道家特有の反応かもしれない。特に初対面の僕や神子都、藤間に警戒心を強く持っているようで、僕らの動きに合わせて姿勢や視線をわずかに変えている。要は不意打ちを封じる構えだ。意識して観察すると、その反応は、誠二や小塚、瑠璃にも向けられていた。用心深いのか、常在戦場の精神なのか。

星井については、アウトドア雑誌に登山と地下探索のインストラクターとして、写真付きで紹介されていた。

《インストラクターとしての腕も顧客の評判も上々。御坂の血族であることを明かすことはなく、本人も用がない限りは御坂の家には接触しない》という夕紀乃の調査コメントも添えられていた。《確実に殺人技術を保つ重要人物と心得よ》

「未来、あなたが来た理由を是非聞きたい」

摩耶も承知の上で、泰然と問いかける。

「誠二の口車に乗った店長を補佐するためと、噂の真偽という下世話な興味」

「瑠璃は？」

摩耶はもう一人の血縁者、緒川瑠璃に視線を向ける。僕を見て、最初に悲鳴を上げたのは彼女だった。

「わたしは来たくなかった」

瑠璃はうつむいたまま、細く、抑揚のない口調で応える。面立ちは摩耶と似て美しいが、どこか翳《かげ》を感じさせた。「もうすぐ舞台の稽古が始まるし、映画も決まってる。準備で時間がないのに、誠二さんに血縁として見届ける義務があると言われて」

二十五歳で、職業は女優。御坂忠藏の次女の娘で、彼女も摩耶の従姉だった。グラビアやスクリーンでは明るく奔放な印象だったが、これが彼女の本質なのだろうか。

彼女にも、詳細な調査情報があった。

身長は一六四センチ。雑誌などに紹介されたプロフィールには、趣味は読書、料理、登山、スキューバダイビング、海外旅行と一般人が憧れそうなものが並んでいる。特技欄に柔道と合気道と書かれていた。舞台を中心に活動し、映画、テレビへの出演歴も多数ある。

《顔立ちは綺麗でスタイルも申し分ない。演技は上手く、役作りも勉強も稽古にも全力で取り組むが、どこか個性に欠けるとの評価がある》

確かに主演作はわずかだ。

《本人もそれを自覚しているようで、趣味や資格を充実させて個性を出そうと努力している》

それが多彩なプロフィールに現れているようだ。

《星井、緒川両名の関係は良好に見える。二人で海外旅行に行くことも多いようだ》

《行き先は主にハワイ、バリ島、米西海岸と、日差しと海を好む傾向が見受けられた》

御坂摩耶との共通点は、三人ともに武道を習得していることだ。両名とも御坂家の家訓に従った結果だというのは想像に難くない。

《二人の共通点は仕事以外での交友関係が極端に少なく、単独行動が多いこと》

この二人についても、事件発生時の所在確認など、夕紀乃たちが捜査を進めている。

「瑠璃を責めないでくれるかな、御坂さん。杵屋君から話をもらってぼくが強引に誘ったんだ」

メガネの文化人風が、芝居じみた所作で両手を広げる。中肉中背で、容姿は洗練されているが、頭と顔が体型に比して大きめで、アンバランスさを感じた。

「ぼくはトヤノレイヤ。本業は小説家だけど、誠二君の会社に頼まれて映画の脚色をしたり、企画アドバイザーをしたりしている」

トヤノは反応を見るように僕らに笑顔を振りまいた。

神子都が「それはお疲れ様です」と丁寧に頭を下げ、僕と藤間は会釈で済ませた。

「えーと、ぼくのこと知らない？」

薄い反応に拍子抜けしたのか、トヤノは笑みを引き攣《つ》らせた。

「勉強不足で申し訳ありません」

助けを求めるような視線を向けられたので、そう言うしかない。

「ではでは」とトヤノは藤間と僕、神子都に名刺を配った。

『探偵小説家／脚本家　鳥谷野《とやの》玲彌《れいや》』

名刺には代表作も三作ほど書かれていたが、どれも知らなかった。

「しかしミステリだよね。日本の防衛と建設を牛耳《ぎゅうじ》った大物政治家の別荘に、未確認の地下遺構発見とは」

「遺構ではなく鍾乳洞です。思い違いなさらずにお願いします」

摩耶が毅然と訂正を求めた。

「それは失敬。まあ、ぼくの場合は知的好奇心から、登り窯の中が怪しいと思っていたんだけど、先を越されてしまったね」

鳥谷野は馴れ馴れしく瑠璃の肩に手を添える。「雲行きは変わってしまったけど、前向きにとらえよう。ぼくにとってはアイデアの種になるし、君もこの経験で演技の幅が広がるかもしれない」

「瑠璃とはどのような関係なんですか」

摩耶に問われ、鳥谷野はわざとらしく「そうか、公表前だった」と苦笑した。

「将来を誓い合った仲です。近々御坂家の皆さんに、ご挨拶にうかがう予定です」

鳥谷野もまた、金塊が存在した場合、結婚することで、利益を得る可能性があるのだろうか。関係は薄いかもしれないが、小塚貴文は星井の雇用主。そろいも揃ったものだ。

「仮に金塊があったら、わたしは国庫に納めるつもりです」

摩耶の宣言に、誠二が「正気か？」と睨《ね》め付ける。

「公表しなければいいだけの話だ。お前にとっても御坂にとっても損はないはずだ」

誠二は欲求に正直な性格のようだ。「じいさんが持ち帰ったものだ。俺たちが受け取って何が悪い」

それから僕らに視線を向けてくる。「お前らだって目的は同じなんだろう」

「改めて言いますが、地下遺構の探査、調査を依頼されただけです」

藤間が肩をすくめてみせる。「サークル活動なので、いただくのは実費だけです。経済的に困っているわけではないので」

「それに誠二さん、相続は法に則って行うものです」

摩耶が見透かしたように言う。「焦っているのは会社の業績がよくないからですか？　それとも個人的に借金でも抱えて？」

誠二はわずかに怯んだ。

「待ってくれ、誠二君」

小塚が割って入り、摩耶に向き直る。

「正直に言おう。私もなにか見つかれば、報酬を得る約束をしていました。ただ優先は学術的興味なのです。私が鑑定と考察、星井君が実際の調査、鳥谷野君は隠された場所の推理という役割で呼ばれています。きっと役に立つはずです。捜索に我々を加えていただけませんか」

小塚が頭を下げると、途端に誠二は気色《けしき》ばんだ。

「勝手に決めるな、小塚！」

「こちらが頭を下げてお願いする立場ですよ」

「雇われ風情がなんの権利があって」

「こちらは正確な情報を知らされていませんでしたからね」

小塚は冷静な態度を崩さない。「不法侵入をしたという事実を謝罪し、改めて許可を得る。目的は同じなんだから」

「勝手な言い分だけど……」

星井も摩耶の前で頭を掻く。「一緒に探すことを許してくれない？　人数は多いほうが、なにかと効率がいいと思うしね。金塊はあってもなくても、誠二から報酬が出る契約だし」

「君にも意見する権利はある」

鳥谷野が、瑠璃に訊く。

「わたしは早く帰りたい……。でも、見届けるだけなら一日くらいは……」

「誠二さんはどうするの？」

問いかける摩耶に、誠二は湿った目つきを返すだけ。静寂と冷えた空気が漂うなか――

「緒川さんは『時計塔のファムファタール』に出演されていましたね」

会話が途切れそうになったら、共通の話題を持ち出そう――僕が教えた〝友達との交際術〟のひとつを思い出したのか、神子都が朗らかに語り出す。「大勢の人が、森の中の大きな洋館に集まって殺人事件が起きる映画でしたね」

瑠璃の人物象を知るためにわざわざ観賞した、彼女の最新作だ。

「地上の洋館と、分断された地下シェルターの二箇所で同時に殺人が起きるというアイデアは秀逸だと思います」

瑠璃は名探偵とともに事件を捜査する刑事役で、激しい銃撃戦の末、銃弾を浴び重傷を負うというシーンがあった。原作小説は評価の高い作品だったようで、僕は楽しく鑑賞できたが、脚本段階で大幅に原作を改変していたらしく、藤間にはミステリとしてどれだけの瑕疵《かし》があるのか全て探し出せと、無理難題を押しつけられた。捜査資料か映画かの違いだけで、父が神子都に試したことと同じで文句は言えなかった。

神子都は律儀に課題に取り組み、理屈に合わない十七の疑問を抽出、藤間に満点をもらった。

『原作は良作だが、伏線なしの新事実、後出しジャンケンのオンパレード。原作最大の持ち味だった、ひとつの物証からロジックをつなぎ合わせて、犯人特定に至る経緯がほとんどカットされている。さらに余計な活劇要素の挿入で、見るも無惨なプロットになっている』

それが藤間の評価だった。

「実はぼく、『時計塔のファムファタール』ではミステリ監修として脚本に参加しているんだ。原作をパワーアップさせる役目と言ったらいいかな」

お前が元凶かと言いたかったが、鳥谷野は得意げだった。

「映画の企画と製作が『シャインズ・エンタテインメント』。杵屋誠二君が取締役をしている会社で、今回ご一緒したのはその縁でね」

「粋がって独立して、今は帝洋に泣きついている」

星井が囁くのが聞こえた。

「ところで、真ん中の通路はどうだった」

映画談義が続くなか、僕は藤間に歩み寄り、小声で聞いた。

「途中で分岐していて、一方は壁と扉で閉ざされていた」

「開けたのか？」

「また数字錠さ。摩耶さんが数字を合わせようとしたところで、神子都の悲鳴が聞こえた」

「どうする？」

「依頼主に従うさ」

また窯小屋が軋み、わずかに遅れて揺れがやって来た。

「今日は多いな」

鳥谷野が天井を見上げた。直後、突き上げるような衝撃とともに、大きな縦揺れと横揺れが同時にきた。

「大きいぞ！――摑まって」

小塚が叫び、瑠璃が鳥谷野の腕に摑まり、僕らも近くの柱や窯に摑まった。

揺れは十数秒で徐々に収まった。

「大きな地震の後は、同じような揺れが何年も続く場合があるんだ」

小塚が安堵の息をついたが、僕は唐突に不安に襲われ、小屋を出て周囲を見渡した。肌を舐める微風が、わずかに乱れているように感じた。

「どうした」

藤間も小屋を出て来た。

「妙な風を感じる」

鼓膜がわずかな地響きをとらえた。方向は祠がある尾根の谷間だ。目を凝らすと、谷間の上方で樹木の先端が倒壊しつつこちらに迫っていた。

「山崩れだ！」

僕は振り返り、叫んだ。「ここに向かってくる！」

「みんな緊急事態！　避難して！」

星井がすぐに反応したが、地鳴りに加え、メリメリと樹木が割れる音が急速に大きくなった。

「母屋に！」「だめだ、遠い！」「どこに！」

声が交錯する。

「中に入って！」

摩耶が焚き口のハッチを指さしていた。我先に飛び込む誠二に続き、星井が立ち竦んでいる瑠璃の手を取って強引にハッチに押し込んだ。鳥谷野、神子都、藤間、小塚の順で避難し、焚き口に残った星井が「早く」と手招きしていた。

土石流はすぐ眼前だった。僕は地面を蹴り、焚き口の中に飛び込む——同時に窯小屋が悲鳴のような金属音を上げて倒壊、屋根と構造材と土砂が焚き口を塞いだ。

登り窯自体が埋まったのだ。ゴツゴツという音と振動とともに、天井から細かな石屑が落ちてくる。

「この窯も長くはもたないかもしれない。早く降りよう。君からだ」

星井が促し、僕は梯子を降りる。すぐに星井が続き、内側からハッチを閉じた。そこでまた振動が激しくなり、壁面のコンクリートにヒビが入った。

僕は数段を残して、縦坑の底に飛び降りた。待っていた藤間と「ケガはないか」「大丈夫」と小声で会話を交わす。

星井が降り立ったところで、上からコンクリート片や破砕された岩の欠片が降ってきた。

「行こう！」

藤間が星井の背を押した。元軍人であろうと、女性を優先したのだ。「風野も」

僕は星井に続き、しんがりを藤間が務めた。

夢中で円筒ホールに抜けたが、ここにも地鳴りの重低音が反響し、天井から土塊やコンクリート片が落ちてきていた。

「早く！」

鍾乳洞に続く鉄扉が開いていて、小塚と摩耶が激しく手招きしていた。円筒ホールを駆け抜け、鉄扉に手を掛けたところで振り向くと、僕と藤間の間に大量の瓦礫が降り注いだ。

「行け、風野！」

ホール中央に取り残された藤間が叫んだ瞬間、円筒ホールの天井が全面崩落、凄まじい勢いで岩と土、窯と小屋の残骸らしき瓦礫が折り重なってゆく。

「秀秋君！」

神子都の絶叫が轟音に掻き消されるなか、藤間は鉄扉とは反対側へ身を翻《ひるがえ》し、土砂と瓦礫で視界の全てが覆われる寸前に、岩の裂け目に体をねじ込ませるのが見えた。直後に僕は誰かに腕を引っ張られ、鍾乳洞側の地面に倒れ込み、摩耶と小塚が鉄扉を閉めるのを為す術《すべ》もなく眺めた。

「どうして閉めるんですか！　秀秋君こっちに向かってたのに！　早く開けてください！」

狼狽した神子都が摩耶の背中にしがみつくが、崩落の衝撃で鉄扉も激しく揺れ、摩耶が神子都を抱き締めるように、鉄扉の前から飛び退《の》いた。

「秀秋君が……」

摩耶の胸の中で、神子都がうわごとのように繰り返す。

「あんた、無茶すぎる」

僕を円筒ホールから引っ張り出したのは、星井だった。

「ごめん」

僕は身を起こし、神子都に歩み寄って肩を掴む。

「落ち着いて。藤間は岩の裂け目に逃げ込んだ。ほら、一緒に探したあの場所だよ。この目で見たから大丈夫だ、神子都」

「本当に？」

神子都が涙目で振り返る。僕も内心では狼狽していたが、その姿を神子都に見せるわけにはいかない。「だから落ち着こう。仕事の時は、どんな時も落ち着いていなければならない。藤間も言っていただろう？」

「でも……」

神子都は言いかけ、続く言葉を飲み込んだ。

「中は岩盤だっただろう。崩れることはない」

数十秒が経ち、音と振動が止んだ。とりあえず鉄扉は持ちこたえたが、形状は一目でわかるほど歪んでいた。

「深呼吸して、神子都」

彼女の両肩をぽんと叩く。「藤間を救助するためには、神子都の力が必要なんだ」

神子都は肩を上下させ、深呼吸を三回繰り返した。

鉄扉の上の照明は消えてしまったが、幸いにも右通路の明かりは点っていた。

小塚と星井が鉄扉にそっと近づき、取っ手を掴んだが、全く動かない。

「ここはもう無理と考えたほうがいい」

小塚が振り返る。

「なにが……起こったの」

瑠璃が呆然と立ち尽くしていた。

「邪な心でここに来たから、じいさんが怒ったのかもね」

星井が皮肉っぽく応えた。

「藤間君は巻き込まれたのかい」

小塚が心配そうに歩み寄ってきた。

「いえ、反対側の岩の裂け目に入るのが見えました。奥に岩盤をくり抜いた部屋があります。

崩れることはまずないでしょう」

神子都にも聞こえるよう意識した。

「ふざけんな摩耶！　俺たちをこんな目に遭わせて、どう責任取ってくれる！」

誠二が摩耶に詰め寄り胸倉を掴んだ。目が泳ぎ虚勢は明らかで、摩耶も動じた様子はなかったが、理不尽な行為は質《ただ》さなければならない。

「あんたこそ、その人たちを騙して連れて来て、こんな目に遭わせた責任があるでしょうが」

僕は誠二の腕を掴み、摩耶から引き剥がした。

「なんだお前は！」

誠二は僕の手を振り払い、身構えた。僕も半歩下がり、悟られない程度に即応態勢を取る。

「やめたほうがいいよ誠二。その子、立ち方が武道家だよ。かなり強い」

星井の忠告で誠二の動きが止まった。「彼が守る女の子も、それなりの使い手に見える」

見抜く眼力もあるわけだ――

「誠二さんも落ち着いていただけます？　まずは救助と人命が優先です」

摩耶は淡々と乱れた胸元を直す。「まずは皆さんで手分けをして、出口を探しましょう」

「救助を呼んだら、ここのことがバレるだろうが！」

誠二の一言が、一瞬時を止めた。

「わたしは構いません。元々何かあれば報告する予定でした」

摩耶が毅然と言い返す。

「それを待てと言っているんだ」

「あくまでも金塊優先ですか」

「お前らは勝手に大学生を探せ。ここが忠蔵爺が造った砦なら、どこかに出入口があるはずだ。全員で動く必要はない」

あくまでも欲望に忠実な人物のようだ。「金塊が見つかった時点でもう一度交渉だ」

「でしたら勝手になさってください。交渉に応じるつもりはありませんが」

摩耶は僕らに「皆さんご協力願えますか」と一礼した。

「どこまで役立つかわからないが……」

小塚がリュックから携帯ラジオのような機器を取り出した。「残念ながら、外に電波は届きませんが、中継器を使えば洞内での連絡は取り合えるはずです」

小塚は携帯型無線機三台と、中継器を所持していた。

「右の通路は行き止まりだった。調べるのは中央と左ね」

摩耶が僕らの様子を窺いつつ、提案した。「ここに誰か残って無線の中継役になって、中央と左通路の状況を知らせるという形でどうかしら」

「いいでしょう。それと、危険だと思ったら無理せず引き返すことは徹底したほうがいい。まずは自分たちの安全確保が大事ですよ」

小塚が意見を加える。反論はなく、即決となった。

「経験者がそれぞれのチームを率いる。私は地下探索とクライミングの技術を持っている。あなたたち洞穴探索の経験は？」

星井が僕と神子都に問いかけた。

「地下遺構は二十二回、天然洞穴は八回の調査実績があります。そのための継続的な技術向上と鍛錬は欠かしていません」

冷静さを〝実践〟している神子都が、律儀に説明する。「岩登りも訓練しています」

神子都は最初から山岳の登攀《とうはん》技術を持っていた。ロッククライミングも革青連の訓練項目にあったと推察されていた。

「なるほど、摩耶の目は確かだったのね」

摩耶がリーダーで、星井が実技指導、小塚が相談役という構図が違和感なくできあがった。

「話は済んだか」

誠二が割り込んできた。「小塚も鳥谷野も出口探しか」

「この状況でしたら当然ですよ、誠二君。君も……」

小塚が言い終えぬうちに、誠二は「結構」と不機嫌そうに遮った。

「誠二は一人で心ゆくまま宝探ししてな。私たちは出口を見つけてここを出るから」

星井が挑発的に言葉を投げつける。「すぐに御坂と室洋の調査隊と法律顧問が来るから」

「勝手にしろ」

誠二と星井の間に明確な亀裂が生じたが、まずは出口の捜索だった。

目的は変わったが、神子都を守るという使命は変わらない。

だが摩耶、星井、瑠璃と被疑者候補が三人揃ったなかでそれが可能なのか否か——

グループ分けの結果、中央通路が僕と摩耶と神子都。左通路が小塚と星井と鳥谷野。大ホールに残留し、無線の中継役が瑠璃に決まった。

摩耶と神子都の間に、常に僕が入る——それを心がけるようにした。

「出口があってもなくても、三十分後には一度ここに戻ってきて」

出立の準備が整い、摩耶が念を押したところで誠二が「待て摩耶」と口を挟む。

「俺も行く、お前と一緒に」

「人数は足りていてよ?」

摩耶が冷ややかに応える。「できれば瑠璃と一緒にいてほしいのですけど」

「無線連絡なんざ、一人で十分だろうが」

「じゃあぼくがここに残ろう」

鳥谷野が手を挙げる。「誠二君は、左の通路へ」

「中央だ」

数字錠は摩耶でなければ開けられない。神子都を瑠璃のいるホールに残すわけにもいかない。僕がここに残るのも論外だ。

星井がことさら大げさにため息をつく。

「鳥谷野さんがここに残って。左は店長とわたしの二人でいい」

2　岩壁とファンデーション　同日　――風野颯平

摩耶が先頭、続いて誠二と僕、神子都が最後尾となった。

中央通路は入ってすぐに緩やかな上り勾配になり、ほぼ一直線に奥へと続いている。僕は歩数で距離を測ることにした。地下探索の基本だ。

「止まります」

五十五歩目で摩耶が立ち止まった。歩幅換算で入口から四〇メートル弱といったところか。藤間が言っていた分岐だ。

「右に行っていい？」

摩耶が訊いた。誠二が「好きにしろ」と吐き捨てる。

「扉があるんだよね。その前に……」

僕はここで一度無線を試した。雑音が酷かったが、分岐があることを告げると、『了解了解。そちらの声も聞こえますよ、どうぞ』と鳥谷野の弾んだ声が返ってきた。『小塚氏からも興味深い場所を見つけたと連絡が来てますよ』

連絡を終え、右へと進むと、洞窟を塞ぐ灰色の壁に行きあたった。コンクリート製で、中央に大きな鈍色《にびいろ》の扉があり、レバー式のノブが付いていていた。

「開けられんだろ摩耶、早くしろ」

「急に出口探しに熱心になったのはなぜですか？」

「お前らが勝手に金塊を探さないか、監視するためだ」

「わかりやすくて助かります」

摩耶は皮肉めいた返答をして数字錠の数字を合わせ始めた。

「ちょっと待て！」

誠二が摩耶の腕を掴んだ。僕は反射的に身構えた。

「触らないで。鍵が開けられない」

「俺が手元を照らす」

誠二は手を放すと、摩耶の手元を懐中電灯で照らした。

「暗証番号が気になるなら、見ても構いませんよ」

摩耶は解錠作業を再開する。何度か数字を合わせたが、ノブはなかなか降りない。目を剝いて摩耶の手元を凝視する誠二の横顔が滑稽だった。

数十秒後、摩耶が扉に体を寄せ、体重を掛けるようにゆっくりとノブを降ろした。ガチリ、と金属音が響いた。

僕が助太刀に入り、摩耶と力を合わせてノブを手前へと引くと、重々しい摩擦音とともに扉がゆっくりと開き始めた。漏れ出てきた空気はひんやりとして、無臭だった。

数字錠の数字は、０５０４で止まっていた。

「お父さんの誕生日だった」

摩耶はぽつりと言った。扉の向こうは深い闇が広がり、水音がかすかに響いていた。

「行くぞ、摩耶」

　誠二が摩耶を押しのけて中に入っていった。ここまでの通路同様、アルミの足場と手すりが続いていた。二〇メートルほど通路を進むうちにせせらぎの音が大きくなり、広い空間に出た。右通路のバス区画と同じような光景だ。

　向かって左＝上流側にはやはり水車と発電機があった。機種も設置方式もバス区画と同じだ。『2』と書かれたステッカーが貼られ、緑色の通電ランプが点っていた。

「動かしてみよう、神子都」

　僕は神子都を促し、先ほどと同じ手順で水車を降ろして軸受けに固定、神子都が水力発電機を起動させた。スイッチボックスもすぐに見つかった。《Warehouse》《W・Heater》《Route2》の三種のスイッチは、倉庫、給湯、第二通路か。すべてのスイッチをONにした。

　明かりが点り、視界が広がった。

「出口か……金庫か」と誠二が下流方向を見て唸る。

　下流側の岩壁がコンクリートで固められ、中央に銀色の扉がついていた。ステンレス製のスライド式で幅が広い。

　施錠されていないようで、誠二は無造作に扉を開けて中に入っていった。

　僕らも続くと、左右に短い廊下が延び、扉が二つ並んでいて、誠二は既に右の扉を開けていた。

「出口を探して！」

摩耶は声をかけたが、誠二は無言で中に入っていった。

「じゃあ僕らは左だね」

僕は左の扉をスライドさせた。中は暗かったが、扉のすぐ右手にあるスイッチを入れると、天井の蛍光灯が点った。小中学校の教室ほどの広さで、両側の壁と中央にスチールの棚が設えてあり、中央の棚は段ボール箱で埋まっていた。乾パンや、インスタント食品の商品名が目立った。ラーメンも箱ごと置いてある。試しに缶詰と書かれた箱を開けると、業務用なのか、大型の果物缶がいくつか入っていた。

「食糧の貯蔵庫だね」

僕が言い、「できれば利用したくないわね」と摩耶が応えた。

奥には手押し車が畳まれて、壁に立てかけられていた。最深部には壁と一体化した大型冷蔵庫があった。ガラス窓の中は暗く空《から》だった。

「これが祖父が言っていたお城なのかな」

摩耶は感慨深げだ。「この規模なら四、五人が一年は暮らせる食糧が置けると思う」

「見てわかるんだ」

「景雲荘の母屋の地下にも非常用食糧庫があるから、大体見当がつく。この半分くらい規模で、四人で半年分の計算で食糧を保存していたから」

御坂忠藏と陶芸の愛好家たちが、景雲荘に冬ごもりをすることがあり、摩耶はその際の食糧や生活物資の備蓄計画を手伝っていたという。

しばらく倉庫内を見て回ったが、扉や通路は見当たらなかった。

「いったん戻ろう」

食糧庫を出ようとしたところで、扉の脇に、小さなバインダーが下がっているのを見つけた。手に取ってみると、B5サイズの紙が挟んであった。点検の確認書のようで、食糧や備品のチェック項目に、手書きでチェックが入っていた。

☑食糧備蓄。賞味期限切れ品交換
☑生活必需品、蛍光灯、電池、予備発電機燃料、バッテリー交換
☑発電機動作確認
☑空調動作確認

チェック用紙の右下には、『石神』とサインされていた。

日付は、『78/5/30』。二年近く前だ。

紙は五枚で、二枚目の日付が『77/5/30』。同じ項目がチェックされていて、一九七四年から毎年五月の最終日かその前日に、補充と点検が行われていて、すべてのチェック用紙に同じ直筆の『石神』のサインが入っていた。

「なにか見つけたの？」

摩耶が覗き込んできた。

「倉庫の管理表みたいなヤツ。年一回、食糧の補充と交換をやっていたみたい。でも、最後の点検補充から一年と十箇月経ってる、石神《いしがみ》さんって人が担当だけど、知ってる？」

「小さい頃、何度も会ったことがある。祖父の部隊にいた人で、八王子《はちおうじ》で自動車修理工場を経営してたんだけど、随分前に亡くなっているから、たぶん息子さんね」

またも、工兵大隊の関係者か。

「たとえば点検の度に、あの煉瓦の接着部を壊して、取り除いてここに入っていたと思う？」

真っ先に浮かんだ疑問だ。「一応、人に知られてはいけない施設だったと仮定して」

「年に一回の補充だったら可能かも。窯は月に一、二回の割合で使われていたけど、修理点検と言えば怪しまれずに作業できるかもしれない。アルミ板を敷いたのも、荷物搬入のためなのかも」

「ハッチも人が降りるだけにしては直径が大きいですし、焚き口も十分な広さがあります。手動式の小型クレーンでしたら……」

神子都が脳内カタログを探る。「アリサカ社製の移動式クレーンなら入る大きさです」

「でも、去年は点検していないのね」

摩耶が気づいた。立川地震のあとも一度保守点検はされているが、だとすれば——「窯の閉鎖が理由なのかも」

僕は手近なレトルト食品の箱に記された製造日を見る。一九七八年の三月だった。

「母屋が壊れて、登り窯を封鎖すると決めた段階で、ここも放棄するつもりだったのかな」

摩耶の推論には説得力があった。「たぶんここを知っているのは、祖父と縁の深いごく一部の人だけだと思う。御坂や室洋の本家が知っていたら放置しておくわけがない」

食糧庫を出ると、となりの部屋へ入った。広さも構造も食糧庫と同じだった。棚に置かれている箱は大小様々で医薬品や、タオルや固形燃料、工具などの文字が見て取れた。こちらは備品庫のようだ。

誠二は背を向け、部屋の中央に仁王立ちしていた。

「出入口は？」

摩耶が声をかけた。

「ねえよ」

悔しさと落胆を押し殺したような声だ。「そっちは」

「ありませんでした。ここと同じ構造の倉庫でした」

「本当だろうな」

誠二は備品庫を出て、食糧庫に入った。

「美味しい保存食。ある意味宝だと思いますが」

僕は誠二の背中に語りかけたが、彼は唸りながら倉庫内をゴリラのように右往左往し、時折壁を押したり蹴ったりしたあと、無言で出ていった。

僕らも倉庫を出て改めて川の周辺、発電機、水車の裏側を探ったが、人が通り抜けられるよう通路や裂け目はなかった。

「行き止まりですね。先を急ぎましょう」

摩耶が促す。大ホールを出発して二十分が経過していた。分岐まで戻ると、中央通路にも明かりが点っていた。中央通路がルート2で、右通路がルート3のようだ。

「なんだか感動……している暇はないよね」

再び摩耶を先頭に奥へと歩き出したが、すぐに左手に扉が出現した。

サイズは一般家庭の玄関程度だが、重厚な鉄製だ。やはり、数字錠が取り付けてあったが、摩耶の手に掛かると、ものの十秒ほどで開いた。

「またわたしの誕生日だった」

扉の先には、通路が真っ直ぐ延びていた。人工的に掘られたもので、天井に小型の蛍光灯が点り、十数メートルほど奥にもう一つ扉がある。

「期待していいのかな」

次の扉も摩耶が難なく開けた。その先は広い暗闇だった……が、闇の中に小さな光点が浮かび上がっていた。

「誰ですかな?」

「なぜお前がここにいる」

誠二が言う。小塚が闇から溶け出してきた。

「皆さんこそ、どこから出てきたんですかな?」

「通路があったんで」

僕は今出てきたばかりの通路を照らした。

「なるほど、中央の通路と繋がっているのですか……」

「ここはなんだ」

誠二が苛立ったように聞く。

「左の通路を進んだら、すぐこの広い空間に出くわしましてね」

小塚は星井を先に行かせ、一人ここで探索をしていたという。「私は居住区画と踏んでいますがね、皆さんはどう思います」

地面はほぼ水平で天井も高く、圧迫感もない。通路出口のすぐそばにはログハウス風の東屋があった。ただし柱だけで壁がなく、公園の休憩所のようだ。

中央には大きなテーブルが固定されていて、周りにはプラスチック製のダイニングチェアが置かれていた。

「これだけではなくてね、皆さん全員で奥の方を照らしてみてください」

全員で同じ方向を照らすと、闇の中にぼんやりと浮かぶ〝異物〟に気づいた。

白い蒲鉾《かまぼこ》型の物体が岩壁に沿うように並んでいた。

「ひとつひとつがコテージなんです」

小塚が説明する。「今見える範囲で八棟確認できます」

ログハウスとの距離は二〇メートルほどだろう。

外壁はプラスチック製で、中央に小さな扉と窓がついている。扉には『4』とペイントされていた。向かって左のコテージには『5』。

4番コテージの扉は抵抗なく開いた。中は四畳ほどの広さで天井には小さいが蛍光灯が付いていて、左奥にはベッド。ほかに衣装ボックスや棚が設えてあり、右端には小さなテーブルとイス、テーブルの下には、小さな電気ストーブが置いてある。

「こんな状況でなかったら泊まってみたいけど……」

今は出口の捜索が最優先だ。僕らはログハウスに戻り、小塚に倉庫区画の発見を告げる。

「二機目の発電機も稼働させました」

神子都が告げると、小塚は深くうなずく。

「居住区なら、倉庫や水場への近道を造るのは当然でしょうな」

小塚がリュックからノートを取りだして、大まかな方向感覚で図面を書いた。

大ホールから右通路、中央通路、左通路。そして左通路から続くこの巨大空間。描かれた地図は僕の体感、方向感覚とほぼ変わりなかった。

「わたしたちは中央通路に戻って探索を続けます」

摩耶と小塚はうなずき合う。

「では後ほど」

小塚は懐中電灯を手に、再び闇が広がる空間へと向かった。

連絡通路から中央通路に戻り、僕らはさらに奥へと進む。洞内は緩やかに右へとカーブし、勾配もわずかにきつくなった。進むにつれて、また水音が聞こえてきた。

「もうひとつ生活用の区画がありそうね」

先頭の摩耶が言う。分岐地点から百十五歩。歩幅は変えていない。大ホールからおよそ八五メートル、連絡通路から四〇メートルというところだ。

水音がクリアになり、推測通りドーム状の空間に行き当たった。

構造はバス区画、倉庫区画同様、川のほとりに水力発電機と水車が設置されていた。ただし発電機と水車の位置は区画の中央付近だった。主機には『1』の文字が刻まれていた。制御盤は下流の『3』号と同じだ。通電も確認できた。

また同じ手順で、発電機を起動させた。スイッチボックスには、《Pump》《Residence》《Route1》の表示。レジデンスは、小塚がいた居住区画のことだろう。ポンプは水があれば当然必要になる。全てONにした。

明かりが点ったおかげで、上流の岩の裂け目付近に、発電機以外の設備を見つけた。発電機の三分の一ほどの大きさの円筒状で、パイプが川の中に伸びている。

「取水ポンプですね。ここが取水口のようです。飲料用と思われます」

神子都が瞬時に見抜いた。「どこかに水道の蛇口があると思います」

電源を入れると、緑色のランプが点り、ポンプが唸りはじめた。

僕は川の対岸に渡り、岩の裂け目や小さな洞穴が口を調べたが、どれも人間が奥まで入っていけるほど大きくはなかった。

「人が抜けられるような通路はないよ!」

「中央通路はここで行き止まりか」

摩耶は小さく嘆息した。「戻りましょう」

出発から四十分が過ぎていた。

連絡通路前に鳥谷野が待っていた。

「やあやあ、戻ったね。小塚氏と話してね、居住区を拠点にすることになったよ」

居住区に戻ると、ログハウスに明かりが点っていて、瑠璃の姿もあった。

「かなり広いですし、人の手も結構加えてありますね。実に興味深い」

鳥谷野の脇で、テーブルに座る瑠璃が、不安げに水筒を両手で包んでいた。

「結局無駄足かよ」

誠二は毒づいてイスに身を投げた。

「小塚さんと星井さんは？」

僕は鳥谷野に訊く。

「一度戻ってきて、みんなでここで待機するように相談して、また行ってしまいました」

ログハウスの脇にある岩壁に、シンクを見つけた。僕は蛇口のコックに手を添えてみる。

「出ませんよ、そこ」

瑠璃が言った。水筒に水を補充しようとしたのかもしれない。

「ものは試しで」

コックをひねると、家庭用ほどの勢いはないが、水が出てきて、瑠璃が目を丸くした。

「上流にポンプがあって、電源を入れてきたんです。飲んでも問題ないと思います」

「つまり中央通路は、電源と生活物資のハブとなっているのか」

鳥谷野が腕を組み、したり顔でうなずく。「なるほど、合理的だね」

五分ほど待つと、コテージ側の奥から小塚と星井が戻ってきた。

「ここも明かりが点いたんだ」

星井が物珍しげにあたりを見回した。

「いかがでした？」

摩耶が訊くと、視線が小塚に集中する。

「問題があって、御坂さんの判断を仰ぎたいと思いましてね」

小塚がテーブルにノートを広げる。先ほど描いていた簡易地図に、居住区の〝先〟が描き加えられていた。

「この先にも、広いドーム状の空間があって」

通路の先に描かれた、広さが定かではない空間。「そこに難所がある。まずは見てもらっていいでしょうか」

「足もとには十分注意して」

先頭を行く星井が告げる。居住区より奥に延びる通路にはアルミの足場がなく、ゴツゴツとした地面は歩きにくかった。幅は広いところで三メートルほどで、狭いところは一メートル半ほど。やや上り勾配で、壁面も地面も天然のままで、所々で水がしみ出していた。照明もなく、発電機の恩恵は届いていなかった。

歩くこと五分。空気の肌触りが明らかに変わり、広い空間に出たことを肌で感じ取った。

洞穴を抜けた各々が、懐中電灯を向けた。

最初に逃げ込んだ大ホールに匹敵する、巨大ドームだった。光の通過点に鍾乳石が描く美しい色合いの曼荼羅が垣間見える。

「これ、お金取れるよね」

鳥谷野が高揚したように言う。摩耶も誠二も瑠璃も地底のパノラマに見とれている。

「こちらがその難所でね」

小塚が立っているのは、洞穴出口の対面にある岩壁の前だった。

「そこに出口があるのか」

誠二が急くように聞いた。

「その判断は早急ですが、新たな通路が見つかったので」

その割りに小塚の声に高揚感はない。「みなさんが登れるかどうかの確認です」

小塚の懐中電灯が、岩壁の上方に向けられた。

「うわっ」と鳥谷野が呻いた。

岩壁の天井近くに、横に長い楕円形の洞穴が口を開けていた。

「穴の幅は五メートル程度、高さ二メートルというところです」

神子都が目測で判断した。「縁までの高さは一二メートルくらいですね」

三階か四階建てのビルくらいか。剝き出しの岩壁はたわんだカーテンのようにうねり、縦に筋がいくつか通っているが、梯子など登攀器具は設置されていない。

「ちょっと待て、ここを登るのか」

誠二に動揺の色が浮かぶ。

「こんなの無理……」

瑠璃も語尾を震わせた。

岩壁は垂直に近く、洞穴の直下三メートルほどは、岩が手前にせり出していた。いわゆるオーバーハングだ。

「悪魔が笑ってるみたい……」

穴を見上げた摩耶が、ぽつりと言った。楕円の両端がつり上がり、鍾乳石が牙のように見えた。

「本当にここ以外、人が通れる通路はないの?」

摩耶が改めて確認する。

「ざっと調べた限り、あそこ以外人間が通れる道はなかった」

星井は肩をすくめる。「ほかになければ、ここを登ってルートを切り拓くしかない」

僕は岩壁に触れてみた。表面は滑らかで、凹凸はそれほど深くないように感じる。

「難易度高くないすか。登山具もないし、純粋なロッククライミングになりますよね」

僕は言った。藤間の研究室で、軽装で岩壁を登るクライマーを紹介する雑誌を見たことがあった。中でも、命綱もつけず腕一本で断崖絶壁にぶら下がるクライマーの写真は衝撃的だった。雑誌ではフリークライミングと紹介され、わずかな突起＝ホールドや、岩の裂け目＝クラックを利用して、登攀器具を使わず、体力と技術一本で登っていく、アメリカで流行り始めた新たなスポーツクライミングと説明されていた。

「いや、行けないこともない」

見上げる星井に躊躇《ためら》いは感じられない。「のっぺらぼうに見えても、めぼしいクラックとホールドをいくつか見つけた」

「フリークライミングで行くつもりですか」

僕は星井に訊く。日本では、フリーのロッククライミングを行う者は少ない。

「さすが、知ってるんだ」

「わたしもロッククライミングの訓練を受けています」

神子都が手を挙げた。

「どこで？」

星井が聞き返す。

「日和田《ひわだ》山です」

「あそことは随分と難易度が違う。ここは私に任せてもらえる？　第八想定は私の最も得意とするところだから」

後に知ったが、第八想定とは急峻な山岳地帯での偵察行動や戦闘行動のことだという。

「星井君がここを登り、助けを呼ぶ。そのための協力をお願いしたい」

小塚が僕らに告げる。

「異存ないわ」「当然」「なんでも手伝います」

摩耶と僕、神子都が同時に応えた。

「警察に知らせるのか」

誠二がまたしても不快感をあらわにする。

「正確には警察とレスキューね」

星井が応える。

「お前が一人で登ってか」

「あなたは登れないでしょ」

「ここが出口なら、登ったところで警察に届けるとは限らない」

「なにを言ってるんだ、誠二君。めったなことを言うものじゃない」

小塚が驚いたようにたしなめた。

「ここから抜け出して誰にも知らせなければ、俺たちはいずれ餓死する。所有者が行方不明なら、法的に工事の許可も遅れる。その間に未来はゆっくり金塊を探すことができる」

「誠二君、実際のところ日本に金塊が運ばれた可能性は極めて低いんです。それに今は金塊より命でしょう」

「小塚、お前はなんでここに来た」

「依頼されたからです。たしかに万に一つの好奇心もありますがね。それになにか珍しい所蔵品が出てくれれば、所有者と譲渡か購入の交渉をする。古物商としては当然なこと」

旗色は鮮明になった。

僕と摩耶の案内で、星井を連れて中央通路の倉庫区画へと踏み込んだ。

神子都は居住区で、小塚と鳥谷野とともに探索を担当している。瑠璃からできる限り距離を取るよう、厳命していた。

手分けをして、備品庫の棚にある箱を片っ端から漁る。

「こんなことならクライミングの準備もしてくればよかった」

星井は備品庫を見回しながら嘆息する。「登山用のハンマーとバールは持ってきてあるけど」

「なにかをこじ開ける気満々だったようね」

摩耶が言うと、星井は苦笑混じりで「誠二のお遊びに付き合ったまで」と応えた。

「探すのはハーケンの代用品とロープ。あとはベビーパウダーかな」

「なにに使うの?」

摩耶が尋ねる。

「滑り止め。フリークライミングには必須のアイテムなんだけど」

星井のリクエストで、僕らはそれぞれ棚に取り付く。食器や医薬品、ガーゼや包帯などの衛生用品、タオル類はあったが、ハーケン代わりになるものとベビーパウダーは見つからない。

二段目によじ登ると、携帯用の工具箱を見つけた。中には小型のドライバーやペンチ各種、木工用らしい折りたたみナイフ、針金や予備の銅線の束などが収められていた。後に必要になるかもしれないが、星井のリクエスト品ではなかった。

「ロープがあった」

摩耶がロープを二巻《ふたまき》、腕にぶら下げてやって来た。クライミングロープと多目的の虎柄ロープだった。「クライミング用はこの一巻《ひとまき》だけだけど、虎柄は三巻分あった」

一巻百メートルと表示されていた。「十分すぎる長さね」

「こっちも大発見」

星井が手にしていたのは、先が尖ったノミ状の棒だった。「タガネがあったのはラッキーだと思わないと」

ノミ状の棒＝削岩用のタガネだ。岩壁の加工に必須の削岩器具だ。

「ベビーパウダーはあった？」

星井の問いに、僕と摩耶はともに首を横に振った。

「じゃあ、ファンデかフェイスパウダーは持ってきてる？」

「一応、持ってきているけど……」

摩耶は首を傾げる。「瑠璃もたぶん持ってきているはず」

「それで代用できる。成分に炭酸マグネシウムが入っていれば使える」

僕らは必要な物を持ち出して、一度居住区へ戻った。

鳥谷野と瑠璃が湯を沸かし、テーブルにチョコレートやクラッカーなどを出していた。

僕と摩耶はそのままコテージの中を調べた。ベッドの下に真空パックされたマットレスと毛布が収められていた。

「命綱が固定されるまでは、万が一落下した時に必要になると思う」

僕はマットレスを引っ張り出した。

これで必要なものは揃った。

第五章　疑心と殺人

1　記憶と使命　三月十八日　火曜　――氷上薫

居住区、コテージ、『悪魔の口』には、断片的だが記憶があった。

杵屋孝誠の姿とともに。

親や親戚に勧められて始めた柔道の稽古。御坂の一族が必ず通る道だった。

師範である杵屋孝誠は一族の武の象徴だった。

稽古は御坂家の専用道場で、決まって師範と一対一だった。何度も投げられ、絞め落とされた。失神しても覚醒させられては、また続く。四肢と首への圧迫に、あらゆる場所から、あらゆるものが漏れ出した。特訓のたびに胴着を汚し、下着をだめにした。

押さえ込まれたとき、下腹部に硬直したものが押しつけられた。

今ならわかる。彼は勃起していた。

稽古の終わりは担がれて風呂場に連れて行かれた。道着を脱がす武骨な手と、肌を這ってくる指の感触。御坂家のため、耐えなければならないと思い込んでいた。

誰にも相談できなかった。自分さえ我慢していればいいと思い込んでいた。

だが、御坂の一族だけではなかった。

――山の道場で稽古を受けた。

――杵屋先生に逆らうと、家族まで酷い目に遭う。

思い詰めた表情で告白した女の子の顔。大人に相談しようと話したが、激しく拒絶された。

その時、私は無力だった。


転機となったのは夏休みのある日、景雲荘を訪れた時だった。

図面を見つけたのは、偶然だった。

景雲荘の管理をしていた宗一郎の部屋、大量の図面が机の上に広がっていた。開いたままの金庫にも、束になって置かれていた。『地下建築物による、都市防衛計画参考資料』と書かれた書類封筒もあった。

宗一郎は優しくて面白くて祖父をよく笑わせていたが、時々抜けていた。今も急に用事を思い出して、出掛けてしまったのだろう
その資料は、昔の友人たちの仕事の一覧――主に関東圏に散らばる地下建築物の情報だった。位置、構造、緊急避難路、換気、電路。戦後すぐから今に至るまで。

貪るように読んで、図面を見た。今思えば、アメリカとソ連の間で続く冷戦で、日本での有事を想定していたのだ。今よりも何倍も核戦争の恐怖が色濃かった時代のことで、祖父はその

時に備えて友人だった杵屋宗一郎のもとに、情報を集約させたのだろう。

地下建築物に興味を持ち、勉強した。それでわかった。戦後全国に散った祖父の友人たちは、どんな小さな地下建築物でも、それが避難所であっても、戦時砦としての機能を持たせていた。『本土決戦』という言葉も記されていた。

目を引いたのは、構造だけではなく建造した地下建築物の整備状況、利用状況だった。そこで起こった犯罪に至るまで、克明に調べられていた。当時はぴんと来なかったが、知識や経験を蓄え、私自身の存在基盤も形成されたところで、その情報は重要なものになった。

特に心をかき乱したのは、いくつかの地下建築物で行われた忌まわしき儀式だった。少女たちの苦痛と悲鳴。それが、私の恐怖と恥辱の記憶を増幅させた。

自分の使命を理解した。同じ艱難辛苦《かんなんしんく》を受けた少女たちの鎮魂と、彼女たちが眠る部屋の安寧だ。墓を守ることが私が存在する意味となり、私の存在を担保する。

資料の全てを記憶した。成長し、人との交流ができ、社会に出て暮らすようになり、私は少女の魂が眠る地下建築物の監視を始めた。

墓守としての使命を果たす時、皮肉にも杵屋孝誠に叩き込まれた技術が役に立った。

2　未知の通路　同日　――風野颯平

星井が岩壁を登り、僕と神子都、摩耶、小塚がサポート、誠二、鳥谷野が再度洞内を探索、通路など見落としがないか確認するという分担になった。瑠璃は引きつづき無線の中継係だ。

誠二が分担に応じたのは、金塊探しという目的と重なるからだろう。鳥谷野とともに、大ホールに向かう誠二の背中を見送ってから、僕らはドームの岩壁前に移動した。

小塚が持参した屋外作業用ライトを持ち出し、三脚を立てて岩壁に向くように固定した。星井は上着を脱いでハーネスを装着し、登攀の準備を進める。

下は膝丈の短パン姿で、肩から二の腕、腹筋から大腿部にかけての筋肉の隆起が力強い。腰のベルトにはロープとタガネ、ハンマー、小さな巾着に詰められた〝粉〟をぶら下げていた。粉は摩耶と瑠璃が携帯していたファンデーションを砕いたもので、滑り止め代わりだ。

時計に目を落とす。午後三時過ぎ。今朝、立川駅を出たのが随分前のことのようだ。

「率直にどう思う？　これ」

装備を着け終え、岩壁を見上げた星井が神子都に尋ねた。

「有用なホールドとクラックが四メートルから六メートル付近にいくつかあります。四メートルのクラックから六メートルのホールドに行けるか。それが最初のポイントと考えます」

「私も同じ。訓練は嘘じゃないようね」

星井は神子都を見て微笑する。有意な場所にハーケン代わりのタガネを打ち込みロープを固定、ポイントとなるクラックへチャレンジする足がかりとする。それまでは命綱なしの危険なクライミングになる。

登頂後は上からロープを垂らし、まず登攀可能者を脱出させ、助けを呼ぶ段取りだ。

僕と小塚が星井の位置に合わせマットの置き場所を調整し、摩耶も加えて、彼女が落下したときに受け止める任を負う。神子都が星井の登る先を照らすと分担を決めた。

「そろそろ行こうか」

星井は首と肩を二度、三度回し、岩に取り付いた。

次の瞬間、思わず感嘆の声が漏れてしまう。

彼女の手が壁面に吸い付くたび、爪先が壁を蹴るたび、見えない梯子があるかのように体が上へ上へと登ってゆく。その重心の移動とタイミングの的確さ、体術の巧みさに、このまま登り切るのではと希望を抱いてしまう。

十分ほどかけ、星井は四メートル付近の大きなクラックに到達した。そこでタガネを取り出して、ハンマーでその尻を叩き、小さな裂け目に打ち込んでいく。

呆気ないほど、第一目標が達成された。このタガネを足場に二メートル斜め上方のホールドにチャレンジするのだ。

「いつ見ても彼女のクライミングにはほれぼれする」

冷静だった小塚も、どこか誇らしげだった。

タガネの刃が岩の中に消え、星井は右手と指先だけでロープをタガネの柄に結び付け、もう一方をハーネスに固定する。これで命綱が確保された。

これでマットはお役ご免のようだが、タガネが星井の体を支えきれるかどうかはわからない。

「彼女が落ちてくる想定で、緊張感は切らさないように」

小塚から小声で注意され、僕と摩耶はうなずいた。

「私の右斜め上を照らして」

星井の指示で、神子都が懐中電灯を向けると、ホールドの濃い陰影が浮かび上がった。

「あれが摑めると、その上のクラックに一気に進めます」

神子都が解説を入れる。まるで自然相手のパズルだ。

「ランジする」

星井が告げ、深呼吸する。

「ジャンプしますよ、風野君、御坂さんよろしく頼みます」

小塚が声をかけ、空気が張り詰める。

星井は命綱の強度を確かめるかのように二度、三度引っ張り、タガネに足をかけ、身をかがめ一気に飛び上がる――宙《くう》に浮く体、伸ばされる手。しかし、星井の指先はキーとなるホールドの手前で空を切り、肉体は重力に捕らわれた。

「来るぞ！」

彼女を受け止めるべく僕はマットを強く握り、身構えた。スローモーションのようだった。

星井は落下途中に壁面に体を打ち付けながらも、驚異的な身体能力で、岩壁を蹴るように体勢を変え、地面まで少しのところで命綱が星井の完全落下を止めた。

星井は痛みに顔をしかめていたが、小塚と僕の補助で地面に降り立った。

「大丈夫？　未来」

心配する摩耶に「最初はこんなもの」と星井は体の汚れを払った。インナーシャツの左肩の部分が破れ、擦過傷ができていた。

「もう一度行く」

星井は再度岩壁に挑戦し、難なくタガネを打ち込んだ位置に到達した。再び希望が膨らんだが、やはりジャンプに失敗、落下した。

今度も肩や腰を岩に打ち付け、受け止めた小塚も体勢を崩し、足首を痛めたようだ。

「一度打撲の様子を見て、傷の治療をしよう」

小塚は少し顔をしかめながら、提案する。

「まだ行けるけど」

星井は気丈に応えたが、腕からの出血が酷く、肩や脚の所々が内出血で紫色に変色しつつあった。

「私自身も足首の具合を確かめたくてね」

小塚が言い、摩耶も「慌てる必要はないから」と説得する。「せめて腕の出血をなんとかして。もし指先に付いたりでもしたら、滑ってしまうでしょう」

摩耶の警告に星井は大きく息をつき、装備を外した。

「本家の跡取りの言うことは聞くしかないか」

「次はわたしが登ります」

神子都が装備を拾い上げるが、僕はその手を掴み、首を横に振る。

「星井さんに任せるんだ」

神子都は目的や使命を提示されると、それのみに集中してしまう。それは同時に暴走の危険を孕《はら》むため、彼女の逸《はや》る心を抑えるのも、僕の重要な仕事だ。

「すぐ戻る」

星井が神子都の頭にそっと手を置く。「でもありがとう」


「未来！」

ログハウスに戻った星井の姿を見て、瑠璃が顔色を変え、駆け寄ってきた。

「ちょっと治療に戻っただけ。大丈夫だから」

星井は瑠璃の両肩に手を置き、安堵させるようにゆっくりとうなずく。

「誠二さんと鳥谷野さんは探索中？　連絡は？」

摩耶が瑠璃に訊く。

「連絡はまだなくて……」

「出口を探しているのか、お宝を探しているのか」

揶揄《やゆ》するような星井に、瑠璃が首を横に振る。

「そんなこと言ってる場合じゃない。早く消毒しないと」

「そうね、お願い瑠璃。川の水はきれいだし、倉庫に包帯やガーゼがあった」

「シャワーが使えると思う」

僕はバス区画での治療を提案し、受け入れられた。

「すまないが星井君を頼む」

小塚は近くのイスに座り、自分のリュックから青い小さな箱を取り出した。「必要なら持っていってくれ。私は腰痛を持ちでね、常に持っているんだ」

貼るタイプの湿布薬だった。小塚は自分が使う分を抜き、箱を摩耶に手渡した。

摩耶が寄り添い、星井をバス区画に連れて行く間に、僕と神子都は、瑠璃を倉庫へと案内した。衛生用品があった棚を教えると、瑠璃はいくつかの箱を空け、包帯やガーゼ、消毒薬、タオルを取り出し、神子都が見つけてきた籐の籠に収めてゆく。

「緒川さんは治療ができるのですか？」

神子都の問いに「看護助手の演技経験があるから」と小声で応えた。「消毒のやり方くらいはわかる」

必要な物を揃え、中央通路から一度大ホールに出る。遠くに懐中電灯の明かりが二つ動いていた。誠二と鳥谷野だ。

「真ん中の通路から右の通路には近道がないんですね」

珍しく神子都がぼやく。「トイレもお風呂も大事なのに、少し遠くて不便です」

「緊急施設だと思えば、贅沢は言えないだろう」

バス区画に入ると、杵屋孝誠の屍蠟が目に入った。

三人ともタイミングを合わせたかのように目を逸らす。星井はすでに上着を脱ぎ、摩耶がハンカチで血を拭っていた。

「水を出します」

神子都がシャワーブースの裏に回り、バルブを開けポンプの電源を入れると、ブース内から水音が聞こえてきた。「使えます!」

「すまないね、至れり尽くせりだ」

星井がシャワーブースから出てきた神子都に言った。「次のリクエストはお湯かな」

瑠璃が早足で歩み寄り、星井の全身をくまなく見てゆく。

「痛いところは?」

強い意志が込められた眼差し。先ほどまでの怯えや不安は影を潜め、まるで別人のようだ。

「痛みは友達だから」

「真面目に応えて。とにかく脱いで……」

瑠璃が星井のスポブラに手を掛けたところで──

「ちょっと待って、瑠璃」

摩耶が僕らの方を向く。「男性はご退室を」

「行こう、神子都」

切り裂き魔候補三人の中に、神子都を置いてはいけない。

「いえ、観察します。発電機を見るふりをして、距離は取りますから」

神子都の自主性と危険度を天秤にかける──

「じゃあ通路にいる。何かあったら大声出せよ」

それが妥協点だ。神子都に最大限の警戒を厳命し、一度右通路まで出た。

大ホールでは懐中電灯の光が揺れている。至る所に裂け目や穴があるようで、一つ一つ中を調べているようだ。

僕の懐中電灯に気づいたのか、二つの光がこちらに近づいてきた。

「ここで何をしている」

誠二が僕を照らす。

「治療している星井さんたちを待っています。落下したので」

「大口を叩いた割に役立たずか」

誠二が吐き捨てる。

「それは違いますよ、杵屋さん」

脊髄反射で言い返してしまう。「星井さんは僕らのために身の危険を顧《かえり》みずに頑張ってくれています。僕らはもう運命共同体なんです」

「そうだよ、誠二君」

鳥谷野も同意してくれた。誠二も自覚はしているのか、むすりと黙り込んだ。

ここで、鳥谷野がビデオカメラを向けていることに気づいた。肩にはデッキを担いでいる。

「記録用に持参したんです。言ったでしょう知的好奇心で同行したって」

不審げな僕の表情に気づいたのか、鳥谷野は言った。「宝探しは画《え》になるし、何か見つかれば貴重な資料にもなる。今は不測の事態が起こっている。何事も記録しておいたほうが、後々役に立つと思うけど？」

確かにその通りではあるが——

「それでここに通路や出口はあったのですか？」

「まだだ」

誠二が吐き捨てる。「俺たちもいったん休憩だ、戻るぞ」

居住区に戻る二人と入れ替わりに、小塚がやって来た。

「おやこんなところで」

「服を脱いで治療中なので」

「なるほど、では私もここで待ちましょうか」

二人きりでいいタイミングだと思った。

「もし万が一、金塊が見つかったとしたら杵屋さんはどんな行動を取ると思いますか」

「予想できませんな。我々の誰もここに来ることを周囲に伝えていませんから」

小塚は申し訳なさそうに言う。それが現状最大の不安要素だった。

「今朝僕らの動きを確認してすぐ行動できたということは、事前に準備されてたんですよね」

「時期や装備や集合の取り決めはしてあったよ」

誠二は摩耶が動くタイミングを予想していて、彼女が行動に出た場合、参加者は誰にも行き先を告げることなく集合することを事前に決めていたという。

「星井君、緒川さんを巻き込んだのも、誠二君自身が動くための大義名分でしょうな」

杵屋誠二は元々帝洋資本の入った映画製作会社で広報担当をしていたが、三年前に独立し、何本か映画を製作、その過程で小塚が古美術系の小道具を提供、誠二との関係を築いたという。ただし、『時計台のファムファタール』を含む製作した映画の成績は悪く、会社は現在多額の負債を抱えているようだ。

「では星井さんも緒川さんも、行き先は誰にも告げずに？」

「取り決めを守っていれば、そうなります」

誠二が本気で金塊を欲し、この状況下で金塊が見つかった場合、摩耶のみならず、ここにいる全員を殺せば、金塊を独占できる。そのうえ殺人も隠蔽できるだろう。ただ、それは脱出が担保されていればの話だ。

五分ほどで神子都が戻ってきた。

「星井さんの具合は？」

「止血はできました。擦過傷と打撲だけで、骨に異常はないみたいです」

「星井君自身はなんと？」

小塚が訊く。

「少し休憩したあと続行すると言っています」

「もう行っても大丈夫かね？」

小塚が右通路を指さす。

「大丈夫です、もう服は着ています」

「では私は小用に」

小塚はバス区画へと消えた。

神子都とともに居住区に戻ると、ほどなく摩耶と星井、瑠璃、小塚も戻ってきた。

星井は出血した左腕と左肩を包帯で固めていた。

「三十分後に再開しよう。ありがとう瑠璃」

星井は「ベッドを使わせてもらう、オーナー」と摩耶に告げ、ログハウスに近い『3番』のコテージに入った。

「上手に包帯を巻けたね。瑠璃の役作りの真摯さが、役に立っているよ」

鳥谷野が瑠璃の肩に手を置く。

「あの！」

神子都が改まったように切り出す。「ちょうど皆さん揃ったようなので、少し確認したいことがあります。お手すきの方は、奥の岩壁のところまでご同行願えますか」

神子都は陶器愛好会の同人誌を手にしていた。「脱出路の存在に関係することです」

次のクライミングに備える星井、大ホールの調査に戻ると言い張った誠二以外の面々とともに、僕らは再び『悪魔の口』の下へ移動した。

神子都はしばらく岩壁を見上げてから、星井が外した装備を身につけ、腰にロープを固定した。

「登ります。登頂のためではなく、調査のためです。何かあったらサポートをお願いします」

神子都は僕が静止する前に、岩壁に取り付いてしまった。

その姿を見て「素晴らしい」と声を漏らしたのは小塚だ。

「いいね、あの子意外性があって」と鳥谷野もカメラを向ける。

神子都は星井と同じルートをたどり、一歩、二歩と岩壁を登ってゆく。四肢の動きから重心の移動まで無駄がなく、その技術は星井と遜色《そんしょく》ないように見えた。

星井と違ったのは、何かを探すように岩壁を観察し、手で感触を確かめながら、横移動していることだ。やがて、星井が設置したタガネの位置まで登ると、ロープを使ってゆっくりと降りてきた。

「何を探していたんだ」

僕は神子都の体を支え、地面に降り立つ補助をした。

「ボルトの穴です。たとえばリフトの支柱ですとか、梯子が取り付けられていた痕跡です」

神子都は応える。「壁にはありませんでした。皆さんで壁の下の部分を探してください」

僕らは言われるがまま、這うように人工的な穴を探したが、発見には至らなかった。

「穴がなかったことでどうなる」

僕は手の甲で汗を拭く。

「はい、これで焚き口以外に荷物の搬入口があることがはっきりしました」

瞬時、静寂が居座る。

「いや待てよ、ここにはリフトとか梯子が取り付けられた痕跡がないんだろ？」

「ですから、まだ見つかっていないほかの場所に通路があるんです」

「根拠はあるのかな。探偵作家的にも興味津々なんだが？」

鳥谷野の声に興奮が交じる。

「ご説明します。この鍾乳洞ですが、御坂家のご縁の方が毎年五月の末に、食糧の交換と保守点検をしていました」

小塚と鳥谷野は初耳だったようで、顔を見合わせた。

「わたしもその書類は見ました。祖父の戦友だった方の、恐らく息子さんだと思います」

摩耶が説明を加えた。「もちろん、わたしも今日まで知りませんでしたが」

「それで、この同人誌ですが」

神子都は陶器愛好会の活動記録を開く。「これによると五月二十八日に登り窯で火入れが行われています」

ここで摩耶が何か理解したようで、「そうだったのね」と感嘆の声を漏らした。

「少なくとも一九七四年から毎年、五月三十日にここには保守点検と補充が入っていました」

摩耶の説明に、神子都は「そうです」とうなずいた。

「これには記録もある」

摩耶はさらに石神の記録用紙の存在も告げた。

「でも、火入れと保守点検の日は重なってないけど」

僕は二日間のズレを指摘するが――

「火入れは二日がかりで、冷ますのにも二日かかるの」

摩耶が言う。「わたしも参加していたから、手順はわかってる」

神子都も「これにもそう書いてあります！」と同人誌を指さした。

都合四日かかるのだ。明らかに、僕らを取り巻く空気が変わった。

「なら五月三十日は……」

鳥谷野が戸惑い気味に言う。

「焚き口には火が残っていたか、灰がいっぱいで、窯には陶器がいっぱいです。それに、焼いている間は、温度管理のために常に人がつきっきりなんだそうです」

「なるほど、ぼくらが入った焚き口は、陶芸家の監視の中にあったのか」

鳥谷野が言った。「だからそれ以外の搬入口があると」

「ここの隠密性を考えれば、窯から遮蔽された場所が搬入口の可能性があります」

神子都が付け加えた。「窯の真下から少し離れた場所です」

「利便性を考えるなら、倉庫のそばだと思うが」

僕は外の様子と、内部の様子を脳内で対比させる。

「ハッチから倉庫までどのくらい離れていると思いますか？」

神子都が僕に視線を向けてきた。

「大ホールから四〇メートルから五〇メートル弱ってとこ」

自分の歩幅で観測した距離だ。摩耶は少し思案したあと――

「距離と方角を考えると、水神様の祠くらいしか思い浮かばない、目印としては」

彼女自身もどこか懐疑的だ。すでに僕と摩耶が調べ、それらしい設備はなかったのだ。だが祠なら尾根に遮られ、登り窯の小屋に人がいても気づかれにくいだろう。

僕らが通ってきたルートを経由すれば、景雲荘から見られることなく祠に行くことはできた。南側の迂回路が整備されていたのは、そのためなのか？

「それと、中央通路からトイレまでにも連絡通路があって然るべきと思ったんですが、そこに何かあるから、掘られていないというのは合理的な考えだと思いませんか？」

神子都は指摘する。

「倉庫の中はもう調べて、何もないことは確認してあるけど」

僕は応えつつ、ここで旧山際邸の地下施設を思い起こした。「冷蔵庫の中には入ってないな。普通入らないけど」

山際邸の第二層から第三層への経路は、冷蔵庫内部の通路だった。

「確か、冷蔵庫はちょっと覗いただけだった」

僕も奥まで確認したわけではなかった。

「確認すべきね」

摩耶が腰を上げた。

「ありましたよ」

小塚が冷蔵庫の側面に幅九〇センチ、高さ一七〇センチほどの扉を見つけた。「プレハブ冷蔵庫だったんですな」

大きな市場や倉庫、スーパーにあるような小屋サイズの冷蔵庫で、貯蔵品の取り出し口とは別に、搬入口が設置されていたのだ。

「お前らなにを見ていたんだ」

誠二が鬼の首を取ったように、僕らの不徹底を咎めた。

「とにかくこれで前進できます。いや、よかったよかった」

小塚が扉を開け、僕と摩耶、鳥谷野、神子都の順で中に入った。

中は予想以上に広く、六畳間ほどあった。隅には冷凍庫も設置されている。ただ、庫内は空で潰された段ボール箱の山がまとめられているだけだ。

そして、対面にもうひとつの扉があった。スライド式で幅も広く、物資搬入には十分なサイズだ。

「ここが外との中継地点でしょうな」

小塚が取っ手を摑んで力を込めると、扉はゆっくりと開いた。

「よし！」「やった！」

小塚と鳥谷野が同時に声を上げた。扉の向こうに出現した暗闇に懐中電灯を向けると、アルミの足場が敷かれた通路が見えた。壁は所々掘削され拡張されていたが、ほぼ自然のままの状態で、地下水路と並行していた。そして、一〇メートルほど先の岩壁に、銀色の金属板が埋め込まれていた。エレベーターの扉だった。

「道があるんだな、おい！」

誠二が僕らを押しのけ、真っ先に通路に出た。

「ついに出口発見です」

鳥谷野が音声リポートをしながら、カメラを振り上げる。扉の上方には岩壁に沿うようにエレベーターシャフトが伸びていた。

「電気は来てんだろうな」

誠二がエレベータに取り付き、扉の脇にあるボタンを連打した。しかし、反応はない。

「電源が入っていませんな」

小塚があたりを見回す。「ここに電源らしいものはありませんな。外部から入ることを考えれば、水力発電とは別系統の可能性が高いですね」

「扉を開けてみろ。中に入れば、絶壁より楽に登れるはずだ」

確かに絶壁より、エレベーターシャフトの中を登るほうが、まだ可能性が高い。「出口が確保できたら、洞内の資産を改めて探す。それでいいな、摩耶」

「まずは出口の確保です」

摩耶は冷ややかに言い返す。

「でしたら、こじ開けるしかありませんな」

小塚が摩耶を見る。「よろしいですか」

「お願いします」

摩耶もうなずく。

「バールがあります!」

僕は神子都が差し出したバールを受け取り、体重を掛けながら尖った先端を、ドアの隙間にこじ入れた。あとは梃子の原理で、力を横に向けていく。

「カゴが来ていれば、わたしが電源をなんとかします」

神子都が勢い込むが、石神なる人物が、保守点検後に外に出たのならカゴは上——そう思いながらも両腕と踏ん張る足に力を込め、隙間を広げると、扉の向こうにカゴが見えた。

「そのまま押さえてろ」

誠二が隙間に脚と肩を入れ、体全体を使って扉をこじ開けた。

確かにカゴはあった。

「……なんだよこれは!」

誠二が肩で息をしながら中にある土砂を蹴った。

天井が破れ、土砂や大小の岩、砂礫がカゴの半分以上を埋めていた。

「ここも地盤が脆弱だったというわけですな」

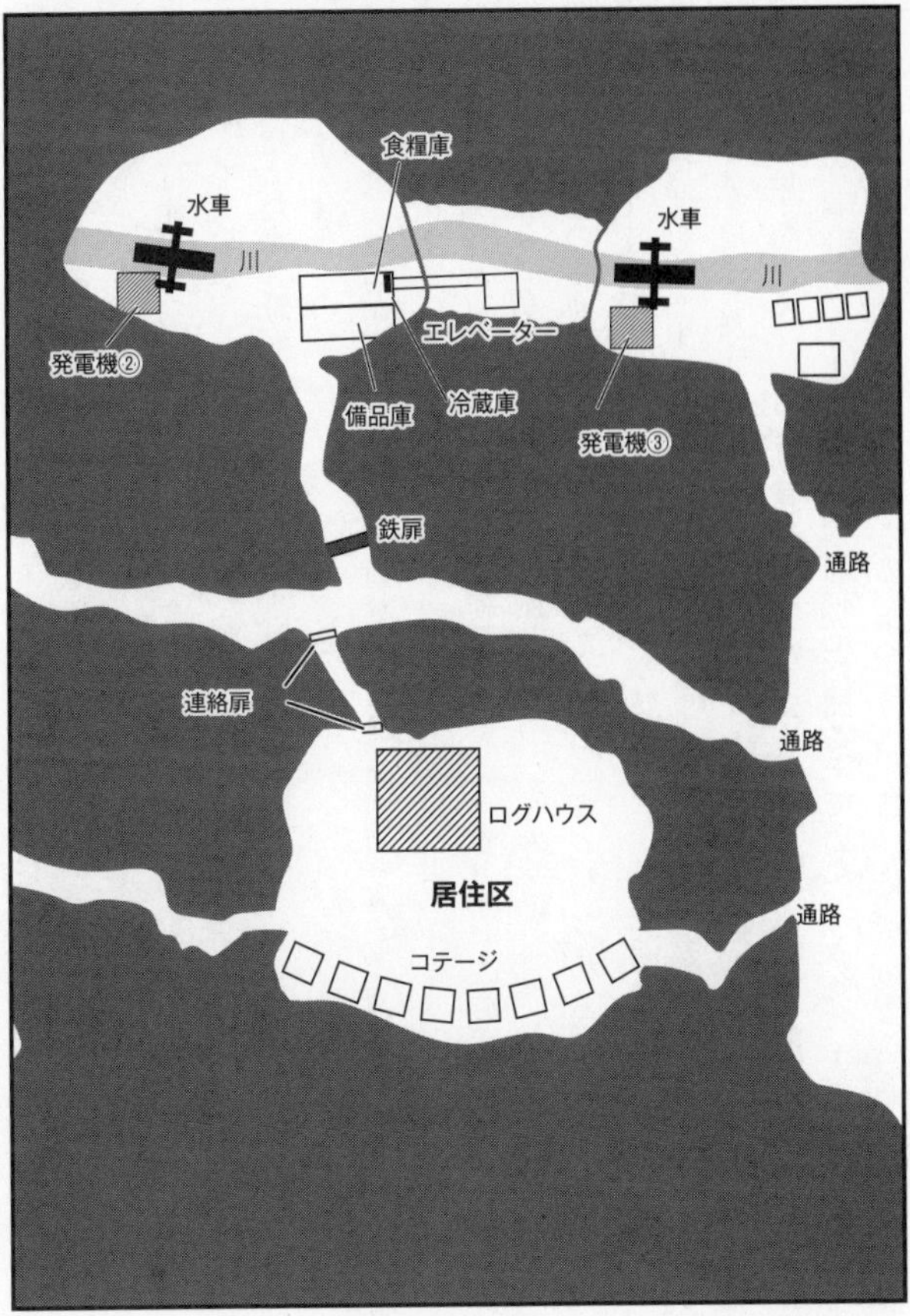

食糧庫
水車
水車
川
川
エレベーター
発電機②
備品庫
冷蔵庫
発電機③
鉄扉
通路
連絡扉
通路
ログハウス
居住区
通路
コテージ

小塚が声を落とした。「上にあったエレベーター装置が破壊されて、岩と土砂の重みで落ちてきた可能性もあるか。扉が開いたのは奇跡と言っていい」

天井の破口も、大小の岩と土砂で塞がれていた。電源を通すどころか、シャフトの中をよじ登ることも不可能だ。

「ちょっとよくないね、これ崩れかかってない？」

カメラを抱えた鳥谷野が、早々に冷蔵庫へ戻った。

「中の岩はどかせないのか！」

誠二がわめく。破口と岩の間には人が通れそうな隙間があったが、どう考えても無理な話だ。

「未来を呼んで来いよ、登れるだろう」

「いや危険だ、誠二君、おそらく何十トン何百トンという重さが、この天井にかかっている」

小塚が警告する。「ここにいること自体が危険です」

同意だ。岩や土の断面は新しく、崩れたばかりであること示している。

「岩は重なって止まってんだ。これ以上なにが崩れる」

誠二が唾を飛ばし抗弁する。「あんな絶壁登るより現実的だろうが」

「みなさん、耳を澄ましてください」

神子都が耳に手を添えている。全員が、誠二までもが息を殺し、耳を澄ました。かすかだがミシリと金属がねじ曲がるような音が、断続的に聞こえていた。

エレベーターシャフトが歪みつつあるのだ。

「崩落は現在進行形です。今はバランスが取れているかもしれませんが、荷重でシャフト自体が破壊された場合、この通路自体が崩壊する危険があります」

神子都が説明してる間にも、エレベーターシャフトは悲鳴のように異音を発していた。

「戻ります。これ以上は危険です」

摩耶が誠二を制し、僕らは冷蔵庫から食糧庫に戻った。

瑠璃が胸にパイナップルの大型缶詰を抱え、棚と棚の間に立ち竦んでいた。表情は不安と恐怖が同居し、鳥谷野が大丈夫だと宥《なだ》めている。

「どうしたの瑠璃」

摩耶が缶詰に目を落とす。「いい物見つけたみたいだけど」

「未来には糖分が必要だと思って」

瑠璃は強ばった顔で、足もとの箱を指さす。先程僕も中を見た缶詰の箱だった。「ねえ、ここは通れないの？」

缶詰を見つけたはいいが、鳥谷野に状況を聞いてしまったのだろう。

「大丈夫、まだ可能性がなくなったわけじゃない」

摩耶の言葉に、瑠璃が感情を抑えるように口を結んでうなずく。「食事の準備ができたのね」

最後に僕と摩耶が倉庫区画を出て、二人がかりで重い扉を閉じた。その時に気づいたのだが、倉庫側からも施錠できるようになっていた。レバーを倒すだけの簡便なものだったが。

「例えば外部から汚染なり危険が押し寄せた場合に、逃げ込むための準備かもしれない」

摩耶は言った。水と食糧がある場所が、最後の砦。現実的な対応か。

「ここは封鎖しましょう」

摩耶は数字錠の番号をランダムに組み替えた。誠二の振る舞いを考えると、それが妥当な気がした。

「でも杵屋さん、番号を覗き見してたけど」

「見せたのは別の番号」

摩耶の口許に、小悪魔のような笑み。「誠二さんが照らす前に手応えがあって」

あの時点で解錠できていたという。確かに、摩耶が体重をかけてレバーを下ろすとき、短時間だが、数字錠が摩耶の体で隠れていた。

「体重かけるふりして、違う番号に合わせたの？」

「そう、咄嗟の判断だったけど」

誠二に主導権を渡さない。所有者としての判断なのだろう。

「いい匂いです！」

ログハウスの前で神子都は両手を合わせた。友人が作ったものは、全力で期待を示すべし──友達との交際術のひとつだ。

テーブルに火の点いた携帯コンロが二つ置かれ、それぞれの鍋から湯気が上がっていた。

「五目雑炊《ごもくぞうすい》と、ミネストローネ。温かいうちに……」

瑠璃は倉庫で見つけた戦利品をテーブルに置く。ほかに輪切りにされたフランスパンとクラッカーが広げられていた。これは持参した食糧だろう。

「未来は？」

摩耶が訊く。星井の姿がなかった。

「岩壁を見に行くって。見るだけですぐ戻るから先に食べてって」

各々が食器を持ち、取り分けていく。

僕も匂いで急に空腹を感じていた。考えてみれば、朝出発してから何も食べていない。時計を見ると午後五時になろうとしていた。

五分ほどして、星井が戻ってきた。

「摩耶も団体引き連れてどこに行っていた」

「ここは毎年五月末に物資の補充と点検がされていたんだけど、窯を使っていた期間と補充の日が重なっていたことに神子都さんが気づいて、第三の出入口がある可能性に気づいたの」

星井はすぐ理解したようで「なるほどいい着眼点」とうなずいた。

「崩れて塞がっていたがな。ったく無駄な労力を使った」

誠二が憎々しげに付け加え、星井が苦笑する。

「要するに私に命運が懸かっているわけね。俄然やる気が湧いてきた。イメージを摑んできたから、食べて少し休憩したら、すぐ登る」

星井は言うなり、雑炊を機械のように口に運んだ。僕もフランスパンをミネストローネに浸し、食べた。

「我々も食糧は三日分ほど用意してきました。遠慮はしないでください」

小塚が言った。誠二は腰を据えての調査を想定していたのだ。

星井は食欲旺盛なようで、雑炊を平らげたあとは、大型の軍用ナイフでパイナップル缶を空け、輪切りのパイナップルを貪るように食べた。僕も温かいものを体に入れたことで、気力体力が回復したような気がした。

3　活力　同日　――風野颯平

思い立ったのは食事中だった。

早々に食事を済ませ、神子都を引き連れてバス区画のシャワーブース前に立つ。

「これ動かせるか」

僕は電気給湯器を指さした。「体を温めれば、星井さんももっと力が発揮できると思う」

川底が見える澄み切った水。水質に問題はない。対岸の屍蠟が気味悪いが、見なければいいだけの話だ。

「いい考えだと思います。ちょっと待ってください」

神子都はベテラン業者のような手つきで給湯器と取水ポンプ、川に差し込まれた取水口を見て、状態を確かめる。「給湯器に繋がる一次給水口と二次給水口はきちんと繋がっています。配管接続キャップも、劣化はありませんね。すごくいい状態です」

神子都はものの五分で給湯器と貯湯タンク、シャワーブースを給水ホースで繋ぎ、温水シャワーを使える状態にした。

「何してるの?」

背後から声をかけられた。摩耶だった。「もしかしてシャワー?」

「勝手に触ってすみません。つい思い立ったままに」

摩耶は目を丸くし、シャワーブースと給湯器を交互に見た。

「お湯、出るの?」

「出るようにしました」

神子都が応える。

「彼女、こういう仕事の経験が?」

今度は僕に尋ねた。

「地下遺構の研究と実地調査をしている関係上、居住関連機器の修理や整備はだいたい」

「シャワーが使えるなら……そういえば、倉庫にタオルと石鹼《せっけん》があったわね」

摩耶も乗り気になったようだ。「あとは着替え用に衝立代わりになるものが必要ね」

僕と摩耶は再び倉庫へ行き、備品庫を物色、摩耶は生活用品の棚からタオルと石鹼、籠を入手した。僕は潰れた段ボールと残ったロープを一巻確保し、工作用具を探すために、棚の上段によじ登った。

　木箱やスチール製のボックスが並ぶ上段の片隅にクラフト用の粘着テープが積み上げられていた。僕はそれをひとつ拝借した。

　給湯器からブーンと重低音がなっていた。

「給湯器も取水ポンプも問題なく動きました。今貯湯器に水を溜めています」

　神子都が振り返った。「貯湯器は二五〇リットルです。電源を入れて一時間ほどで適温になると思います」

　僕は段ボール箱を潰して板状にして、粘着テープで繋げると、ロープを適当な長さに切り、トイレの支柱と、給湯器設備の小屋の間に渡して固定し、そこに段ボールをカーテン状に取り付けて、簡易簾《すだれ》を作った。

　あとは――僕は余った段ボールを抱えて川を飛び越え、「失礼します」と一礼しつつ段ボールを衝立状にし、杵屋孝誠の屍蠟を隠すように置いた。

「孝誠さんには申し訳ないけど、今はこのほうがいいと思う」

　摩耶がそう言ってくれた。

「ところで」

　僕は川を飛び越えて戻る。「御坂さん、ここに来ることを誰かに知らせた？」

「いいえ？　そうしないのが約束だったでしょう」

「小塚さんたちも同じだと言ってた」

摩耶は質問の意図をすぐに察し、「ああ」と嘆息した。

「こうなったら、秘密主義が徒《あだ》となったようね」

春休み、両親は二、三日戻らなくても心配はしない。剣道部にも三日間休養すると伝えていた。それまでに戻らないとなれば、さすがに異変を感じ取るだろうが探しようがない。

源泉小屋に停めた車が発見されれば、捜索の切っ掛けになるかもしれないが、私有地の中で、木々の間を抜けた奥まった位置にある。しかも、人が来るのは三箇月に一回で、景雲荘と地下施設の管理も終了している。誰かに気づかれる可能性は、極めて低い。

「わたしもこの時期、一週間くらいいなくなっても、誰も心配しない」

摩耶が苦笑を浮かべたところで、「勝手になにしてる」と刺々《とげとげ》しい誠二の声が響いた。

「シャワーを使えるようにしただけです」

摩耶がうんざりしたように息を吐いた。

「なぜ倉庫に鍵をかけた」

自分が記憶した番号では開かなかったのだろう。金塊を探したいのか、どうしても出口の確保をしたいようだ。

「危険だからです」

「だったらそれはどこから持ち出した」

誠二は籠やタオルを指さした。

「倉庫からです」

「お前は危険じゃないのか」

「奥には行かないので。脱出に関わること以外は慎んでください」

鍵をかけて正解だったようだ。


午後六時過ぎ、星井未来の再アタックが始まった。

サポートも再度、僕と神子都、摩耶と小塚という布陣となった。誠二と鳥谷野は引き続き大ホールの探索、瑠璃は居住区で無線の中継と食事周りを担当した。

星井の肉体には、力がみなぎっていた。ケガを感じさせないクライミングで岩壁を登り、三度目にしてポイントとなるホールドを掴み、攻略した。

「よし！」と小塚の声が響く。

これで目測七メートル＝『悪魔の口』までおよそ三分の二弱まで到達した。しかし、足場がよくないのか、タガネが上手く打てないようだった。

ここで神子都が星井のすぐ下まで登り、協力してタガネを打ち込み、ロープの固定に成功した。クライマーが二人いたおかげで、さらに上への登攀が可能になったのだ。

「すごい！　神子都さん！」

摩耶も興奮気味だ。

「まだ終わったわけではありません。しっかりサポートしましょう」

降りてきた神子都はきっぱりと言った。

星井はチャレンジ、落下、チャレンジ、成功を繰り返し、傷や打撲箇所を増やし、体力を削りながらも、一歩一歩上へと進んでゆく。

そして『悪魔の口』まであと三メートルというところで動きが止まった。

オーバーハングが始まる地点だった。

「ちょっと、厳しいか」

星井の声が降ってくる。登攀再開から一時間半。その間、常に腕や足で自身の体重を支えているのだ。

「もういい！　十分だ。いったん休憩しよう」

小塚が声をかけると、星井はゆっくり地面に降り立ち膝をついた。

「悪いね……少し休ませてもらう」

星井は疲労の極みにあり、満身創痍《まんしんそうい》だった。

僕と摩耶で星井を支えつつ、居住区に戻った。

ログハウスでは無線機を前に、瑠璃が悄然と座っていたが、星井の姿を見て厳しげな表情で立ち上がった。

「さっきより酷く……」

「胸張って大丈夫とは言えないけど、まあ大丈夫。無理はしていないから」

星井は笑みを見せ、イスに身を委ねる。「誠二はまだ探偵作家さんと宝探しか」

「今は中央の通路の奥に行ってる。ついさっき戻るって連絡が」

瑠璃は無線機に目を落とした。「出口はなかったと……」

シンクには洗った食器が整然と置かれ、テーブルにはまだ三分の一ほどが残ったパイナップル缶、クラッカー、コンロと水の入った薬罐《やかん》が用意されていた。

「倉庫の奥は、本当にだめなの？」

瑠璃が摩耶の顔色をうかがうように聞く。「誠二さんが、絶対に登れるはずだって」

「彼の言うことは聞かないで」

摩耶が冷徹に言い返した。「何を吹き込まれたか知らないけど、わたしはみんなの安全を優先したい。わかって？」

「でも」と瑠璃は傷ついた星井を見遣った。

そこへ連絡通路から誠二と鳥谷野が戻ってきた。

「次はまた大ホールに戻るよ。壊れた扉の周辺はまだ調べてなかったことに気づいてね」

鳥谷野がカメラをテーブルに置いた。「おや、お湯が沸かせるね。とっておきの茶葉を持ってきたから用意しよう」

会った当初は軽薄さも感じたが、この状況でも明るさが失われていないのは心強かった。

反面、誠二はむすりとしたまま一人離れたイスに座った。

「期待に応えるためにも」

星井は立ち上がり、神子都の肩に手を置く。「君が準備してくれた温水のシャワーをごちそ

うになるよ」

「一緒に行く」

瑠璃が衛生用品の入った籠を手にする。「マッサージもするから」

「店長、体を温めて体力が戻るようだったらもう一度だけチャレンジしてみる。一時間後に再開で。それでだめだったら、今日はいったん終わりということでいいかな」

星井は小塚に告げ、同意を求めるように僕を見る。藤間は装備を身につけたまま避難した。水筒にも湧水が補充されていた。一日、二日は十分耐えられる。

「今はまだ無理する時間じゃないと思う」

星井は「了解」と応え、さらに――「トイレ行きたいなら先に済ませてくれない？　しばらく男子禁制になる」


午後八時に再開された三度目のアタックは、午後九時過ぎに終了した。

オーバーハングより上に行くことはできなかったが、直下まで登った神子都と協力し、足がかりとなる部分に三本目のタガネを打ち込むことができた。だが、それが限界だった。

神子都は降下の際に肘を擦りむき、地面に降り立った星井は、くずおれるように膝をついた。

僕が肩で息をする彼女の体を支え、摩耶が水を差しだし、小塚が肩にタオルを掛ける。

「十分な成果です。よく頑張った、星井君」

「あと一歩なんだがな」

星井は荒い息で、悔しそうだ。

神子都がノートを取り出し、集中した様子で岩壁のスケッチを始める。そのタッチは精巧で、タガネを打ち込んだ場所、有用なクラックやホールドの位置を描き込んでいく。明らかに自分がアタックすることを想定してのものだ。彼女のクライミングも想定すべき状況になりつつあった。

五分ほどで星井の呼吸が整い、僕と摩耶で彼女を支えながら居住区に戻った。

鳥谷野が一人残っているだけで、誠二と瑠璃の姿がない。

「瑠璃は」

星井が尋ねつつイスに身を沈め、脚を伸ばす。

「コテージを使っているよ」

鳥谷野が親指で、コテージの一つを指した。「ちょっと参っているようでね」

「まだ薬を使っていて？」

摩耶が聞く。

「ああ、ぼくが飲ませたよ。ここんとこずっと眠れていなかったし。大丈夫、ぼくも掛かり付け医から薬の用法も用量も聞いている。今は休息が必要だと思ってね」

瑠璃は睡眠導入剤を常用しているという。

「薬に頼りすぎるのもどうかと思うけど」

星井はゆっくりと息を吐く。「誠二はまた一人で探検？　熱心なことね」

「あの大ホール、地上から二メートルくらいのところにいくつか穴とか窪みがあってね」

鳥谷野がデッキと繋いだ小さなモニターを向ける。彼が撮った映像が再生されていた。「探索のしがいがあるよ」

岩壁には、人が入れそうな亀裂や穴がいくつも映し出されていた。

「全部の中に入って、探索するのは時間が掛かりそうですね」

僕はモニターに見入った。どの裂け目も、見込みがありそうに思えるほど大きい。

「ぼくも手伝う気はあったんだけど、誠二君が一人でいいって」

「何か連絡は?」

摩耶が無線機を一瞥《いちべつ》するが、鳥谷野は首を横に振った。

映像は居住区の様子もとらえていた。苛立つ誠二に、疲労が募りうつむく恋人＝瑠璃の横顔、彼女が処方薬の袋から錠剤を取り出して飲む場面もあった。次にケガをして戻って来た星井と、僕らの姿。神子都を安心させるために〝普段通りの自分〟を装っていたつもりだったが、モニターの中の僕は随分と険しい顔をしていた。

「たとえ何か見つけても、こっちには知らせないだろうさ。そのために単独行動なんだろう」

星井の声で我に返った。「人に頼るくせに人を信用しない」

「とにかく皆さんお疲れ様。温かい紅茶でも淹《い》れておくよ。せっかくの天然水だし」

鳥谷野がコンロに火を点ける。「お湯が沸くまで、身支度を調えるといい」

「瑠璃は起こさなくていい」

僕らは再びバス区画に移動する。星井は衝立の向こうで上着を脱ぎ、摩耶が傷の具合を見る。

神子都は出血した肘を拭くためか、タオルを川の水で濯《すす》いでいたが、その動きが止まった。

「どうした」

僕も川面を見遣る。水が少し濁り、川底を細かな砂礫や小石が流れていた。

「崩れた岩と土砂が、川に入り込んでいるかもしれません」

「エレベーターのところか」

「だと思います」

「とにかく傷を拭こう」

僕は濡れたタオルを絞って神子都の肘を拭き、消毒薬を噴きつけた。傷は浅く、出血はほぼ止まっていた。

すぐに傷の消毒を終えた星井と摩耶がやって来た。

「何があって?」

「川が濁ってます」

神子都が川を指すと、二人はその様子を見遣った。

「下手をしたら、川が堰《せ》き止められる可能性もあるな」

星井が声を落とす。「ここが崩れることはないと思うが」

「水車が止まる可能性はあるけど、大きな影響はないと思う。未来は登ることに集中して」

居住区に戻ると、茶葉の香りが漂っていた。

「淹れたてだよ、ティーバッグじゃないからね」

鳥谷野がステンレス製の保温ポットを指し示した。

「いただきます」

摩耶がカップに紅茶を注いだ。「今はこの香りが愛おしい……」

「私はスープを」

小塚はカップにスープの粉末を入れ、お湯を注いだ。

星井は水筒の水を飲みつつクラッカーを一枚、二枚と口に運んでいく。

僕と神子都も、遭難下に相応《ふさわ》しくない本格紅茶を堪能した。

水分と栄養の補給十分となったのか、星井が「少し寝てくる」と立ち上がった。

「緒川君は4番を使っていますよ」

鳥谷野が背中に声を掛け、星井は「どうも」と軽く手を挙げた。

「わたしも体力の回復に努めます」

神子都は5番のコテージに、星井は3番のコテージにそれぞれ入った。

暫時、静寂がこの空間を支配したところで、開け放たれた連絡通路から、かすかに金属がきしむような音が響いてきた。

「エレベーターの破壊が進んでいるんだと思う。三十分くらい前から鳴っているよ」

鳥谷野がカメラを連絡通路に向けた。「ここは大丈夫だとわかっていても、不安になるね」

「ところで、鳥谷野さんはここに来ることを、誰かに言ってます?」

「言ってないよ。それが誠二君に出された注文だったからね」

「君もか」

小塚が脱力気味に応えた。「我々の律儀さも徒となりましたな」

鳥谷野も質問の意味は汲み取ったようだ。

「緒川さんはどうかわかりますか」

「同じだろうね」

鳥谷野が4番コテージを見遣る。「車の中で不安とか誠二君への不平とか、少し控えめな表現だったけど、言い続けていたからね」

誠二、小塚と星井、鳥谷野と瑠璃が乗ってきた車は、奥多摩町にある杵屋家の私有地に停めてきたという。

「前は陶芸仲間が使っていたところね」

摩耶が指摘した。「今は山道の保全用に使うだけで、めったに人は来ない」

だから誠二はそこを選んだのだ。

「とにかく今は未来を信じましょう」

摩耶が立ち上がり、自分の荷物を手に取った。「わたしも少し休みます」

小塚と鳥谷野も大きなあくびを何度もしていた。非日常が、僕らに日頃以上の疲労を蓄積させていた。だが、僕は誠二を待つことにした。

連絡通路から足音が響いてきて我に返った。舟を漕ぎかけていたようだ。現状を思い出し、この現実が夢でなかったことに落胆した。時間を確かめると、午後十時になろうとしていた。

誠二は重い足取りで戻ると、テーブルに懐中電灯を置き、イスに身を投げた。

「お疲れ様です。みんな休んでいますよ」

小塚、鳥谷野も十分ほど前にコテージに入っていた。「それで成果は？」

「うるせえよ」

「ここに来ること誰かに伝えてますか？」

「何だ、いきなり」

凄むものの、視線は微妙に合わせてこない。

「皆さんに聞いているので。要は救助が来る可能性があるのかどうか」

「誰にも言ってねえから、足搔《あが》いてんだろうが」

案外、本当に出口を探していたのかもしれない。

「そこまで秘密にする必要があったんですか」

「俺には金が必要だ。百人の社員もいる。お気楽な学生とは立場が違う」

「それが法に触れそうなお金でもですか」

「どんな金であろうと金は金だ」

「所有者を害してでも欲しいですか」

「あれは摩耶の被害妄想だ。まずは交渉を持ちかける。その先は知らんが」

いっそ清々《すがすが》しいほど一直線な欲望だった。

「あなたが御坂忠藏さんの財宝を狙っているのは、誰もが知っていることですか」

「それがなんの関係がある」

「杵屋さんが宝探しに夢中だって知れ渡っていれば、誰かがここだと気づいてくれると期待しているのですが」

「だとしても、誰が俺を本気で探すか」

投げやりな口調で鼻を鳴らす。

「どうしてですか？」

「クソ無能で行儀が悪いからだ」

自覚はあったようだ。「それも、親子二代にわたってな」

親子二代？　唐突すぎて、返す言葉が脳内に表示されない。

「親父も碌《ろく》な死に方はしないと思ったが、こんなところでおっ死んでいたとは笑える」

「父親に……武道の師範に対して使っていい言葉だとは思えないですけど」

僕の中にあるささやかな武道家魂が、少しざわめく。

「ヤツは異常者だ。摩耶か未来から聞いていないか？」

「なにをですか」

僕の返答に、誠二は底意地悪そうに口角をつり上げる。

「柔道の師範様が教え子に手を出していたんだ。絞め落として裸に剝いてな」

しばし、言葉を失った。

「……冗談でも笑えないんですが」

「こんなところで面白くもない冗談を言うと思うか？　親子して一族の鼻つまみ者なんだよ。それで今、親子揃って同じ場所で天罰喰らってんだ」

誠二の虚勢が剝がれ、諦観と悔恨が垣間見えてきた気がした。「ヤツが手籠めにしたのは中学生になるかならないかの子供ばかりだ。密告で発覚して、忠藏じじいが問い詰めたら、十人以上に手を出したと白状しやがった」

「そんな話……聞いたことない」

本当なら警察沙汰になるし、報道もされるだろう。

「親父は白状したが、被害を訴えたヤツはゼロだ。誰が密告したのか、密告は真実なのか、誰もわからない。被害届がなければ警察も動く理由がない。裏で口封じの金が動いたといわれても驚きはしない」

誠二は僕を睨め付けるように身を乗り出す。「それに杵屋の道場に来るヤツは、大概が御坂か帝洋の下請け孫請けの子息子女だ。質実剛健の皮を被った杵屋孝誠を告発して波風を立てるより、金をもらって家名と事業を守るほうが、結果的に自分を守ることになる」

にわかには信じがたかった。

「親父のほうは強制入院させられて、表面上は収まった。三年前だ」

口調によどみや惑いはなく、虚偽とは思えなかった。

「でも、なんでここに……」

「それはこっちが知りたい。半年で退院して家で軟禁状態だったが、いつの間にか消えた。ご丁寧に監視を絞め落としてな」

石神氏の最後の補充と時期的に重なるか、それ以前か。それよりも――

「入院の理由は、摩耶さんも星井さんも知っているんですか」

「知っているどころか……」

誠二は酷薄な笑みを浮かべる。「摩耶も未来も瑠璃も子供の頃に、親父の個人指導を受けている」

「本人たちはなんて……」

「本人たちに訊けばいいだろう」

誠二も腰を上げる。「親父が消えたあと、教え子の一人も消えた。出られたら警察にでも訊け。行方不明の届が出ているからな。親父の仕業と思っているヤツもいるはずだ」

誠二は言い捨て、おぼつかない足取りで2番のコテージへと消えた。

混乱した。摩耶を起こそうかとも考えたが、今優先はすべきは、『悪魔の口』の攻略。いや、少女への虐待は、切り裂き魔事件の重要な視点であり……考えがまとまらない。急激に睡魔を感じていたからだ。

短時間仮眠を取り、頭をすっきりさせよう――僕は音を立てないように神子都がいる5番コテージに入った。神子都はベッドの上で寝息を立てている。

僕は扉に鍵を掛け、伸縮式警棒をそばに置くと、床で毛布にくるまった。

誰かが扉を開けようとしている――わずかな物音で察知した。それが自宅の扉なのか、学校の扉なのか、トイレの扉なのか判然としなかった。これは夢であるという自覚のようなものもあった。直後に、施錠した記憶を確認した。少しだけ安堵した。扉は開かず、音はすぐに止んだ。身を起こし、外を確認すべきだと頭ではわかっていたが、その使命感は、日頃の比ではない瞼《まぶた》の重みに耐えられなかった。

――御坂摩耶

わずかな物音と気配で浅く覚醒した。

反射的に誰？　と言った。いや、声になったのかどうかは曖昧模糊《もこ》としていた。夢なのか現実なのか判然としないなか、いつの間にか音は止んでいた。

その後は浅い眠りと覚醒を繰り返した。

4　消えた死体　現れた死体　三月十九日未明　――風野颯平

颯平君、颯平君――

体を揺すられ、目を覚ました。すぐそばに神子都の顔があった。

反射的に身を起こして、警棒を握った。

「トイレに行きたいです」

少し切実な声。「一人は少し恐いです」

午前二時を回っていた。

「行こうか」

僕は懐中電灯と警棒を手に鍵を開け、そっとコテージを出た。

ログハウスの明かりが周囲を淡く照らしているだけ。みんな寝静まっているようだ。

僕と神子都は足音を忍ばせてバス区画へ移動した。

神子都が個室を使っている間、僕は川の様子を見る。濁りはわずかに濃くなったような気がした。そして、視線を上げたところで、違和感を覚えた。

屍蠟を隠す段ボールの位置が、わずかだが動いていた。気のせいだと言えるレベルではあったが、僕は川を渡り、衝立を退かせた。

屍蠟がなかった。

それまで、杵屋孝誠が横たわっていた岩の底面には、癒着した衣服や皮膚が剝がれたような痕跡が残されていた。

「どうしたんですか？」

背後から神子都の声がした。

「死体がない」

僕は振り返る。「誰かが強引に動かしたんだ」

最初に考えたのは、視界に入るのが嫌で、誰かが見えない場所に移動させたということ。ならばと、発電機の裏側を覗き込んだが、なにもなかった。

「なにしてるの！」

背後からの声に筋肉が硬直した。摩耶だった。


「……だからどういうことだ」

誠二は髪を乱れさせ、この上なく不機嫌そうだ。

「孝誠さんの遺体がなくなりました」

摩耶は再度言った。「元あった場所から消えています」

テーブルに集まったのは僕と神子都、摩耶と誠二、鳥谷野と瑠璃。全員瞼が重そうだ。

「それと小塚さんと未来がいません」

コテージを確認したが、もぬけの空だった。

「不可解な状況だね、これは」

鳥谷野の笑みも強ばっていた。「まさか二人が遺体を持ち出したとか？」

「どういうことだ」

誠二が食いつく。

「たとえばですが星井、小塚の両氏が孝誠氏の遺体から金塊の在処に関するヒントを見つけた。

幸い、僕らはそれぞれのコテージで正体なく眠り込んでいた。その間隙を縫って金塊の在処を確かめに行った……なんてことは」

「あの骨董屋……」

いきり立つ誠二を、摩耶が「そうと決まったわけじゃありません」と制した。

「給湯器の電源を入れた時には、確かにあった」

僕が衝立で隠したのだ。「そのあとトイレかシャワーを使ったのは」

「未来の付き添いで……一緒にシャワーを……」

瑠璃が目を伏せながら名乗り出た。二度目のアタックに失敗したあとだ。

「その時、孝誠さんは？」

摩耶が訊く。

「わからない。見ないようにしていたし、衝立で隠れていたから……」

星井と瑠璃がシャワーを使って以降、鳥谷野がトイレを使った。誠二は探索中、適当な場所で済ませたという。

「お前らが余計なことをしたから、いつなくなったのかわからなくなったな」

誠二が睨みつけてきたが、目の奥には明らかな恐怖が滲んでいた。

「まずは未来と小塚さんを手分けして探します」

摩耶が声を張り、この場を抑えた。

摩耶と瑠璃が中央通路とバス区画、誠二と鳥谷野が大ホール、僕と神子都が奥のドームと分担が決まり、消えた死体と二人の捜索が始まった。

息を切らせた鳥谷野が、僕と神子都の元にやって来たのは、二十分後のことだった。

「小塚さんが見つかったよ」

鳥谷野は乱れた呼吸を整える——「死んでいたんだけど……」

第六章　共謀と共闘

1　御坂摩耶対風野颯平　三月十九日　水曜未明　──風野颯平

小塚貴文は仰向けに倒れ、半眼で虚空を見上げていた。絶命時に刻まれたであろう表情には、恐怖ではなく驚愕の名残があった。

分厚いアノラックの胸部や腹部の数箇所が破れ、血が滲んでいた。刺創だろう。見る限り、他殺の可能性が極めて高かった。

「皆さん少し離れてください。遺体には触れないでください」

前触れなく神子都のスイッチが切り替わってしまった。「少し観察してよろしいでしょうか」

「どういうこと?」

摩耶がすぐに反応した。

「わたしは若輩ではありますが、警視庁の捜査コンサルタントの資格を有しています」

神子都は内ポケットから桜の御紋入りの身分証を取り出し、掲げた。「今は司法警察職員が不在のため、強制捜査権限はありませんが、現場を検分することはできます」

明かしてしまった――だが、状況が状況だ。

「僕はコンサルタント付の嘱託補助員です」

「……驚いた」

摩耶は目を見開いた。鳥谷野は「参ったね」と鼻がしらを掻き、瑠璃は無言のまま鳥谷野に寄り添っている。誠二も目を剝いていたが、恫喝的な行為に出ることはなかった。

「摩耶さん、捜査活動の許可をいただけますか？」

神子都は空気に斟酌《しんしゃく》せず、訊いた。司法警察職員不在の場合は、捜査は要請に基づくか、任意となる。

「ええ、お願い……」

摩耶も勢いに押されるようにうなずく。

「まずは状況を記録させてください。颯平君、照らして」

許可を得た神子都は、肩に掛けたバッグから巻き尺とルーペを取り出し、鑑識よろしく死体のそばに屈み込んだ。

僕は神子都の手元を照らす。

「凶器は小型の刃物ですね。防御創はありません。刺創は前面に二箇所」

神子都は躊躇うことなく衣服を剝がし、刺創を巻き尺で測る。「刺創の長さは二センチから三センチ。腹部と左胸郭に二箇所、心臓付近の刺創は口が広がり乱れています。刺して、抉ったんですね。急所を的確に刺しています。明確な殺意がうかがえます」

神子都が振り返る。「颯平君、撮影を」

僕は神子都の指示で、ここに来る途中、荷物からカメラを持ち出していた。

「ぼくのカメラも使えばいい。映像として残せば、警察の捜査にも役立つだろう」

鳥谷野がカメラを用意し撮影に加わるなか、僕は神子都の検分に合わせて、死体の様子、傷の様子を撮影してゆく。

神子都が小塚を俯せにすると、首筋にも刺創があった。

「首筋に刺創一です」

「背後から不意を突いた感じか？」

背後から首筋を刺し、抵抗力を奪ったところでのめった刺しだ。「分厚い上着のおかげで返り血はないと考えていいな」

「そうですね」

神子都は応えながら、小塚の腕を持ち上げ、肘関節と肩関節の動きを確かめた。「硬直はありません。低温という状況を考えても、死後二時間から三時間以内です」

摩耶と誠二、鳥谷野が時計に目を落とした。

「わたしたちが眠っている時間帯ですね」

神子都が立ち上がる。「皆さんが持つ刃物を確認したいので、一度戻りましょう」

その瞬間、空気が張り詰める。それはこの中に犯人がいることを前提とした発言だからだ。

「皆さん、神子都さんの言う通りに」

摩耶の言葉もあって、居住区に戻り、僕らはテーブルを囲んだ。

「強制はできませんが、皆さんが所持している刃物を出していただけますか」

神子都が言ったところで、「待てよ小娘」と誠二が剣呑《けんのん》な声を投げかける。

「未来が殺して逃げた。そう考えないのか?」

誠二が同意を求めるように、ここにいる五人の顔を順に見回すが誰も反応しない。「早く未来を探せ」

「それも重要ですが、まず刃物を確認することで、星井さんを探す目的が変わります。時間はかかりません」

誰かが犯行に使われたナイフを持っていれば、その場で殺人の実行者を取り押さえることになる。しかし、誠二は再び神子都に鋭い視線を向ける。

「俺たちが寝ている間に、未来と小塚が金塊と出口を見つけた。それで未来が在処を知る小塚を殺せば独り占めだ。あとはあの穴から脱出して俺たちの餓死《がし》を待つ。さっき説明した通りだ」

「可能性としてはあり得ると思います。でも今は刃物を見せていただけますか」

探偵モードになった神子都は、多少のことでは動じない。「わたしはこれです」

神子都はドイツ製の軍用ナイフをテーブルに置いた。中型で小ぶりな枝を削ぐことも想定されている。「刃の幅は四センチ。小塚さんの傷よりも大型です」

「僕はありきたりの市販品です」

僕はリュックから持参した登山ナイフを取り出し、テーブルに置く。刃が薄く、人を強引に刺せば、容易に折れるであろうことは誰の目にも明らかだ。

次は誰が——お互いが視線で牽制する。

「わたしはこれだけ」

動いたのは摩耶だった。上着の内ポケットから、中型の登山ナイフを取り出してテーブルに置いた。神子都はナイフを手に取り、ルーペを使い観察した。

「血痕も血を拭き取った痕跡も、目視の限りありません。試薬があればよかったのですが」

「洗えば血など残らないだろう、無駄なことだ」

誠二が言ったが、神子都は冷静に「いいえ」と反論する。

「血は洗い流せても、脂はそうもいきません。冷水にさらせば、固まってしまい必ず小さな隙間に残ります。その際、血液も一緒に固めてしまうこともあるので、目視でもある程度の精度で検分が可能なんです」

神子都は摩耶のナイフをテーブルに置いた。

「ぼくもナイフは持っている。キャンプ用だがね」

鳥谷野もリュックからナイフを取り出した。幅広の柄の中に多種な刃や缶切り、ハサミが付いた、多目的ナイフだった。刃の幅は明らかに刺創面より小さい。

神子都が検分し「大丈夫です」と判断を下す。

「俺のはサイズが合わんだろう」

誠二が置いたのは軍用ナイフで、刃は明らかに傷口より大きかった。

「次は緒川さんお願いします。強制ではありません」

神子都が規則に従い意思を確認すると、瑠璃はシンクを指さした。

「わたしは調理用のナイフを……」

シンクに置かれた携帯用のまな板の上に、ペティナイフがあった。フランスパンを切る時に使ったという。

「確かにずっとそこに置かれたままだったね」

鳥谷野が言った。「あとは小塚さんと星井さんの荷物か」

ログハウスの片隅には両名のリュックが残されていた。

「軍用ナイフ以外に刃物を持っていたのか否か、調べたいのですが」

神子都が摩耶に許可を求める。

「この土地の所有者で、未来の親族であるわたしの責任で見ます」

摩耶はまず小塚のリュックを検め、使い込まれた登山ナイフを見つけた。くすんだ木製の柄にも、血の染みや脂が付着したような痕跡はなかった。次に星井のリュックに移る。

テーブルには着替え、手袋やタオル、携帯食、ドライバーなど若干の工具や予備の電池が取り出された。あとは、紅茶のティーバッグやインスタントコーヒーの小瓶、インスタントラーメンの空き袋が出てきただけだ。

「刃物はありません」

摩耶の言葉に、神子都がうなずく。

「現状、犯行には未発見の刃物が使われたと考えられます」

「だったら未来が持ったまま姿を晦《くら》ませたことになる。探して捕まえるぞ」

誠二が憤然と言った。

「どこを探すの？」

摩耶が言い返す。すでに洞内は探した。

「エレベーターは見たのかよ」

誠二が指摘する。中央通路とバス区画は摩耶と瑠璃の担当だった。

「短時間ですが、わたしが冷蔵庫から通路を確認しました。誰もいませんでした。エレベーターの状態は誠二さんも知っていますよね」

「本当か瑠璃！」

「本当よ。誰もいなかったし、あんな場所一秒だっていたくない」

声はか細く視線は上げなかったが、主張はしっかりとしていた。

「匿《かくま》ってるかもしれねえだろう、見に行くぞ」

「なぜ匿う必要があるんですか」

摩耶が食いつく。

「金塊を見つけて山分けするためだ」

「未来が金塊を独り占めするために小塚さんを殺したと言ってませんでしたか？　だったらなぜ、わたしと瑠璃は生きているのですか？」

的確に矛盾を突かれても、誠二の勢いは止まらない。

「エレベーターの中は見てねえだろう。そこに隠れているか、地上に逃げたんじゃないのか？」

「それ以前に、倉庫区画には入れません。鍵をかけたのは誠二さんも知っているはずです」

摩耶は厳然と言い放つ。

「お前がグルなら問題ないだろうが」

感情が先に立ち、自分の主張の整合性などどうでもいいようだった。

「では……自分の目で確かめてください。責任はわたしがとります」


鳥谷野、瑠璃を倉庫の入口に待たせ、神子都、摩耶、誠二とともに備品倉庫、食糧庫の中をざっと見て回り、無人であることを確認した。次に冷蔵庫に入り、通路へ続く扉を開けた。

「さっきよりも崩れている箇所が増えてますけど、それでもエレベーターを調べる？」

摩耶は通路の奥を照らした。川にも土砂や岩塊が落ちているのが確認できた。

「この状態でここに匿うとでも思っていますか？」

エレベーターどころか、通路全体が危険な状態だ。

「うるせえよ」

そう吐き捨て、歩き出そうとした誠二の肩を摑んで止めた。

「気安く触るな」

誠二は僕の手を振り切り、通路に足を踏み入れた。追おうとして、摩耶に止められた。誠二の背中はすぐに闇にかき消え、懐中電灯の光が奥へと進んでゆく。

「彼を納得させたほうがいいと思う」

誠二の懐中電灯がエレベータを照らした。シャフトはいびつに変形し、複数の箇所が破れ、半開きの扉の中は完全に岩塊と土砂で埋もれている。

それでも誠二はエレベーターの中に半身を突っ込んだ。その瞬間、微振動とともに、金属がひしゃげる音が不気味に鳴り響き、天井から細かな岩が落ちてきた。

「逃げて！」

摩耶が声を張り上げると、誠二は両腕で頭を守りながら戻ってきた。

「満足しました？」

摩耶の問いを無視し、誠二は出ていった。全員が倉庫区画を出たのを確認し、摩耶は再び鉄扉を施錠した。

居住区に戻ったところで、摩耶と誠二が再び向かい合った。

「もう一箇所、探していない場所があるだろう」

ここにいる誰もがその可能性を考えていた。

小塚が設置した作業用ライトを再び点灯させると、岩壁が照らし出された。星井と神子都により固定されていた三箇所のタガネとロープ。それを目で追っていた神子都が異変に気づいた。

「足場が増えています」

神子都が示す先に、大型の軍用ナイフが打ち込まれていた。最後に打ち込んだタガネのさらに一メートルほど上方、オーバーハングになっている箇所で、『悪魔の口』の下辺までおよそ二メートル半ほどの距離だ。

「あれは未来のナイフだ。登り切ったんだ。一人で逃げやがった」

誠二の狼狽した声が反響する。

あのナイフを足場にすれば、オーバーハングながら『悪魔の口』に手が届く可能性は十分にある。

「未来が犯人と決まったわけではないので、皆さん」

摩耶が冷静に忠告する。「登ったのなら、助けを呼びに行った可能性もあります」

「小塚が殺されてんだぞバカ野郎」

誠二が『悪魔の口』を指さす。「何度も言ってるだろうが、未来は餓死を待つと！」

「一人で逃げたり餓死させたいと思うなら、わたしをそのままにするとは思えません」

神子都が淡々と否定する。「わたしも頑張れば、ここを登れるかもしれません。星井さんがそれを考慮に入れないのは不自然ですし、逃げたとしたら、登攀の補助となるナイフは残さないと思います」

星井も神子都の実力は認識しているだろう。

「だからといって、ここで待てというのか！」

「それは大切な指摘だと思います」

一転、神子都は誠二の意見を受け入れる。「星井さんが助けを呼びに行っていない可能性も考えなければなりません」

神子都は打ち込まれたナイフを見上げた。

「まずは登ります」

使命と目的を定めたら、危険なほど純粋に迷いなく、すべきことを遂行する。それが神子都だ。しかしこの状況、危険を冒すべきか否か、難しい判断を迫られた。藤間ならどうする——

「落ちてきたら受け止めてください」

神子都に躊躇いはなかった。彼女がハーネスを拾い上げると、僕の体が勝手に動き、装着を手伝った。

「無理はするな。分の悪い賭けもするな」

彼女の自主性を慮《おもんぱか》りながら、僕は耳元でそう告げた。

準備を整えた神子都は力強い動作で岩に取り付き、設置されたロープを巧みに使って十分ほどで、星井が最後に打ち込んだタガネまで到達した。

ナイフの位置までは、さらにオーバーハングしている岩肌に取り付き、登らなければならない。ジャンプもやや後方に飛ぶ必要があった。地上十メートル。神子都はその小さな体で途《と》轍《てつ》もないことをしようとしていた。

距離を測り、呼吸を整え、自分の体軀と体力と相談し、タイミングを計る。

そして、「はっ」という声とともにジャンプ。やや上方のクラックに飛びついた。

体が斜面から離れ、完全に腕だけで岩にぶら下がる形になる。そこから神子都は、懸垂《けんすい》の要領で腕と指先の力で岩肌に開いた穴や、突起を伝い、脚を揺らしバランスを調節しながら、徐徐に登っていった。誰もが声を発することなく、誰かが息を飲むなかで、僕は涙を堪える。

しかし、軍用ナイフまであと数十センチのところで、神子都の動きが止まった。

「落ちます！」

神子都が叫ぶと同時に、手が岩肌から離れた。落下する体はロープがその体重を支えきるまで、幾度か岩壁に衝突した。落下が止まったのは地表まで二メートルの地点だった。

僕と摩耶の補助で降り立った神子都は、咳き込みながらも悔しげに眉根に皺を寄せた。

「大丈夫、見えています……」

もうやめろと言うのは簡単だが、神子都の瞳にはまだ使命感が滾《たぎ》っている。

「もう一度頑張ろう」

僕は腹から声を出す。摩耶が非難の視線を向けてきたが、構わず神子都の肩を叩いた。

神子都は再び岩壁に取り付いたが、再び同じ位置で進めなくなり、落下した。

受け止めた小さな体が震えていた。それは悔しさなのか、肉体の悲鳴なのか。

「もういい、ありがとう」

摩耶が神子都を抱き締め、ストップをかけた。この瞬間だけは、彼女が切り裂き魔候補であることを失念していた。摩耶は心から神子都の身を案じていた。

応急処置をした神子都をコテージで休ませた。

瑠璃もコテージに入り、扉の前にイスを持ち出した鳥谷野が、番人のように座っている。

誠二は探索再開のため、ナイフと懐中電灯を手に大ホールへと消えた。

ログハウスには、僕と摩耶だけ。午前四時を過ぎていたが、目は冴えていた。

摩耶も同じようだ。何か言いたげで、僕も彼女が何を言いたいのか察していて、鳥谷野との距離を確認し、話すのは今だという無言の合意をした。

小声で切り出したのは摩耶だ。

「彼女はなんの特性で登用されたの？」

捜査コンサルタントのことだ。

「論理思考と観察、あとは武道を少々」

摩耶は納得しがたいという空気を発散しつつ、首を傾げる。

「藤間君の立場は？」

「藤間も捜査コンサルの資格を持ってる。地下遺構の知識と知見を特性として、専門は地下遺構内での犯罪」

「そう。でも未成年の捜査コンサルって、初めて聞いた」

多くが実績のある学者か研究者、引退した元警官だった。

「技能があれば年齢はあまり問わないようです」

「錬成会の時の動きで、何かあるとは思ってたけど」

摩耶は頬杖をつく。「藤間君も風野君も身元ははっきりしているのに、神子都さんの素性ははっきりしない。事件で両親を失って、藤間家が引き取ったというのはわかるけど」

摩耶も事前に僕らを調べたのだ。御坂家の跡取りなら当然のことだろう。

「捜査コンサルに関して、警察官の子供で、警察周辺も彼女のことを知っていたという強みはあったと思う」

それらしい理由づけをしておく。

「それにしては必死なのね。仕事の域を越えているように見えてよ？　捜査コンサルと名乗った時は法の順守を優先していたけど、その上で状況を打破しようと必死だった。どうしても自分の存在価値を認めさせたいって心の声が聞こえてきそうで、風野君はそんな彼女をハラハラドキドキしながら見ていた」

動揺が表情に出た自覚はあったが、危なっかしいのが彼女の特徴だから」

「何事も一生懸命で、少し危なっかしいのが彼女の特徴だから」

「そんな危なっかしいコンサルタントさんを、ここに潜り込ませた理由は？」

「単純に研究会のメンバーが捜査コンサルタントの資格を持っていただけで……」

「それにしては、ここに入ってから、神子都さんをわたしや未来に近づけないようにしていたのはなぜ？　何らかの意図を感じるんだけど。一緒にいる時も、わたしと神子都さんの間には、必ず風野君が入っていたし」

察知されていた――それは鳥谷野の映像でも明らかだった。失態だ。

「杵屋孝誠さんの死体が見つかったことで、警戒を強めたのは確かで……」

これだけでは足りない――「あとから来た人たちに関しては、素性がわからないし」

「本当に？　未来を見た瞬間から、風野君は彼女を警戒していたように見えたけど。瑠璃にも同じ反応をしていた。まるで最初から知っていたかのように」

返答すべきタイミングで、適切な返答を選択できなかった。

「切り裂き魔事件に関わっているの？」

虚を衝かれ、また狼狽が表情に出てしまう。

「素直なのね」

摩耶は満足そうな微笑を浮かべる。「警察が警告する状況下で地下探索なんて、捜査コンサルとして興味を持って当然ね。司法警察職員の同行がないのは明確な事件性がなくて、サークル活動の延長と定義づけたからね。あとはわたしへの興味」

完全に手玉に取られていた。

「わたしへの興味は警戒と同義ね。そこに未来と瑠璃が加わっているのなら、興味は御坂忠藏の孫であるわたしたち三人ということになる」

摩耶は考えをまとめるかのように視線を彷徨《さまよ》わせ、再び僕を見る。「今もわたしに対して、警戒心を抱いてる」

「適度な距離感と言ってほしいな」

「面白い表現ね。確かに馴れ馴れしいのは少し苦手」

すべて見透かされているらしい。「切り裂き魔事件の犯人は、未発見の地下遺構を熟知している可能性が高いと報じられている。だから警察は後手に回るとも。だけど、東伏見の事件は違った。警察が犯人を待ち伏せできたのは、神子都さんが捜査に加わったから？　わたしの依頼を受けたのは、もしかして切り裂き魔事件の捜査の一環なのかな？」

反応に窮してしまう問いを選んで、僕の反応を見極めているようだ。そして、沈黙は肯定と受け取られる。

「御坂と地下建築物の関係は深いし、戦後全国に散った祖父の戦友や部下たちが、いろんな形で地下建築物に関わってきたことも知っている。警察が知らない地下建築物を、御坂の人間が知っている可能性があると考えるのは当然のこと。もしかしたら現場全てに、祖父の戦友たちが関わっていたのかしら。だからわたしに標的を絞った……あるいは様子を見ようと思った」

すさまじい推理構築だった。これは切り裂き魔としての挑戦状なのか。だが、彼女の内側に邪心は感じられなかった。神子都を案じる思いも本物だった。

「当然、わたしのことは調べているよね。未来と瑠璃も警戒の対象なら、二人も。でも誠二さんのことはよく知らないようだった。容疑者の範囲外なのね」

今度は子供っぽい邪心を含んだ視線。「切り裂き魔の正体は、御坂の係累《けいるい》で若い女性。警察はそう考えたのね。全員武道の心得はあるし、端から見れば、未発見の地下遺構を知っていてもおかしくない立場ではある。もしかしたら、絞り込んだのは神子都さん？」

「捜査に関しては、何も言えないんだ」

今はそう応えるのが精一杯だった。

「そうだよね。わたしも少し意地悪だった」

摩耶は姿勢を正し、裏のない微笑を浮かべる。

「切り裂き魔事件を抜きにして、この状況どう思って？　所有者としての責任感と個人的興味から意見交換したい」

杵屋孝誠の屍蠟が消え、小塚の他殺体が見つかり、星井の姿が消えた。

「こんな状況で、殺人を犯すのはよほどのことだと思う」

僕は無難に応える。誠二はそれを金塊の発見と独占のためと考えた。

「ただ、殺し方は切り裂き魔の犯行ではないよね。正確に心臓を狙ってひと突きと報道されているし」

確かに、複数箇所刺すなど手口は違う。だが切り裂き魔の犯行を完全には否定できない。この環境下で、自身の犯行を匂わせるのは危険との判断で、あえて変えた可能性もある。

「未来も人殺しをするなら、もっとスマートにすると思う。でもプロのように殺したら、それだけで疑われてしまうか……。それは切り裂き魔にも言えることね」

「ここでただ推測を重ねても、現状どうにもならないと思う」

「神子都さんの見解を聞きたいな。プロなんだし」

「まず優先順位は……」

「わかってるよ、あの岩壁を攻略することね」

朝になれば、神子都は再び岩壁にアタックする。万が一、誠二の推測が正しかったとしたら、星井を止めなければならない。

「一息ついたら、神子都さんも交えて話し合わないと」

「摩耶さんももう休んだら？」

「そうしようかな」

摩耶は腰を上げる。「風野君は朝まで？」

「鳥谷野さんと二人で見張りをします」

2　波に翻弄される　同日　――風野颯平

午前六時、神子都がコテージから出てきた。

「おはようございます、颯平君」

神子都はテーブルにいる僕と、4番コテージ前のイスで舟を漕ぐ鳥谷野を確認する。「状況は変わっていないのですね」

「調子は？」

「少し筋肉痛ですが、一時間後に行きます」

「何か食べるか」

「その前に、体を温めます」

僕は鳥谷野に声をかけて起こしてから、神子都とともにバス区画へ移動した、神子都はてきぱきと貯湯器に水を補充し、加温スイッチを押す。

倉庫から持ち出したタオルは二本が使用済みになっていた。結局、シャワーは星井と瑠璃しか使っていないようだ。

僕は個室の脇から水路を覗いた。かろうじて川底は見えていたが、流量は少し減ったような気がした。

「残ったお湯が保温されていましたから、三十分くらいで適温になります」

湯が沸くまでの時間、僕は誠二が話した杵屋孝誠の性癖と少女の失踪についてと、摩耶が僕らの目的を看破していることを神子都に告げた。

「……わかりました。考慮に入れます。でも、柔道のお稽古の件、摩耶さんや瑠璃さんに直接聞いても大丈夫なんでしょうか」

そのあたりの機微を読むのも藤間の役目だったが――

「タイミングを見て聞いてみよう」

どのタイミングで、と自問しつつ応えた。「それと摩耶さんに悟られてしまったのは、僕が上手く立ち回れなかったせいだ。ごめん」

「なぜ謝るのかわかりません。隠し事をしなくてすむのは……」

神子都の言葉が途切れ、視線が忙しなく動き、探偵モードへと切り替わった。

「どうした」

「波の立ち方が、前と違うような気がす……します」

神子都の視線の先は川の下流。岩の裂け目に、奔流が吸い込まれていく地点だった。

「裂け目の奥に障害物が引っかかっている可能性があります」

白波の立ち方など気にも留めていなかったが——

「裂け目の奥だな」

僕は川を飛び越え、裂け目の縁まで移動すると、懐中電灯で照らしながら奥をのぞき込んだ。

岩に当たり、白く激しく泡立つ奔流——僕の目が、連続し沸き立つ波と波の間に、岩ではないなにかをとらえる。

それが波に翻弄される指先であり、腕であることを認識してゆく。そして、波間に見覚えのある輪郭とうつろな目が一瞬だけ浮かび、消える。

星井未来だった。

短パンに裸足になり、腰をロープで固定すると、片足を流れの中に入れた。大腿《だいたい》部まで水没し、刺すような冷たさが全身の筋肉を収縮させる。骨まで凍りつきそうだったが、川底に足をつき、流れに逆らい踏ん張った。

ロープの一端を確保し、僕を支えるのは誠二と鳥谷野。摩耶と神子都は両岸の二方向から裂け目の中を照らす役目を負い、瑠璃はタオルを手に川縁に待機している。

岩の裂け目は奥で狭まっていて、星井はそこに引っかかり、水流に翻弄されている。

彼女が生きている可能性は限りなく低く、実質的に死体の回収になるだろう。

僕は先を輪にしたロープを、ゆっくりと裂け目の奥に向けて流してゆく。その先が腕や足にうまく引っかかれば、手前に引く。最悪、首でも構わない。

一回の活動はせいぜい五分。耐えきれなくなったら川から上がり、濡れた足をバスタオルでふいてから、シャワーの温水で温める。それを繰り返し、七回目のアプローチで、ロープの輪が星井の足首にかかった。慎重にロープを引くと輪が絞まり、固定される。

「引き寄せます！」

僕は両腕と足腰に力を込め、ゆっくりとロープをたぐり寄せる。思ったより抵抗が大きかったが、誠二と鳥谷野の支えで踏ん張ることができた。

やがて、裂け目の奥から膝が見え、腰部が見え、上半身が見え、顔が出てきた。

「どうなってんだ、これは」

誠二が呻き、瑠璃が目を伏せ、背を向けた。

「引き上げます！」

摩耶が手を伸ばし、星井の腕を摑んで川から引き上げた。僕も鳥谷野の手を借りて、川から這い上がった。今になって全身が激しく震えた。

星井を横たえると、瑠璃が首と手首の脈を調べたが、すぐに頭《こうべ》を垂れた。

「彼女は逃げていなかった。そういうことね」

摩耶が屈み込み、半眼だった星井の目を閉じた。

激しい水流に剝ぎ取られたのか、上半身は裸だった。肌はあちこちが傷つき、裂け、白い肉がはみ出していた。深いのはおそらく刺創。浅いのは岩によってできた傷だろう。血は水流にすべて洗い流されてしまったようだ。

「神子都さん、捜査をお願いできますか」

摩耶が言った。

「検分します」

傷の様子を調べる神子都の指示に従って、僕も骸《むくろ》となった星井を撮影、鳥谷野もビデオカメラで記録してゆく。

「岩による傷のほかに……刺創があります」

神子都がその部分を指し示した。「防御創はありません。刺創は……胸部と腹部に二箇所ずつ。大きさは、小塚さんのと同じくらいですね。胸のは深くて、たぶん中で抉っています。これが致命傷かもしれません。傷を撮ってください」

刺創の様子を撮影してから、神子都は死体を俯せにした。小塚同様、首筋にも刺創があった。

「背後から首筋に一撃を加えて動きを止めたところで、腹部と胸部に刃物を刺したのかもしれません」

「小塚さんと同じだな。首を狙ったのは、星井さんを強敵と知ってか」

僕が言うと、神子都は立ち上がりうなずく。

「それに加えて、星井さんは犯人を信頼してたことになります。無防備に首筋をさらすほど」

星井は常に人を警戒し、間合いを測っていた。

「遺体を小塚さんのとなりに安置してください」

神子都の要請で、僕と摩耶、鳥谷野で星井の死体を、大ホールに運んだ。

それで居住区に戻ると思いきや、神子都は二体の骸の間に屈み込んだ。

「何をするつもり?」

摩耶が訝《いぶか》る。

「小塚さんと星井さんの傷口を比べます。同一の凶器かどうかの確認です」

傷口の位置や角度から、神子都は凶器や実行犯の身長、犯行時の状況を類推できる。

「小塚さん星井さんともに、実行犯は右利きです。首筋への一撃は、刃物を逆手で持って振り下ろしています」

神子都はさらに胸部と腹部の刺創を比べる。「小塚さんも星井さんも、胸部と腹部の傷は、やや下方から突き上げる形で刺されたものです。これは刃物を順手に持ち直して刺したことを示しています。持ち替えたのは、犯人がある程度冷静で、殺傷効果と効率を高める狙いを持っていたことがわかります。現段階でこれは殺人であり、同一犯、同一凶器と判断します」

神子都は息をつき、立ち上がった。

「疑問点は三つです。星井さんはあの斜面を登り切ったのか。登り切ったのならなぜ戻ってきたのか。誰がなんのために二人を殺したのか」

「それと孝誠さんの行方ね」

摩耶が力なく付け加えた。

「あの穴の奥に金塊があったんだ」

また誠二が断定口調で言う。「それを小塚に知らせに来たところで、誰かに殺された」

「金塊を見つけたところで、外に出られなければ、話にならないよ」

鳥谷野が両手を広げてみせる。「星井さんが戻った理由については、たとえば登った先に何か価値が高いものがあって、それを秘匿するために、同じく登攀能力をもつ七ツ森氏を無力化しておこうという意図があったと考えられるけど……違うよね」

「わたしは生きています」

「お前らが返り討ちにしたのか」

誠二が僕と神子都を交互に見る。

「可能性として排除できませんが、わたしも颯平君も殺していません」

律儀な神子都がきちんと返答する。

「ここでひとつ確認しておきたいことがある」

鳥谷野が割って入る。「犯人特定と、脱出のどちらを優先するのか、共通認識を持っておきたいんだ。誰が犯人かわからない状態で脱出に専念するのか、わかった状態で専念するのはどっちがいいかという話。むろん、藤間氏のことを考えれば悠長なことは言ってられないけど」

「わたしは知った上で行動したい。今はそのための時間にしたい」

摩耶は粛然と僕らに語りかける。「名乗り出てくれるなら、ここで捕まえることもしない。

やむなき事情で殺人に及んだのなら、情状に訴える証言もする。名乗り出ないなら、こっちで調べて、抵抗するようなら制圧して拘束する。いかが？」

「お二人の死亡時間帯について、皆さんのお話を聞かせてください」

雰囲気を頓着《とんちゃく》しない神子都が、事務的に探偵用ノートを取り出し、広げる。「任意ですが」

「皆さん協力して」

摩耶が切願する。

「とはいえ、ほとんどの人が熟睡していたようだからね」

鳥谷野が腰に手を置き、首を傾げる。「星井氏は午後九時過ぎ、ぼくはその四十分後くらいにはコテージに入った。それは共通認識だね」

「僕もそう記憶しています」

僕の言葉を誰も否定はしない。「そのあと杵屋さんが戻ってきて、少し話して、十時前には僕も杵屋さんもコテージに入りました」

コテージに入ったのは、僕が最後だったのだ。「目が覚めたのは午前二時過ぎくらい。神子都と一緒にトイレに行ったところで、杵屋孝誠さんの遺体がなくなっていることに気づきました。そのあと摩耶さんが」

僕は摩耶に続きを話すよう、視線で促した。

「わたしが目覚めたのも二時二十分頃。お手洗いに行ったら、二人が孝誠さんを探してたんだけど、その前に……」

摩耶は僕らに対し、胸の奥底をうかがうような、試すような視線を送ってくる。「時間ははっきりしないけど、コテージを開けようとした人がいた。鍵をかけていたし、誰？って聞いたらいなくなったけど、誰？」

僕にも、物音を聞いたような記憶があった。夢の一部と思っていたが。

「僕も物音を聞いた気がする。確かに扉を開けようとしてた」

「何時頃かわかる？」

「わからない。外を確かめようと思った記憶はあるけど、実際確かめた記憶はないから、眠ってしまったんだと思うけど」

「わたしもそう」

摩耶は再度、各々の表情と反応をうかがう。「誰なの？」

無言の牽制が交錯する。

「要するに」

摩耶が沈黙を引き取る。「武道の心得がある人たちを殺そうとしたのね」

「それが未遂に終わったところに疑問がありますが、可能性は否定できません。となれば、動機の面から考えましょう」

神子都にとっては、ここからが本題だ。「殺人において一番多い動機は怨恨です」

「この状況で積年の恨みを晴らすなんて、現実的ではないと思うね。逃げる気がないなら話は別だけど」

鳥谷野が正論を吐く。「衝動的に殺意を抱く場合はあるけど、冷静な手口とは相反しもする」

「その次に多い動機が、金銭を巡るトラブルです」

これが一番現実的な動機に思えた。

「二人が見つけた金塊を横取りしようとしたヤツがいた。それだけのことだろう」

誠二がまたも自説をアレンジする。

「いや、仮に金塊があったとしても、人を殺すのは割に合わないよ。容疑者が絞られて、誰が犯人かすぐにわかってしまう。その時点で、金塊を手に入れる資格を失ってしまうよ」

鳥谷野がやんわりと指摘してみせるが、誠二が納得する様子はない。

「有資格者を全員殺せば済む。夜中にドアを開けようとしたヤツは、全員殺すつもりだったんだろうが」

これは一理ある指摘だった。施錠されていたお陰で頓挫したと解釈もできる。

「全員を殺したら、金塊以前にここから出られなくなってしまう」

鳥谷野が再度受け流す。「星井君を殺してしまうのは得策じゃない」

「だったら今生きていて、出られるヤツが犯人だ。簡単な消去法だろうが」

誠二が神子都を睨みつけた。

「それも一つの考え方だと思います」

神子都は正面から視線を受け止めた。「でも、星井さんは初対面の颯平君とわたしを武道家と見抜きました。殺気に敏感であることは確かです。そんな星井さんが、警戒や緊張を強いられている状況で、わたしに背を見せるとは思えません」

「ぼくも同感さ。星井氏を殺すのは容易ではないと思う。不意を衝くことだって難しい。彼女は軍で敵を殺す技術と、生き残る技術を磨いてきたんだから」

「だから未来はあの崖を登り切って金塊を見つけた。それを小塚に話したところで、誰かが横取りするために二人を殺した。それで筋が通るだろう」

誠二はどうしても金塊と結び付けたいようだ。

「そうなると誠二君、君が第一容疑者になる。金塊という確固たる目的を持って、不正までしてここに来たんだから」

「なんだと！　証拠はあんのか」

「可能性を論じたまでだよ。ただ、星井氏が誠二君に背後を取らせるとは思えないから、実際の犯行は困難だったとぼくは結論づけるけど」

擁護しているのか腐しているのか。

「未来はお金なんかに興味ないから！」

瑠璃が顔を上げ、誠二に氷のような視線を向けた。「未来は御坂の財産なんかに興味はなかった」

「いきなりなんだ」

「未来は、お祖父様が亡くなってから、相続の放棄を……弁護士に相談して」

「どうして？」

摩耶も初耳だったようだ。

「窮屈《きゆうくつ》だし、恨まれることも多くて、いろいろ煩《わずら》わしかったけど、お祖父様の計らいを無下《むげ》にもできなくて。それで亡くなってから、実際に相続放棄を実行して、御坂の家からは一円ももらってない」

「金塊を見たら気が変わるかもしれねえだろうが」

意見をかえない誠二に、瑠璃は黙り込んだ。

そのとき僕は物理的な空気の流れに変化を感じ取った。違和感を放つのは、連絡通路だ。

「少し待ってもらえますか」

僕はログハウスを出て連絡通路を見遣る。

「どうしたの？」

摩耶があとを追ってきた。

「暗くなってる……」

仄かに明るかったはずの連絡通路が暗かった。中央通路に出ると、照明がすべて消えていた。

倉庫区画の発電機が止まったのだろうか。

「風野君、足もと……水が流れてる」

後続してきた摩耶が足もとを照らした。流れは細いが、アルミ板の通路の下を水が流れていた。明かりが上流のポンプ区画方向に向けられる。

「若干まずい状況になりかけてる？」

背後で鳥谷野が言う。

「奥の様子を見たほうがいいわね」

各々が懐中電灯を持ち、ポンプ区画に移動すると、倉庫区画へ続く裂け目から水が逆流し、川が溢れていた。

「エレベーターの通路か、裂け目の奥が塞がれたのね」

摩耶の声が沈む。発電機の下部を水が洗っていた。水車は回転していたが、流れが堰き止められたせいで動きは緩慢だ。

「見てくる」

僕はシューズと靴下を脱ぎ、ズボンを膝までたくし上げ、水の中へ入った。茶色く濁った水はくるぶしまでの深さになっていた。川との地面の境界を探りつつ慎重に裂け目の縁まで移動し、中を覗き込んだ。

「見える範囲に障害物はない……もっと奥かな」

一瞬、孝誠の屍蠟を考えたが、どう考えても川を堰き止めるほどの大きさではない。

「中央通路の明かりが消えたのは、倉庫区画の発電機が止まったからです」

神子都が指摘し、摩耶がうなずく。

僕らは確認のためバス区画へと向かった。中央通路の水は大ホールに流れ出ると、地面に拡散して消えていた。

右通路の明かりは時折息切れするように点滅していた。そして案の定、バス区画の水量は三分の一ほどに減り、色もコーヒー牛乳のようになっていた。水車の羽根も、かなり下辺までが露出している。これ以上水量が減ると、止まってしまうかもしれない。

これで、エレベーター通路で堰き止められていることが確認できた。

「問題はあの区画がどれだけの水に満たされているかね」

摩耶が息をつく。

「僕の感覚だと、ポンプ区画と倉庫区画の高低差は一メートルくらいだと思う。最低でも、倉庫区画は水深一メートルくらいになっていると考えたほうがいい」

僕の見積もりに対し、異論は出なかった。鉄扉は通路側に開く。水量によっては、解錠しノブを回した時点で鉄扉が勢いよく開き、流れ出た水が開けた者を飲み込んでしまうだろう。

「成り行き次第では、全ての発電機を失う可能性もあるわけか」

鳥谷野が最悪の事態を提示した。

居住区に水が入ってこないよう、連絡通路の中央通路側の扉は封鎖した。

誠二は再び不機嫌そうにイスにふんぞり返り、瑠璃は無表情で一点を見つめている。

「ひとまず事情聴取は中断します」

神子都が立ち上がった。「脱出を優先したいと思いますが、異論がある方はいらっしゃいますか」

誰もなにも応えなかった。

鍾乳洞全体の排水能力を考えれば、溢れ出している水が居住区や大ホールを満たすとは思えないが、藤間が逃げ込んだ岩の裂け目が安全なのか危険なのか、ここで判定することはできない。電力が失われる可能性も考えると、脱出と救助要請が最善であることは自明だったが——

「それが最善策なんだろうけど……」

鳥谷野の表情に一瞬、不安が差し込む。「この中に殺人犯がいる可能性が極めて高いことに留意が必要だね」

「お互い背中に気をつけろってことだろうが」

誠二がナイフの柄を握りしめる。「小娘、お前も容疑者だからな」

「互いが互いを見守れる……端的に言えば監視できる態勢を作りつつ、非常連絡線も確保するということでいかがかな?」

鳥谷野が提案し、クライミング組と、監視と捜索組の二手に分かれることになった。

「ドームとここの間に無線機で連絡線を作ったほうがいいね。クライミングも重要だけど、水の監視も、ほかの出口の捜索も重要だ。大ホールにはまだ見ていない窪地や裂け目が残っているからね」

僕は当然、神子都のサポートだ。瑠璃は鳥谷野と離れることを拒否し、誠二は捜索を続けると主張した。自ずとクライミング組は僕と神子都、摩耶となった。

僕と神子都は、ドームへ向かう通路に中継器をセットし、摩耶が居住区側に残って岩壁前の僕らと送受信の調整をした。

『聞こえる？』

ノイズの中から摩耶の声が聞こえてきた。

「こっちも聞こえるよ」

無線機の調整を終えた数分後、摩耶がやって来た。

3　共闘宣言　同日　――風野颯平

「……なるほど、筋が通ってる！」

神子都の説明を聞いた摩耶は、紅潮を冷ますかのように両手で頰を包んだ。「中野の第二層と第三層の施工業者の違いを見抜いて、犯人自ら姿をさらしてほかのメンバーと一緒に侵入しなければならなかったことを導き出すあたりは、とても感心した。それで御坂の情報を持つ二十代の女性って条件が限定されて、わたしが疑われたのね。そんな状況の中に、わたしからの依頼がきたら、乗るしかないわね」

こちらの手の内――捜査情報を明かしたのは、切り裂き魔かもしれない摩耶を牽制し、また、この非常時にある程度の信頼関係を結ぶ必要があると考えたからだ。

「これが切り裂き魔さんの罠なら、罠ごと喰い破る気概で行こうと」

クライミングの装備を身に付けた神子都は、律儀に応えた。

「罠？　仮にわたしが切り裂き魔で、藤間君を罠に掛けようとしたのなら、切り裂き魔は藤間君を敵と認識してたことになると思う。でもわたしも含めて、ここにいた誰もがあなた方が警視庁の関係者だと知らなかった。それはどう考えるの？」

「切り裂き魔さんは千川上水の現場で、わたしたちが捜査関係者と行動を共にしているのを見たんです。現状、証拠を摑むに至ってはいませんが」

古田刑事が重傷を負った事件だ。付近には女子大があり、若い女性の野次馬も多かった。残念ながら、野次馬を撮影したフィルムから摩耶、星井、瑠璃らしき姿は見いだせていない。

「未発見の通路から脱出したら、いきなり待ち伏せされていたんです、誰が先回りさせたのか、興味を持ったはずです。そこにどう見ても警官に見えないわたしたちがいて、捜査コンサルの腕章をつけていました。もし切り裂き魔さんがこの洞内にいらっしゃるのなら、最初からわたしたちを捜査コンサルと認識していたと思います」

「推測の域を出ないわね。それに見知らぬ人をどうやって特定するの？」

「見知った顔を見つけたからです」

神子都はさらりと即答する。「それが颯平君です」

いきなり名を呼ばれ、思わず「あっ」と声を上げてしまった。

「剣道の有段者である摩耶さんは、わたしや秀秋君の顔は知らなくても、創士館四天王の風野颯平の顔は知っていたんです」

「神子都さんの中では、わたしが切り裂き魔？」

「最も可能性が高いと思っています。ただ、星井さんと緒川さんが颯平君の顔を知っていた可能性も否定できません」

誰が切り裂き魔であったとしても、なぜ僕が警察と一緒にいるのか。なぜ自分が追い詰められた現場にいるのか——そこを起点に調べれば、僕が捜査責任者の息子であり、藤間との関係に行き当たる。

「わたしが切り裂き魔という前提でここに来たのなら、それは現行犯逮捕を狙って？　わざと襲わせて、決定的証拠を得るために？　風野君はさしずめ盾か生け贄か」

「その両方です」

神子都は時に無慈悲だ。確かに間違ってはいないけど……。

「切り裂き魔が人を切り刻む動機は？　当然推定した上での計画だと思うけど？」

「都内三箇所の犯行で、推定はしています」

いずれも女性、それも年端もいかない少女が陵辱され、命を落とした場所。

別の見方をすれば、墓標。殺されたのは、そこを穢した者たち。

「切り裂き魔は墓守であり、墓荒らしを処刑する者です。もちろん、富士見池の現場と、埼玉、神奈川の現場も精査しなければなりませんが」

「それこそこじつけと思わなくて？　その程度のことで人を殺すのかしら」

純粋な神子都と、底知れぬ懐を持つ摩耶の真っ向のにらみ合い。

「共感と使命感が増幅して、犯行の動機となり得ることがあります。行き過ぎた正義です」

「どういうことかしら？」

摩耶はどこか楽しそうに小首を傾げる。

「自分が悲惨な体験をした。同様の体験者をこれ以上出さないために、その犠牲者の眠りを妨げないために、そこを穢すものを排除する」

「切り裂き魔も、悲惨な体験をしていると？」

「少女期に、杵屋孝誠さんに酷い目に遭わされたとの証言がありました」

神子都は〝タイミング〟のことをすっかり忘れたように告げた。仮に誠二の話が真実であり、摩耶、星井、瑠璃の三人が孝誠の毒牙にかかっていたのなら、それは精神的圧迫として、彼女たちに深く刻印されたと想像できる。

「誰かに聞いたのね。未来か誠二さんかな」

摩耶から感情の揺れは見いだせず、呼吸の変化もない。だからこそ、これが真実だと感じる。

「確かに稽古は厳しかったけど、それが？」

「稽古のことじゃない」

僕は腰の警棒をいつでも抜けるよう、右手に神経を集中する。「杵屋孝誠が少女性愛者で、それは一族の中で公然の秘密だった。被害を受けた子は数多くいたけど、誰も告発していない。彼の失踪と同時期に失踪した少女もいると聞きました。これが事実なら……」

「事実よ」

摩耶はあっさりと認めた。「少女がいなくなって警察が捜しているのも、孝誠さんの行為も。黙っているのは家名のため。その点では俗物ね、わたしも」

「限界を超える精神的圧迫を受けた場合、人は心の中にまた別の人を生み出すと聞きました。それが先鋭化すると、心に怪物を生み出すのかもしれません」

神子都は言った。それは彼女自身にも関わることだった。

「それは未来にも瑠璃にも当てはまることね」

「今は状況証拠しかありません。ですがここで取引をしたいんです。わたしたちに墓荒らしの意図はありません。背中を気にせずに登ることに集中したいんです。あなたが切り裂き魔なのでしたら、休戦したいのです。わたしも司法警察職員の同行がない以上、捜査コンサルタントの権利を行使できません」

「仮にここで認めたとしても、法的効力を持った自白としては扱われないと言うのね。でもポケットの中でテープレコーダーがまわっていないとも限らないし」

「録音はしていません。身体検査をしても構いません。要求が受け入れられないのでしたら、違法行為を覚悟で、颯平君と二人がかりで、あなたを制圧します。つまりわたしは今、威力と暴力を笠に着て自白を強要しています」

神子都は身も蓋もないことを言いつつ、摩耶に迫った。この手法は、明らかに藤間の影響だ。

「面白い発想ね。法的根拠がない上に、強要された自白に証拠能力はない。それが落としどころだと言いたいのね？」

摩耶はすぐに察した。

「求めているのは、今ここだけの話です。摩耶さん、あなたは切り裂き魔ですか？」

「違う。未来と小塚さんを殺したのもわたしではない。脱出と捜査には最大限協力はする。これでどう？」

制圧するか——横目で神子都を見る。その瞳にはなんの意志も示されていない。

「拘束するのは、やめていただける？」

僕の殺気を読んだのか、摩耶が先手を打ってきた。どう判断すべきか——

「では、信じます」

僕の決断の前に、神子都が応えた。

「もうひとつお願いしていいかしら」

摩耶は改めて神妙な表情になった。「瑠璃に孝誠さんの話はしないで。長く心療内科に通っていたし、寛解したとは言いがたい状況なの」

「それは切り裂き魔としてのお願いですか？」

我ながら悔し紛れ半分の、意地の悪い物言いだった。

「御坂摩耶としてのお願い」

それでも摩耶に、気分を害した様子はなかった。

「神子都が信じても、僕は完全に君を信用したわけじゃない」

正直に伝えた。「だから、ここは僕ら二人だけに任せてほしい。それが協力だと思って」

「いいわ、わたしはわたしのすべきことをする」

摩耶は一瞬だけ、微笑を浮かべた。

第七章　絶望と弾丸

1　油断　三月十九日　水曜　――御坂摩耶

誠二はログハウスで何度目かになる探索に備え、身支度を調えていた。

「少し、時間をいただけます？」

声をかけると、誠二の意識が瞬時、テーブルの上の登山ナイフに向けられる。内心、わたしを疑っているのかもしれない
「岩登りを手伝わなくていいのか」

警戒心にまみれた口調だった。

「ロープで安全が確保できたので、二人で十分だと判断しました」

「勝手に逃げたらどうする」

「彼らは逃げません。今は誠二さんにお話があるから戻ったんです」

わたしのすべきこと――

「手短にしてくれ」

誠二はイスに浅く腰掛けた。

「瑠璃はまだ休んでいるのですか?」

「昔からそうだったろう、登校拒否に家出に」

鳥谷野は瑠璃が休む4番コテージ前で、携帯カセットテープ再生機で音楽をかけながら、探索に備え着替え中だ。犯人の割り出しを後回しにしたためか、腰にナイフを差している。

「それで話とはなんだ」

声を抑えれば、鳥谷野に会話が聞こえることはないだろう。

「殺人のことです」

神子都の検分を見ながら、一つの考えに到達していた。御坂一族しか知り得ない血縁の澱から導き出した解答だ。

「一つ、確認しておきます。誰であろうと未来を殺すのは難しい」

わたしは念押しした。「特に背後を取られるなんて」

「お前も探偵ごっこか」

「誠二さんの見解を知りたくて」

忍耐力、想像力、調整力を著しく欠く――それが御坂、帝洋の幹部たちから聞こえてくる誠二の評価だ。

「だから、犯人が顔見知りなんだろう」

「だとしても、未来は命を奪われるほど人に気を許しはしません。わたしや瑠璃であっても」

愛人の子だが御坂忠藏の強い意向で認知され、相続権も与えられた。それがかえって彼女の立場を危うくした。相続権を得たことで、割を喰う人間は必ず出てくる。

だから、未来は軍に入ることで自らを守り、御坂家と距離を取った。

「瑠璃とは仲がよかっただろう」

「ですが誠二さん、あなたが企画した金塊探しという枠組の中では、条件が変化します」

未来は洞内に閉じ込められてから、明らかに全方位を警戒していた。

「じゃあ誰が犯人だ。風野か、七ツ森か」

「論外です」

「じゃあ、ここに未来を殺せるヤツはいないだろう」

神子都も風野も、そう判断している。わたしも当初はそう思っていた。

「それがそうでもないと考えました」

「どういうことだ」

誠二が明らかに狼狽した。ことが露見した狼狽なのか、単純に意外な回答に驚いたのか。

だが、それもすぐにわかる。

「気を許す人間はいませんが、気を抜く人間はいた。それは誠二さん、あなたです」

誠二は憤怒の形相で立ち上がりかけたが、鼻を鳴らして再び座った。

「お前、思っていたより頭悪いな。未来は俺を嫌っていたし、それを警戒というのだろう」

「反対です。あなたに対して、気を抜いていたと言っているのです」

無防備な背中を晒すほど、未来が誠二を舐めきっていたという解釈だ。さすがの誠二も理解したようだ。

「なぜ俺が未来と小塚を殺す」

「あなたの主張のまま、仮にここに金塊があった場合、取り分が増えるかもしれません。あと、未来を殺すことで将来的に遺産の取り分も増える可能性がある」

「ほざいてろ」

誠二はわたしを睨みつけたまま登山ナイフを手に取り、腰のホルダーに差した。警戒が戦闘態勢に変わったようだ。「そういうお前は、俺の親父を殺したんだろう」

「話をすり替えないで、見苦しくてよ」

「お前こそ誤魔化すな。動機はあるだろう」

やはり、孝誠のことを話したのは誠二のようだ。

「風野君に話したのも、わたしに注意を向けさせるためなのですか?」

「俺は親父の死体を見てお前が殺したと直感した。未来と瑠璃も手伝ったのか?」

「そんな事実はありません」

そもそも、ここのことは藤間秀秋が探し当てるまで知らなかった。

「死体は川に流したのか? 警察が死体を調べれば、殺しの証拠が出てくるかもな」

わたしは未来と小塚を殺していない。孝誠を殺していないし、死体も遺棄していない。

「未来は流れませんでした」

「親父の体格なら流れたかもしれない」

杵屋孝誠は未来より小柄で、わたしや瑠璃と同程度だった。わずかな体格の差で、裂け目を通り抜けた可能性は否定できない。だがそれも推測の域を出ない。

事件の引鉄《ひきがね》が、未来による岩壁の攻略だった可能性が高い。未来も誠二の目的を知った上で、ここに来たのだ。

登頂した未来が何を発見したのか。金塊か、出口か、あるいはその両方か。

前提となる岩壁の登攀は、全員が熟睡していた午後十時頃から午前二時にかけて行われた。つまり〝全員が熟睡〟ということ自体が、人為的なものに思えてくる。

まずは未来の相続権放棄は脇に置く。瑠璃の言葉が真実なら。欲がないわけではなく、親族とのしがらみを嫌っただけだ。しがらみのない金塊ならば、欲しがらないとは限らない。

彼女が金塊の独占を狙うのなら、まずその事実を誰にも伝えず脱出を優先、残された者たちが餓死した頃を見計らい、後日極秘裏に持ち出すのが合理的だ。誠二ですら考えた理屈だ。

ここは元々秘匿された洞穴なのだから。補充やメンテナンスも終了し、摩耶と瑠璃の両方が行方不明となれば、この鍾乳洞の権利を主張できる立場になれるかもしれない。

未来は、祖父の財産の相続は放棄したが、わたしの財産の相続は放棄していない。

その上で彼女が岩壁を攻略したのなら、なぜ戻ったのか。考えられる可能性は――

①何かを回収する必要があった。

②誰かのコントロール下にあり、報告に戻った。
③出口も金塊もなく、戻るしかなかった。
④金塊の在処の情報があり、それが別の場所に存在した場合、現物を確認する必要があった。
⑤救助の可能性は低いが、倉庫に大量に食糧があるため、死に絶える期間が見えず、皆殺しのほうが効率的と考えた。

金塊が存在した場合、夏の地盤調査の前に、金塊の運び出しとわたしたちの抹殺を終えるという目的が考えられた。そして、一応付け加えておくのが——

⑥もう一人のクライマー、七ツ森神子都の抹殺のため。

深夜にコテージの扉を開けようとした何者かの存在が、証拠と言えば証拠だ。

未来と小塚が七ツ森、風野のコテージに侵入、殺害を試みたが、返り討ちにあった可能性も考えた。しかし、未来と小塚の殺害は明らかに不意打ちであり、正面から戦った形跡はない。返り討ちというのは、相手の攻撃を事前に察知、或いは初撃を回避し、態勢を立て直してから改めて戦うことで生じるものだ。多くの場合、正面からの力勝負となる。

そして未来にとってよそ者、警戒すべき相手である七ツ森、風野に、未来が背後を取られる可能性は極めて低い。

誠二は忍耐力、調整力に欠けているかもしれないが、目的に正直なだけで、周囲が思うほど愚かではない。わたしが檜原村経由の南ルートを使うと予想した上で、網を張っていたのだ。

その点で、わたしも誠二を舐めていた。

「誠二さん、あなたを……」

言いかけた時、突然、ログハウスの照明が消えた。

——風野颯平
神子都は星井が打ち込んだ軍用ナイフに手をかけ、一気に体を持ち上げた。

オーバーハングの下部までは、問題なく登れた。

そこで突然、無線機がノイズを発し、沈黙した。

「待った、神子都」

声をかけ、押し黙る。数秒後にもう一度ノイズが発せられ、誰かの声が聞こえたような気がしたが、内容を聞き取ることはできなかった。

僕は無線機を手に取り、送話ボタンを押した。

「風野です、呼びましたか」

ボタンを放して待ったが、返答はない。

「風野です、何かあったんですか」

再び呼びかけたが、やはり応答はなかった。

「誤作動でしょうか。確かめに行ったほうが」

あの場にとどまっているだけでも、体力を消耗するのだ。

「何かあれば、向こうから誰か来るか……」

『ごめん、何でもない。スイッチに触ってしまったようだ』

ノイズとともに、鳥谷野の声が聞こえてきた。

——御坂摩耶
視界が黒く塗り固められ、空間さえも消え失せたようだった。

「おいなんだ、どうなってる！」

動揺する誠二の声が響くなか、わたしはテーブルに置いた懐中電灯を探す。

「大丈夫かい、瑠璃」

鳥谷野が懐中電灯を点け、呼びかける。

「来ないで！　誰も……誰も！」

声は怯えきっていた。戸惑う鳥谷野の影が立ち上がったところで、懐中電灯を探り当て、点灯させると瑠璃のコテージに駆けつける。

「瑠璃、出てきてくれる？」

「この中に人殺しがいるのに！」

「籠もっていたら、それこそ袋のねずみよ。一緒にいたほうが安全だと思わない？」

数十秒後、ゆっくり扉が開き、瑠璃が出てきた。

「大丈夫、ぼくが守るから」

鳥谷野が彼女の肩を抱く。

二人を伴い、ログハウスに集合したところでわたしは提案する。

「発電機の様子を見に行きます」

ここの電源は最上流、ポンプ区画の発電機だ。相当の水量が溢れていると推測できた。中央通路も水が溢れている可能性があり、連絡通路の扉を開けるのも避けるべき状況だ。

「誠二さん、一緒に来てくれます？」

少し迷ったが、これが現状ではベターな選択だった。おかしな動きがあれば、制圧すればいい。

「どの口が言う、俺を犯人扱いしておいて」

「状況が変わりました」

「お前が殺人犯じゃないという保証はどこにある」

誠二は怒りを露わにしているが、彼を犯人と予測した以上、ここに置いていくわけにはいかない。

「鳥谷野、お前が行け」

「今は一緒にいて、瑠璃を落ち着かせたい。すまないがここを動きたくない」

鳥谷野に強い意志を向けられ、誠二は「クソが」と呻く。

「とにかく岩登りの二人に状況を伝えないと」

鳥谷野が無線機を手にし、送話ボタンを押したところで、誠二が押し殺した声で「待て」と制止した。

「電力が落ちたことは伝えるな。あの二人が犯人で、明かりが消えたことがわかると、殺しに来る可能性があるだろう。闇が行動の自由を与えるからな」

『風野です、何かあったんですか』

応答があったが、誠二が首を横に振った。

「無視しろ。ヤツらに情報を伝える必要はない。お前も死にたくはないだろう、鳥谷野」

「返答がなければ、きっと様子を見に来るよ」

「だったら異常なしと応えろ」

誠二の返答に、鳥谷野は不本意そうに首を横に振り、送話ボタンを押す。

「ごめん、何でもない。スイッチに触ってしまったようだ」

送信のあとは、小さなため息とともに無線機を置いた。

「俺が一緒に行ってやる。その代わり、武器は置いていけ」

「それで気が済むんでしたら」

わたしはナイフをテーブルに置く。「大ホールを経由します。よろしくて?」

「ああ、だが先に行け」

誠二に背中を晒すことになるが、距離を保てば、不測の事態にも対処はできる。

「心配なら、それなりに距離を取っていただいても」

わたしは誠二に告げ、通路に向かって足を踏み出す。

圧倒的な闇の前には、懐中電灯の光など無力に近いことを改めて感じ、耳に神経を注力した。

誠二は一〇メートル以上距離を開け、懐中電灯を点けずについてきた。殺気や呼吸の乱れは感じないが、高い緊張状態にあるだろう。

背後に神経を集中しつつ、通路を抜け、大ホールに入った。わずかに空気が揺らぎ、水が流れる音が聞こえた。

壁際に沿うように歩き、中央通路に差しかかる。

あふれ出る水量が増えていて、堰を開けた灌漑用水のように水が吐き出されていた。入口からそっと中を覗いたが、照明は消えていた。

「中央通路から水が溢れています」

距離を測る意味で後方に声をかけると、立ち止まるような気配に続いて、後方から「ああ」と返答があった。

「ここをさかのぼっていくのはちょっと骨なんですけど」

わたしは流れ出る水を照らした。

「俺に行けというのか」

「わたしの体格と脚力だと難しいから」

「お前が行け」

停電のタイミングは予測できなかったが、誠二に殺人のことを話すのは、拙速だったようだ。

後悔を嚙みしめながら、膝まで水に濡らし、アルミの通路に乗った。足首のあたりで白波が立ち、水圧に押し流されそうになる。脚を踏ん張り、手すりを握りしめ、流れに逆らい、一歩一歩前進した。登山靴の中にも容赦なく水が浸入してきた。加速度的に足が冷たくなってゆく。せめて倉庫区画へ続く鉄扉を開けて、水を逃がすことが可能かどうかだけ確認して戻ろうと思ったが、分岐まで数メートルのところで足を滑らせた。咄嗟に手すりの支柱を摑み、流されずにすんだが、全身がずぶ濡れになってしまう。冷たく、寒く、心が折れそうになる。

それでも立ち上がり、再度前進する。分岐から倉庫区画への扉を窺う。見る限り変化はないが――通路の勾配とポンプ区画との高低差を考えれば、扉の向こうは、風野の推測通り、一メートル以上の水深があると考えていい。

連絡通路も下部三十センチほどが白波に洗われていた。開けないほうがいいようだ。

戻りは半ば水流に押され、転げるように中央通路から大ホールに出た。

通路の入口に誠二が立っていた。

「どうだ」

誠二は言いながら、改めてわたしとの距離を取る。

「ポンプ区画までは行けませんでしたが、危険な状態です」

もう怒りすら湧かない。

「連絡通路は使えそうか」

「開けたら居住区に水が溢れます」

水量は大したことないだろうが、居住空間への浸水は精神的な痛手になる。瑠璃が耐えられる保証はない。

「戻るぞ、先に行け」

誠二は刃先を向け、命令してくる。言われなくとも早く戻って着替えたかった。足早に左通路に入り、居住区へ向かう。正直、寒さのせいで、集中力に隙があった。

そのせいで、居住区の変化に気づくのが遅れた。

自分の懐中電灯以外の明かりがない。

足を止め、慌てて神経を集中する。空気が緊張と恐怖を孕んでいた。振り返る。闇があるだけ。私が足を止めると同時に、誠二も足を止めたようだ。

「瑠璃！　鳥谷野さん！」

ログハウスへと懐中電灯を向ける。

闇の中、何者かの気配が現れ、消え、動く。誰かが動いている――咄嗟に腰に手をやったが、ナイフはなかった。

『武器は置いていけ』

従ったのは未来同様、誠二を舐めていたからだ。未来の油断を指摘しておきながら――

2　闇の中の乱射　同日　――風野颯平

花火が破裂するような音が通路の奥から響いてきたのは、神子都が一度落下して、仕切り直して、再度挑戦している途中だった。

僕らは動きを止め、耳を澄ます。破裂音は、間隔を置いて断続的に聞こえてきた。

「銃声に聞こえました」

神子都がロープを使って岩壁を降り始めた。「聞き取れただけで八回です」

「待て、僕が対処する。上にいたほうがむしろ安全だろう」

「銃なら話は別です。身動きが取れない状態で的になるのは嫌です」

神子都が地面に降り立ち、ナイフを手にする脇で、僕は無線機の送話ボタンを押した。

「風野です、何かありましたか？」

何度も呼びかけたが、反応はなかった。故障なのか、電波状態が悪くこちらの声が届いていないのか、判断できなかった。

二分待ち、再び呼びかけたが、やはり反応はない。

「誰かが銃を持ち込んだのかな。ナイフを出し合った時にはなかったのに」

「旧軍関係者が、特に将校が終戦後も拳銃を手元に置くケースは、たくさん報告されています」

神子都の言う通り、ここの元所有者は軍人だった。その秘密拠点に銃が保管されていても、おかしくはないということだ。

心臓が一つ大きく鼓動する。

「行きますか？」

神子都が判断を求めてきて、暫時見つめ合った。指示があれば、全力を尽くす。状況がどうであろうと、神子都の純粋な使命感はいささかの変化もない。

「行こう」

僕は決断した。「ただし先頭は僕だ。明かりは点けずに、一〇メートル以上距離を空けてついてきて」

「何かあったらサポートします」

僕は右手に警棒を構え、明かりは点けずに、左手で壁を触れつつ通路に入った。背後に神子都の気配を感じつつ足音を忍ばせて進み、通路の半ばを過ぎたあたりで、最初の異変を察知した。

前方が闇のままだった。

「居住区の明かりが消えてるようだ」

立ち止まり、後方に小声で伝えた。ポンプ区画の発電機が止まったのかもしれない。だが、それならこちらに連絡があって然るべきなのだが。

「そこにいて」

僕は壁に背を預けながら前進を再開し、居住区に到達した。

全くの闇で、静寂に支配されていた。

「皆さん大丈夫ですか！」

声を張り上げた。誰かが動く気配を察知した。驚き、慌てふためくようで、敵意は感じなかった。自分の方向感覚を信じ、ログハウスに向かった。三十七歩目で、前に突きだした警棒の先に衝撃を感じ、金属音を奏でる。ログハウスの柱だ。すぐにテーブルの位置を確認し、その上を手で探った。指先がなにかに触れ、手で形を確認し、カンテラ型のライトだとわかった。危険は承知の上で、僕は深呼吸をしたあと電源を入れた。同時に飛び退くようにテーブルから離れ、地面に伏せた。

テーブルから半径一〇メートルあまりが暖色の光で照らされた。暗がりに身を潜め、周囲の気配をうかがう。

「誰かいますか！　風野です」

再び声を上げた。

「ぼくだ……」

呻くような声が数メートル先の闇から聞こえて来た。鳥谷野だ。

明かりを向けると、テーブルとその周辺に血痕が散っていて、ログハウスから五メートルほど離れた岩陰に、鳥谷野が土下座のような格好で左肩を押さえ、うずくまっていた。指の間からは血が溢れていた。苦悶する横顔。荒くなった息。

「何があったんですか」

再度周囲に神経を巡らしつつ聞く。

「……たぶん……撃たれたんだと思う」

上げた顔は蒼白で、脂汗が浮き出ていた。僕はライトを消し、再び闇を隠れ蓑《みの》にする。

「誰が撃ったんですか」

「わからない……後ろから突然」

僕はライトの発光部を手で覆いながら点灯させ、漏れるわずかな光の中で未使用のタオルを見つけ、鳥谷野に手渡した。

「傷に強く押しつけていてください」

「……すまない」

鳥谷野は左肩にタオルを押しつけて、岩肌に寄りかかった。「こうやって話せるってことは……致命傷じゃないんだろうな……」

「摩耶さんと杵屋さんは」

「突然停電になって、二人で発電機を見に行ったんだが……」

しばらくして、突然破裂音が響き、左肩に衝撃を感じたという。鳥谷野は咄嗟に銃撃と察知し、テーブルの明かりを消し、岩陰に逃げ込んだ。

「……ぼくが撃たれたあとも銃声が聞こえてね、コテージのあたりで花火の光が何度も……」

発砲炎だろう。音は何度か断続的に続き、かすかだが悲鳴も聞こえたという。

「瑠璃の様子を見てくれないか……」

鳥谷野の声が強ばる。「彼女、停電で一度パニックになって……」

瑠璃は、摩耶と誠二が発電機の様子を見に行ったあと、コテージ前のイスで休んでいたという。またコテージに隠れた可能性もあった。

ここでドームへの通路付近が、眩《まばゆ》く光った。

見れば、岩壁登攀のため、『悪魔の口』の下に設置されていた小塚の作業用ライトだった。神子都が独断でドームに引き返し、持ち出してきたようだ。意図は理解できた。これでだいぶ居住区の見通しがよくなり、接近する者があれば、すぐに視認できるだろう

「ありがとう、隠れていてくれ」

僕は姿の見えない神子都に声をかけた。

大勢に影響しない小さな判断、決断は、これまでも神子都は行ってきたが、身の危険が生じる独断は、たぶんこれが初めてだ。

それだけ神子都も、危機の強さを体感しているのだろう。これを成長とみるべきか、暴走と判断すべきか、などとちらりと考えてしまう。

「できる限り洞内を照らします。明かりを提供していただけますか」

僕は神子都の示した決断に乗ることにした。

「テーブルの下に……カメラバッグがある。中に撮影用の照明が……」

僕は這うようにテーブルに潜り込み、カメラバッグを持ち出すと、撮影用照明とバッテリーを接続し、コテージのほうに向け、点灯した。

居住区の半分ほどの空間が照らされた。僕はさらに星井と小塚の荷物から予備の懐中電灯を

見つけ、まだ闇が残る方向に向け、点灯させたまま地面に置いた。

「緒川さんが使っていたのは確か4番でしたね」

ああ、と小さな返答。僕は身を低くして4番コテージに接近する。わずかだが硝煙臭が漂っていた。

「緒川さん、大丈夫ですか」

壁を背に声をかけたが、反応はなかった。「開けますよ」と断り、強引に扉を開けて身をかがめた。

動きなし。物音なし。警戒しつつ中を覗くと無人だった。乱れたベッドにはわずかに温もりが残っていた。

「ここにはいません」

鳥谷野にも聞こえるように声を張り上げると、神子都が闇から溶け出してきた。

「ほかのコテージも調べておきましょう。二人のほうが効率がいいと思います」

「そうだな」

僕と神子都は、相互支援しつつ全てのコテージの中と周囲を確認した。どれも使用されており、ベッドは乱れていたが、イスや調度品を含め冷えていて、近い時間内に誰かが潜んでいた形跡はなかった。

「見る限り、ここには鳥谷野さん以外にいませんね」

僕らはコテージからマットレスと毛布を持ち出すと、ログハウスの脇に簡易ベッドを作り、負傷した鳥谷野を座らせた。

「銃声の可能性が高いと判断して戻りました」

神子都が新たなタオルに消毒薬を染みこませ、血を吸ったタオルと交換し、包帯できつく止める。「表面の筋肉が抉られて鎖骨が見えています」

「直接言われると……気が滅入るね」

鳥谷野は苦笑とも苦悶とも言えない表情で呻いた。

「骨は無事です。出血が止まりさえすれば、大事には至らないと思います」

「君たちが……犯人でなければね」

鳥谷野からすれば、せめてもの冗談だったのだろうが――

「わたしたちは銃を持っていません。今、証明します」

神子都は鳥谷野の前に立つと、一枚ずつ衣服を脱ぎ、ポケットの内部や裏側を見せ、確認させ、最終的に下着姿になった。理屈と効率を重視する神子都らしい。

当然、「颯平君もです」と神子都に促され、同じ要領で銃を持っていないことを証明した。

「僕も持っていないけど……体を動かすのは、少々難儀でね……」

「十分です」

神子都は衣服を着ながら生真面目に応える。「まずは皆さんを探しましょう。ケガ人が出ているかもしれません」

「待って……、銃を持った……人間がいるんだぞ」

鳥谷野が警告する。

「大丈夫だと思います」

神子都は即答し、ナイフと懐中電灯を手に取った。「硝煙の臭いがしました。銃撃だったとしたら、使われたのは古いタイプの銃と弾丸だと推定します。もう何十年も前の」

「旧軍の……銃か……そうか、ここにあってもおかしくはないか」

「そうです。銃声は八発でした。でしたら撃ち尽くした可能性が高いと思います。古い拳銃と仮定するなら、自動拳銃でも装弾数の上限は八発程度です」

「だったら信じよう……みんなを探しに行ってくれないか。明かりも点けたままでいい」

「できる限り速やかに済ませ、戻ってきます」

僕と神子都は、再度互いに距離を取りつつ居住区を捜索し、誰もいないことを確認した。

連絡通路の中央通路口の扉は、隙間から水が漏れだしていて、開ければ大量の水が入ってくることは明らかだった。

これで摩耶、誠二、瑠璃の行方は、左通路かその先に限定された。

僕が前衛となり、懐中電灯を先行方向に向け、左通路に入った。

異常を感じ取ったのは二十歩進んだあたりだ。血の臭いが鼻をついた。

アルミの通路上に誰かが倒れていた。

その周辺にはおびただしい量の血だまりと、飛び散った血痕。

「誰かが倒れてる。神子都は動かないで」

僕は一人前進した。見えてきたものは――仰向《あおむ》けの体。乱れ広がった髪と虚ろな半眼。僕は乱れそうになる呼吸を飲み込んだ。

緒川瑠璃だった。

ぽかりと開いた口と見開いた目。屈み込み、手首を摑んだ。まだ温かかったが、脈動はない。ただ、脈を測るまでもなく、絶命は明らかだった。

首――頸動脈のあたりの肉が、破裂したように抉り取られて、そこから大量に出血していた。それが致命傷と思われたが、刃物の傷ではなかった。

アルミ通路の外側には、見覚えがあるナイフが落ちていた。摩耶、星井とクライミングの道具を探していたときに、備品倉庫の工具箱の中にあった工作用の折りたたみナイフだ。

刃先には血がついている。

「緒川さんが死んでる。他殺のようだ」

「わかりました」

背後から緊張を孕んだ小声が聞こえてきた。

僕は感情を殺し、周囲を観察する。血だまりを踏んだのか、アルミの足場には、大ホール方面に向かう何者かの足跡が複数続いていた。

「足跡がある、まだ動くなよ神子都」

僕は「ごめんなさい」と手を合わせると、瑠璃の死体と血だまりを跨《また》ぐように飛び越え、先に進んだ。血の足跡は徐々に薄くなっているが、それとは別に血痕が点々と散っていた。

摩耶と誠二も先へと進んだと考えられた。そのどちらか、あるいは二人とも負傷している可能性が高い。

大ホールに出ると足場は途切れ、足跡もそこで追えなくなった。

僕は予備の懐中電灯を取り出し、巨大な闇に向ける。全体を照らすにはあまりもささやかな光だが、少なくとも光が届く範囲に人の姿はなかった。

「死体検分は後だ神子都、前進するぞ！」

改めて前進し、中央通路前に差し掛かった。まるで雨後の排水溝だ。

「まずバス区画を確認してから、中央を調べよう」

僕らは移動を再開する。右通路もバス区画もかろうじて明かりは点っていた。トイレとシャワー、発電機の陰も調べたが、無人だった。川の流量もさらに減り、水車も羽根の先はわずかに水面に触れているだけだ。水深は二〇センチ程度だろう。

「もう一度大きな崩落があると、ここも止まるかもしれませんね」

神子都が水車の回転を目で追っていた。

「その時はその時だ。行こう」

再度、大ホールに戻ってから中央通路に進入した。思ったより水圧が強かった。僕は通路の手すりを摑みつつ、強引に前進し、分岐から倉庫区画の鉄扉が見えてくるであろう地点に至ったとき、前方に人の気配を感じた。

鉄扉の前に誰かがいた。僕は懐中電灯を向けた。

摩耶が力なく鉄扉に寄りかかりながら、脇に懐中電灯を挟み、手元に視線を落としていた。

「摩耶さん！」

声をかけたが、反応はなかった。動きは緩慢で表情は読み取れない。何よりも、上半身と顔が多量の血で汚れていた。そして、摩耶の指先が数字錠のあたりで細かく動いていた。

彼女は扉の鍵を開けようとしていた。

「開けちゃだめだ！」

叫んだが、声は届かなかった。

摩耶が扉の取っ手を両手で握った。数字を合わせたのだ。

彼女の目が、僕に向けられた。唇がわずかに動いていた。
モ、ウ、ヒ、ト、リ——？
「逃げろ神子都！」

叫んだ瞬間、摩耶が全体重を掛け、取っ手を押し下げた。

直後、巨人に蹴られたかのように扉が高速で開き、摩耶が吹き飛ばされるのが見えた。同時に黒い奔流が轟然と溢れだし、倒れた摩耶を一瞬で呑みこんだ。僕も逃げようと体を反転させ、足を踏み出したが、背から水に呑み込まれた。

水温は感じなかった。ただ、全身を重い衝撃が貫き、鼻と口両方から水が入ってきた。なぜ摩耶は扉を開けたのだろう。その危険性は十分理解していたはずなのに——刹那に思い巡らせているうちに、わけがわからなくなった。

「颯平君！」

名前を呼ばれて目を開けた。神子都の顔がすぐそばにあった。

全身がぐっしょりと濡れていた。強烈な寒さに体が震え、口の中が不快で泥臭かった。それで状況を思い出した。濁流に飲まれたのだ。その水も短時間で大ホールのほうに流れていったのだろう。神子都に支えられて上半身を起こし、口中の泥を唾と一緒に吐き、手の甲で拭った。

照明が点っていた。倉庫区画から水が抜けたことで水車が回り、発電機が正常に動き出したようだ。

周囲を見渡し、流されたのがほんの数メートルほどだとわかった。体のあちこちが痛かった。

「水が出てから、どのくらい経った」

「三分くらいです」

水が引いた足場の上にうっすらと泥の膜ができ、足跡が刻まれていた。大ホール側から僕の元に続くのは、神子都のものだ。

見れば鉄扉は閉じられていた。鉄扉の前にも足跡があった。

「調べます」

神子都が巻き尺を取り出して、鉄扉前の足跡のサイズを図った。

「二十四センチと少しです。摩耶さんですね、たぶん」

足跡は水が溢れた後に付けられたもの——少なくとも彼女が無事であり、水が引いた後、倉庫区画に入ったことを物語っていた。

立ち上がって首や腰を回し、まだ体が正常に動くことを確認し、鉄扉の前まで移動した。

数字錠と取っ手には、べっとりと血が付いていた。開けようと思ったが、取っ手はびくともしない。内側から施錠したようだ。

「摩耶さん！」

叫び、鉄扉を拳で叩いたが返答はなかった。どれほどのケガを負っているのか、なぜ危険な行動を取ったのか、そして摩耶が扉を閉ざした以上、再び水がたまり倉庫区画とポンプ区画の発電機が止まるのは時間の問題だった。

小さな岩塊を拾い、扉を叩いても、名を呼んでも反応はなかった。

「戻りましょう」

神子都が僕を見ていた。「摩耶さんに対して、今できることはありません。まずはわたしたちと鳥谷野さんの体を優先しましょう。寒いです、冷たいです」

神子都もずぶ濡れだった。

3　仮説と検討　同日　——風野颯平

居住区に戻ると、ログハウスの明かりも点っていた。

鳥谷野は脱力したように、簡易ベッドに座ったままだ。

ただ、足もとにはコールマンの野外用ストーブが置かれ、火が点いていた。

「なにやら、大変そうだね」

鳥谷野は力なく言う。「誰も見つからなかったのかい？」

「いえ、緒川さんと摩耶さんの行方はわかりました……」

「瑠璃はどこに⁉」

鳥谷野が弾かれたように顔を上げる。

「亡くなっていました。首を撃たれて……」

鳥谷野は「あぁ」と喉の奥から絞り出すような呻き声を上げると、両手で顔を覆い、頭を垂れた。

僕は瑠璃の死体を発見したこと、負傷した摩耶が扉を開け、倉庫区画に入って内側から施錠したこと、誠二の姿が見えないこと、誠二も負傷している可能性があることを告げた。

「着替えたあと、杵屋誠二さんを探しつつ、来るべき警察の捜査に備えて、予備捜査をします」

反応はなかったが、僕は5番コテージからリュックを取り出すと、警棒を足もとに置き、体を拭き、着替えた。防寒の要《かなめ》、ミリタリージャンパーが濡れてしまったため、セーターを重ね着するしかなかった。

神子都はコテージの中で着替え、出てきた時には、改めて探偵用バッグをたすき掛けにしていた。

「今から死体の検分を行います。摩耶さんと杵屋さんが現れたら無線で連絡をください」

僕らは中継器を居住区の大ホール側に移動させると、再び左通路に入り、瑠璃の死体を前にした。

「始めます」

神子都は瑠璃の前に屈み、まず創傷面を丹念に視てゆく。僕は神子都の指示に従い、瑠璃の死体を撮影してゆく。

「致命傷は首の傷ですね。銃弾に抉られたんだと思います。あと、胸に一箇所に刺創。このナイフは初めて見ました。誰の持ち物なんでしょう」

神子都に問われ、僕は備品倉庫にあったものだと説明した。

「拳銃は落ちていませんか？　もし緒川さんを撃って弾がなくなったのなら、この周辺に棄てられていてもおかしくありません」

「了解」

そう上手くいくかと思いながらも死体周辺を入念に見て回ったが、二分とかからず足場から外れた窪みに転がる拳銃を見つけた。

「見つけた。自動拳銃みたいだ」

撮影後に取り上げると、ずっしりと重く、まだ温もりがあった。型式は古くさいが、よく手入れされていた。銃口に鼻を近づけると硝煙臭がした。

「残弾を調べてください」

神子都は、血痕に残された足跡の計測とスケッチをしていて、顔も上げなかった。

僕は弾倉を抜き、中を確認した。

「空だ」

神子都は立ち上がると、僕から拳銃を受け取った。

「ブローニングM1910ですね。総弾数は最大で八発です。わたしが聞いた音の回数と矛盾しません。弾が尽きたから棄てたのですね」

御坂忠藏、あるいは杵屋宗一郎の所蔵品かもしれない。

「これで、銃の脅威はなくなったわけだ」

僕はほっと息をついた。

「足跡は二種類あります。二十七センチのものと二十四センチのもの。杵屋さんと摩耶さんですね」

誠二が殺し、摩耶が追いかけたのか、摩耶が殺し、逃げた誠二を摩耶が追いかけたのか、それ以外のことが起こっているのか、足跡だけでは状況は読めなかった。

「緒川さんを大ホールに運びましょう」

神子都とともに瑠璃の死体を大ホールに運び、小塚と星井の横に並べた。

「颯平君、緒川さんの刺創が見えるようにしてください」

僕は神子都の指示通り、上着のジッパーをおろし、衣服を胸までずり上げた。

白い肌と、白い下着——乳房の下には赤黒い穴が穿たれている。

神子都は折りたたみナイフの刃の長さと幅を計り、星井、小塚、瑠璃に穿たれた傷口と照合した。

「一致と考えていいと思います。三人ともこのナイフで刺されています」

神子都は瑠璃の衣服を脱がし、上半身下着だけの姿にすると、巻き尺を取り出して、身長や手脚の長さなど、体のサイズを測り始めた。その計測はバストサイズにも及んだ。

瑠璃の計測を終えると、今度は星井にも同様の計測をした。

「なんで今さら」

「星井さんの荷物にあった、インスタントラーメンの袋が少し気になりまして……」

「彼女が食べたことに問題があるのか？」

「違いますが、今はまだ何とも……」

珍しく神子都が迷っていた。「それと緒川さん、胸のサイズも身長もプロフィールより少し小さかったです」

「あまり死者を鞭打《むちう》つようなことは言わないほうがいい」

その後、再び倉庫区画の鉄扉を開けようとしたが、まだ内側から施錠された状態だった。

連絡通路から居住区に戻ると、僕は拳銃と抜いた弾倉をテーブルの上に置いた。

「緒川さんの遺体のそばに落ちていました」

鳥谷野は顔を上げ、拳銃に目を落とした。

「緒川さんの死因は首への銃撃だと思いますが、緒川さんも、星井さん小塚さんと同じ刃物で刺されていました。これです」

僕は折りたたみナイフをテーブルに置いた。「誰かの所持品ではなくて、ここの倉庫にあったものです」

「つまり凶器から、犯人を割り出すことはできないと」

探偵作家は諦観を滲ませる。「誠二君は」

「まだ探してはいませんが、見える範囲にはいません」

「誠二君か、撃ったのは」

「わかりません」

神子都の代わりに僕が言った。「摩耶さんに関しても、こちらから何かできる状況ではありません」

「だったら、誠二君の行方か……」

僕は神子都を一瞥し、うなずいた。

「ぼくも、この状態で役に立てるのであればね」

「無線の中継だけでも助かります」

「意識を保てるのか、少々自信がなくてね」

鳥谷野の前に、鎮痛剤の瓶《びん》があるのに気づいた。「なに、気休めだよ。瑠璃のを拝借した」

瑠璃は、不眠のほかに偏頭痛も抱えていたという。

「じゃあ神子都、行こうか」

僕は声をかけたが、返事がなかった。「どうした、動けるのは僕らだけだ」

神子都はノートを取り出し、視線をテーブルに落としている。再度呼びかけると彼女はようやく顔を上げた。

「まず誰がどのコテージを使ったのか、確認させてください」

ログハウスに一番近い4番は瑠璃が使い、僕と神子都は5番。星井は3番を使った記憶があった。

「ぼくは8番を使った……となりは小塚氏だった。誠二君は確か2番だった」

鳥谷野が痛みに苛《さいな》まれながらも、情報を提供してくれた。

「摩耶さんはわたしたちのとなりでしたね」

神子都はノートに『2番杵屋さん、3番星井さん、4番緒川さん、5番七ツ森・風野、6番摩耶さん、7番小塚さん、8番鳥谷野さん』と書き込んだ。

「1番は誰も使っていませんが、どなたか使いましたか?」

僕は思わず「あっ」と声を上げた。1番は誰も使っていないのに、中を調べた際、誰かが使った形跡があった。

「わたしと颯平君が同じコテージを使ったので、一つ余るはずなんですが」

僕らは改めて1番コテージに向かうと、神子都が中に入り、懐中電灯で丹念に見てゆく。

「ベッドに埃が積もっています」

神子都が懐中電灯を横向きにして、ベッドに息を吹きかけると、細かな埃が大量に舞うのがわかった。「誰かがベッドを使ったことは確かですが、それは随分前のことのようですね。サイドテーブルにも埃が積もっています」

突然、倉庫区画の鉄扉を開ける摩耶の姿が、脳内に蘇る。モウヒトリ――ここを使ったのは杵屋孝誠なのか？　それとも――

「シーツに皮脂の汚れがありますね。相応の期間、誰かが使っていたのかもしれません」

何を思ったのか、今度は這いつくばるような姿勢で、床を照らす。「それと、銃の保存状態は、完璧に近かったですよね」

「確かに手入れが行き届いていたな」

「湿気に晒されないように保管されていたと考えます」

それでようやく察した。拳銃の保管場所は、直接外気や湿気に晒されない場所だ。民間人の銃器保持は違法だ。ならば、緊急時に誰が使うかわからない倉庫に置くのは得策ではない。

「あ……ベッドの脚が少しずれた形跡があります！」

言うやいなや、神子都はベッドをひっくり返した。そして――「やっぱり！」

神子都がベッドの下から何かを取り上げた。

直径三十センチほどの古いクッキー缶だった。蓋を止めるように粘着テープが巻かれていたが、それを剝ぎ取った痕跡があった。

神子都が抱え込むようにして蓋を開けると、ごわごわした茶色い紙が入っていた。

手に取ってみると、油紙だった。包んでいた何かを取り出したあとのようで、紙には拳銃の形のような癖がついている。油紙の特性は防水と防錆だ。

僕は神子都ともに、クッキー缶を持ち出し、ログハウスに戻った。

「わたしたちではない何者かが使っていたと思われるコテージの中から出てきました」

神子都がクッキー缶をテーブルに置いた。

僕が油紙で拳銃を包んでみると、折癖とぴったりと合致した。

「拳銃はこの油紙に包まれて。密封されていたお陰で状態が良好だったようです」

「犯人はここで拳銃を入手したのか？」

偶然拳銃を見つけて、実包が入っていたとしても、すぐに使えるものなのだろうかという疑問が湧く。

「ここにいる方で、銃の扱いができる方はいますでしょうか」

神子都は直球で鳥谷野に問いかける。

「ぼくは……できるよ」

鳥谷野は口許を歪めながら応える。「ハワイで手ほどきを受けて……実際に何度か撃った。

誠二君と一緒にね」

映画の準備としてハワイに渡り、主要スタッフと役者が銃についての講習を受けたという。

「ファムファタールの時は、瑠璃も含めて銃を撃つシーンがある役者も参加した……星井氏は軍人だったわけだろう。君たちは……」

「わたしは訓練を受けました。同じ重さの模造品ですが。捜査コンサルタントの拳銃使用については、今は認められていませんが、今後の法改正も視野に入れてという形です」

神子都は応えた。

「僕は趣味の範囲でモデルガンを少し触ったことがある程度です。摩耶さんはどうなんだろう」

沈黙が居座る。確認のしようがないのだ。

「とりあえず、銃の問題は区切りがついた」

僕は神子都に告げる。「次は杵屋誠二さんの安否だ」

鳥谷野を連絡役に残し、神子都とともに居住区をあとにした。僕は警棒、神子都はナイフを装備している。

「切り裂き魔の仕業だと思うか」

大ホールに出たところで、小声で訊いた。

「わかりません。摩耶さんが切り裂き魔と決まったわけでもありません」

「じゃあ誰がやった」

「星井さん、小塚さん、緒川さんの命を奪った人物は見えています。証明はこれからですが」

あまりにもあっさり口にし、僕は言葉を呑み込んだ。憶測を憶測のままにせず、理路整然と物事を系統立てるまで結論を口にしない神子都の意思を尊重するのも、助手の役目だ。

「まずは杵屋誠二か」

場所は絞られていた。潜んでいると仮定するなら、ポンプ区画か大ホールのどこかだ。だが誠二は、ポンプ区画までくまなく調べている。どん詰まりに潜むより、隠れるなら闇に包まれている大ホールを選ぶだろう。

鳥谷野が大ホールのマッピングをしていた。人が通れる裂け目と穴は七箇所、その後、誠二は単独で少なくとも数箇所の裂け目を見つけているはずだという。

手描きの簡易マップに沿って、裂け目の中を慎重に調べていく。中には斜面を二メートルほど登らなければ入れない裂け目もあった。

既知の七箇所を検分し終え、未知の八箇所目に取りかかろうとしたところで、神子都が何かに気づいた。

「血痕です」

懐中電灯に照らされた裂け目の入口下に、硬貨大の血痕が複数箇所付着していた。

「ここに逃げ込んだのか？」

「はい、銃撃から退避したのでしたら。地面に落ちた血痕は、水で流されたのかもしれません」

「杵屋さん、大丈夫ですか？」

僕は一メートル、高さ一メートル半ほどの裂け目に呼びかけた。「杵屋さん、風野です！」

耳を澄ましたが、反応はなかった。

「後ろ頼む」

僕は神子都に告げると、警棒と懐中電灯をズボンのベルトに差し込み、突起に足を掛け、一気に体を持ち上げた。

「杵屋さん大丈夫ですか」

再度声をかけた途端に、ナイフの切っ先が眼前に迫った。

咄嗟に後方に飛び、地面に尻餅をついた。尾てい骨を高圧電流のような衝撃が走った。

「来るな！」

誠二は裂け目から半身を出し、血走った目で、僕らを睨みつける。口からあごに掛けて出血していて、何度も拭ったような跡があり、ナイフを持つ手の袖には赤黒い染みがついていた。

「無事かどうか確認に来たんです。拳銃は発見して、今は居住区にあります。弾は撃ち尽くされています」

痛む尻をさすりながらゆっくりと立ち上がる。

「誰が信用するか！」

「落ちついてください。銃は持っていません」

神子都が鳥谷野の時と同じ手順で服を脱ぎ、銃を持っていないことを主張した。仕方なく僕も倣《なら》った。

「その棒とナイフを下に置いて下がれ」

言われた通り、僕と神子都は持っていたものを足もとに置き、数歩下がった。

「せめて服を着させてくれませんか」

誠二は僕の言葉を無視し、「もっと下がれ」とナイフを突き出しながら、裂け目から出てきた。仕方なく一〇メートル以上の距離を取った。

誠二は僕らの衣服を改めて調べ、僕の警棒と神子都のナイフを自分のベルトに差し込むと、服を投げて寄こした。

「ケガは大丈夫ですか」

一応確認しておく。

「撃ったのは誰だ」

虚勢と怯え交じりの誠二の様子に、対処を間違えなければ危険はないと判断する。

「逆に僕らが聞きたいのですが」

「クソが……」

誠二の顔から一気に険しさが消えた。「もう勘弁してくれ……じいさんの祟《たた》りなら、どうすれば許してもらえる……」

「祟りという表現は適当ではないと思います」

神子都が言外の意味を理解することはない。「一連の殺人は、人間によるものです」

「お前らが犯人じゃないという証明はできるのか」

「それをこれから試みます。仮説はできていますので、手短に済ませて、クライミングを再開します」

神子都は生徒を前にした塾講師のように告げた。

4　不徹底な絞り込みには意味がある　同日　──風野颯平

居住区に戻った誠二は、鳥谷野の姿を見て、改めて頰と口許を強ばらせた。

「元気そうで何より……」

鳥谷野は、誠二の前に未使用のタオルと消毒薬の瓶を置いた。

口の負傷は被弾ではなく、逃げる際に転んでしまい、地面に顔面を打ち付けたためだという。

「摩耶は……どうした」

「倉庫区画に閉じこもっているよ」

「摩耶が……やったのか」

誠二が僕と神子都に顔を向けてくる。

「拳銃は1番のコテージに置かれていたと思われます。誰が発見したかは別にして、摩耶さんは銃を扱えますか？」

神子都の質問に、誠二は思案するように視線を落とし、ブツブツと何かを呟く。

「ガキの頃にじいさんに仕込まれたとしても驚きはしないな。大叔父も射撃の名人とか言われていたからな」

大叔父は、景雲荘の管理人である杵屋宗一郎のことだとわかった。旧陸軍鉄道資材庫跡の戦後拡張部分の設計者でもあった。

「扱えた可能性があるのですね」

神子都はノートを広げ、指先で鉛筆を一回転させる。

起こった数々の事象、事件の整合性は不明だ。

杵屋孝誠の屍蠟が発見され、消え、星井未来、小塚貴文が殺害され、何者かが拳銃を乱射し、少なくとも鳥谷野、瑠璃に命中、摩耶にも命中の可能性があり、瑠璃が命を落とした。誠二は大ホールに身を隠し、摩耶は危険を冒し、倉庫区画に籠もった。

「まずはわたしが思うところの要点をまとめました」

神子都は大きな文字で要点を書き記すと、そのページを破いてテーブルの中央に置いた。

①星井さんは『悪魔の口』の奥で何を見たのか。
②なぜ杵屋孝誠さんの遺体が消えたのか。どこに行ったのか。
③倉庫にあった折りたたみナイフを持ち出せたのは誰か。
④警戒心が強く、武術の達人だった星井さんを殺せたのは誰か。

「①は星井さんはあの岩壁を登り切ったことを前提としています。それが犯行の引鉄になった可能性が高いと考えています」

神子都は語り始める。「星井さんは皆さんが寝静まっている間に、一人で登りました。わけあって、誰にも知られずに一人で登りたかったんですね。だから皆さんを眠らせた」

眠らせた——皆がコテージで休む際に感じた、異常とも思える眠気のことだ。

「星井君が一人で登りたいがために、薬を使った……君もそう思ったんだね」

鳥谷野は、痛みに顔をしかめながら瑠璃のリュックから小さな紙袋を取り出した。鳥谷野が撮った映像にも映っていた、睡眠導入剤の袋だ。「睡眠薬ほど強力ではないが、入眠を促す効果がある。夜九時すぎにしては、随分眠いと……感じていたんだ」

あの時、全員が一斉に休んだのだ。

「緒川さんが睡眠導入時を常用していたことは、皆さん知っていたのですか?」

神子都が質問する。

「身内は知ってる」

誠二が応えた。当然、摩耶も星井も。「瑠璃が薬を仕込んだのか」

「リュックはずっとここにありました。緒川さんが睡眠導入剤を使っていると知っている人は、誰でも隙を見て取り出すことはできたと思います」

瑠璃の睡眠導入剤利用は、夕紀乃の捜査資料にはなかった。

「みんな眠り込んだってことは、共通点は紅茶だよな……ぼくが淹れた」

鳥谷野が気づき、躊躇うように言った。

夜、アタックを終えた僕らは、ここに集まって、一斉に紅茶を飲んだ。寝静まったタイミングがほぼ同じなら、僕らはこのときに睡眠導入剤入りの紅茶を飲んだことになる。

「でも紅茶は淹れたけど、薬は入れていない」

「小塚さんが飲んでいたのは、スープです。睡眠導入剤が混入していたのは、薬罐の方だと思います」

神子都が、小塚が薬罐の湯を使ってスープを作っていたことを指摘する。「これなら何を飲んでも、一網打尽です」

「星井さんは紅茶を飲んでいなかった、薬罐のお湯も使っていなかった」

僕は気づく。

「星井氏は水筒の水を飲んだだけだった……」

鳥谷野も思い出したようだ。「瑠璃にはぼく自身が錠剤を飲ませた」

「杵屋さんは、薬罐のお湯を使いましたか？」

神子都が誠二に視線を向ける。

「水筒に補充した。インスタントコーヒーの粉末をぶち込んでな。鳥谷野、お前も見ていただろう」

「確かに見たけど、そのあと飲んだかどうかはぼくにはわからない」

「疑うのか！」

「確実に薬罐の水を飲まなかったのは星井さんだけですね。彼女だけは、睡眠導入剤の混入を知っていた。言い換えれば、その時点で抜け駆けを計画していたことになります」

神子都は誠二の言葉を信じたようだ。あるいは問題としていないのか。

「未来は金塊がある確証を摑んだんだ、親父の死体から」

誠二は言ったが、その口調に数時間前までの威勢はなかった。

「金塊である可能性はゼロではありません。でも、それだと戻って来た意味、わたしを殺さなかった意味がわからないのです。金塊を発見した場合、餓死を待って金塊を回収する説も説得力はありますが、皆殺しが手っ取り早いのは確かで、星井さんならそれができたはずです。でも、そうはなりませんでした」

殺されたのは星井であり、小塚だ。

「ここでわかるのは、小塚さん以外の共犯者の存在です。星井さんはその人物の計画に従っていたのではと考えます。共犯者は、星井さんが殺されたことを考えれば、首謀者と言い換えも可能だと思います」

星井が最も効率的な皆殺しを選択しなかったのは、金塊が目的ではなかったから。星井自身にその意図がなかったから――つまるところ、全員が寝静まったあとの登攀自体が、何者かとの共同作業だった。

だが、星井が死んだあと乱射が起こり、瑠璃が死に、鳥谷野と、結果的に誠二が負傷した。

「では銃の乱射は、共犯者の仕業か」

僕は神子都に確認を求める。

「そうですね。それを考えると、目的はやはり皆殺しと考えざるを得ません。停電を好機ととらえた可能性はあると思います」

「皆殺しなら、最初から星井氏にやらせて、最後に星井氏を殺せば効率的だと思わないかい?」

鳥谷野が見解を示す。

「自分以外皆殺しと考えれば、合理的に思えます。でも、星井さんも最初から標的だったのでしたら、ここで④の疑問が浮上します」

神子都は指摘する。

警戒心が強く、武術の達人だった星井さんを殺せたのは誰か――

「最後に自分と星井さんが残ったところで、星井さんを殺すのは困難です。たぶん負けます。途中で自分の意図に気づかれて、逆に殺される可能性もあります。だから用が済んだところで最初に殺したんです、どうにかして」

用が済む、イコール登頂の成功だ。『悪魔の口』の奥に何があるのか確認ができたら用済みになった――「一番手強い星井さんを最初に殺して、あとは自分が殺せばいいと思ったのかもしれません。その時点で拳銃も入手していた可能性もありますし。それに一気に殺せなくとも、星井さんの死体を隠せば、彼女が行方を晦ましたことにして、彼女の犯行と思わせることもできます。その間に隙を見て殺して回ればいいと」

「星井氏の死体を流したのは、そのためか」

鳥谷野が嘆息した。

「でも流れず、わたしが早々に星井さんを見つけてしまい、その企図が崩れました。だから、停電を利用して、一気に決着を狙ったと考えられます」

「ただね……」

鳥谷野が首を横に振る。「星井氏を最初に殺そうと最後に殺そうと、殺すこと自体が最大のネックだと思うけどね」

結局、行き着くのはそこだ。

「いや、最後に一対一で対峙するより、最初のほうが確率は高いと思います」

僕は言った。「少なくとも星井さんは、首謀者を仲間だと思っているわけですし」

「その確率がどれほどのものなのかね」

鳥谷野の言い分も十分な説得力があった。

「それができたかどうかは、後ほど検証します。では動機の面を考えましょう」

神子都はあっさりと次に進んだ。

「だから、金塊の独占が目的なんだろうが」

タオルで口許を押さえた誠二が、ばかのひとつ覚えのように主張する。

「確かに動機の背景に、金塊があるかもしれません」

神子都は無下に否定しない。「でもこの状況、金塊以上に大切なものがあります」

「なんだそれは」

「脱出手段です」

神子都は応えた。「つまるところ命です。生きてここを出るのが主で、仮に金塊があったとしても、それは命あってのことです」

「ちょっと待って」

僕自身もいささか拍子抜けした。「それは最初から言っていただろう。抜け駆けしようがしまいが、星井さんはそのためにケガをしながら登っていたんだ」

「それでは遅かったんです。皆さんより先に『悪魔の口』の奥を知る必要があったのです」

「だったら星井さんはなにを確認したんだ」

「そんなの決まっているじゃないですか」

神子都は意外そうに首を傾げる。「出口の有無です」

「だから最初からそれを探すために……」

探偵と助手の間で堂々巡り……無様だ。

「出口があれば問題なし。なかったら……」

鳥谷野が自問するように言った。「生き延びるための算段が必要になるな……」

「そうですね」

神子都がようやく満足げに応えた。「先に知ることで優位に立てます」

「殺人が起こったということは、問題なしじゃなかったということか」

我ながらややこしい言い回しだ。「つまり出口はなかったと」

「そう解釈するのが無理がないと思います」

「まず考えるのは……救助を前提とした生存計画か……」

痛む体で、鳥谷野は思考を巡らしている。「生きるために必要なのは水と食糧……少なくとも、ここの地盤調査が始まる夏まで生き延びれば……」

そこで鳥谷野は解答に至った。「間引きか⁉　人数調整のための殺人なのか⁉」

「はい、わたしが考える有力な殺人動機です」

神子都は肯定した。鳥谷野は本当に〝駄作〟と藤間に評価された『時計台のファムファタール』を監修した人物なのか。

「出口の有無で犯行の構図が二つに絞られます。金塊と出口が存在して、独占するために皆殺しが必要にあり、それが果たせないまま今に至っている。もう一つは出口がなく、自分の命を繋ぐために皆殺し、つまり口減らしが必要だと考えた場合です。これは金塊があろうがなかろうが成立します」

地盤調査が七月なのか、八月なのかはわからない。それは誠二を始め、御坂の関係者は全員が知っていることだ。

「全員が一斉に出口がないことを知ると、それぞれどのような行動を取るのか想像ができません。もしかしたら食糧をめぐって殺し合いになるかもしれません。そうなると自分は不利と考えた。だから、皆さんより少しでも早く、状況を知らなければならなかったと、わたしは考えます」

「それで、この場合はどっちなんだ？」

「後者の可能性が高いと考えています」

単純な出口なし。金塊の存在以前の生存を目的とした殺人。それが妥当なところだ。「たとえ一時間でも出口の有無を先に知ることで、対策を打てます」

「その結果が、皆殺しなのか？」

僕は言いながら、疑問にぶち当たる。誰も知らない地下遺構に、誰にも何も伝えずに進入した僕ら。短期での救助は絶望的。仮に出口もなく、ここにい続けることになれば、いずれ食糧が尽きることになるが——「だけど水は問題ないし、食糧庫には段ボール箱がたくさんあった。摩耶さんも四人で半年分と見積もっていたし、夏まで十分に保つだろう」

「確かに水に問題はありません。電力も持続可能です。ですが、首謀者は殺人を選んだ。つまり食糧の残量に問題があったと考えます」

神子都が星井のリュックから、インスタントラーメンの空き袋を取り出した。「食糧の貯蔵量が殺人の動機だと考えた切っ掛けが、これです」

確かに瑠璃の遺体検分の時にも、ラーメンのことは気にかけていた。

「最初、星井さんが食べたのかと思いましたが、どなたか星井さんがラーメンを作って食べているところを見ましたか？」

コンロはテーブルにあった二口、ミネストローネと雑炊を作るのに使われ、それは夜になるまで残っていた。それ以前に星井にラーメンを作り、食べる時間はなかった。

「そのまま囓れる乾麺もあるだろうし」

言ってはみたが、テレビのCMを見る限りこのラーメンはそのタイプではない。

「少し不思議だなと思っているだけです。きちんと携帯食を持ってきているのに、ひとつだけインスタントラーメンというのもおかしな話だと思ったので」

神子都は袋を逆さにした。小さな乾麺の欠片がテーブルに落ちる。すると何を思ったのか、神子都は乾麺の欠片のひとつをつまみ、口に入れた。

「なにしている」

「思った通りです。颯平君も食べてみてください」

言われた通り僕も乾麺をつまみ、口に入れる——乾麺にしては柔らかかった。一度水分を吸い、放置してまた固まったような感触だ。

「たぶん一度水分を吸っています。茹でたんじゃありません、袋が開いた状態で、鍾乳洞の湿気を吸ってしまったんです」

「つまり、袋が開けられたのは昨日今日じゃないと……」

僕は乾麺を地面に吐き出した。「あの屍蠟の人物が？」

失踪し二年近く行方不明だった杵屋孝誠と、使用済みの1番コテージが繋がった。

「この空き袋はここで手に入れたもので、開封が随分前だというのなら、消費したのは杵屋孝誠さんだというのか。彼が、ここで生活していたと」

ならば、死ぬまでの間に食糧庫の食糧を消費していた可能性が高い。

ただ僕が見た限り、食糧庫の箱は相当数が残っていた。

「だとしても食糧は十分に……」

言いかけたが、僕は全ての箱の中を確認したわけじゃない。

「そうです、食糧の在庫が計算上の変数となります」

神子都が言った。「首謀者は食糧の残りを把握した上で、殺人という手段に出たわけです」

「親父がどれだけ食べ尽くしたのかが問題なのか」

誠二も理解したようだった。つまり、食糧の残量は、閉じ込められた八人を夏まで生存させる量ではなかったのだ。

「首謀者と星井氏は、どこかのタイミングで……食糧庫の残量を調査したわけだな。だが、常にグループで行動して……出口探しに追われるなかで、そんな時間はなかった」

鳥谷野が深く息を吐く。「いつ誰が食糧庫の食糧残量を確認し得たのかわかれば、瑠璃を殺した犯人の特定に繋がるわけだ」

「そうですね」

神子都は僕らの顔を見回す。「わたしの場合、食糧庫については出入口を探しただけで、箱の中を調べてはいません。皆さん異論や疑問はありますか？」

僕は神子都の言葉を否定できなかった。僕らには役割分担が与えられ、多くの場合、誰もが誰かの視界の中にいた。誠二は単独行動をしていたが、それは大ホールの調査だ。

「僕は大体の時間を神子都と一緒にいました。僕にも神子都にも、食糧庫を精査する時間はありませんでした」

「ぼくもエレベーターを調べる時に通り抜けただけだね」

鳥谷野が言った。

「お前らバカか。摩耶が倉庫の鍵を閉めたんだぞ」

摩耶が倉庫区画への扉を施錠したのは、エレベーター通路の調査の直後だ。「自由に出入りできるのは、摩耶だけだ。だから一人で食糧庫に逃げ込んだんだ、残った食い物を独占するために」

「摩耶さんが食糧庫に入ったのは、事件が起こったあとです。その上ケガをしていた」

僕は最後に摩耶を見た時の様子を話す。「殺人が起こる前の段階で、摩耶さんに食糧庫を調べる時間はなかった。多くの時間を僕らと一緒にいて、脱出のために頑張ってくれていた。倉庫を調べる時間があったと思いますか？」

僕は鳥谷野と誠二の顔をうかがう。

「エレベーターを調べたとき、瑠璃がフルーツの缶を持っていたけど」

あの時、鳥谷野は早々に冷蔵庫に避難していた。「瑠璃が食糧庫に入ってきたのは、君たちが冷蔵庫に戻ってくるほんの一分か二分前だった。缶詰を取り出したのはその時だ」

鳥谷野の証言だけだが、居住区を離れていたのは、少なくとも温かい食事を用意して、火の点いたコンロに掛けられた雑炊とスープが吹きこぼれない程度の時間だ。

「とにかく、摩耶さんが倉庫区画の扉に鍵を掛けるまで、ゆっくり悠長に食糧の残量を調べ得た人間はいなかった。みんな脱出路を探すことに精一杯だったんだから。異論はないですか」

僕は決を採るように言った。反論は出なかった。

「そんな状況の中で星井さんか共犯者が、この空き袋を見つけたと考えます。さらに使用済みの1番コテージの状態を知り、それを二年前に失踪した杵屋孝誠さんと結び付けた。そして偶然でしょうが拳銃まで発見しました。これが犯行の前提条件となりました」

神子都が筋道を立てて語った。「ここで、杵屋孝誠さんがどれほどの食糧を消費したのか、思い至るわけです。生き残るためには重要なことですから」

神子都は続ける。「それで、星井さんに協力をお願いしたんだと思います」

彼女を選んだのは、岩壁を登る能力があったからだ。

「屍蠟の形成は少なくとも数箇月から一年。失踪直後にここに入り込んだのでしたら、最低一人で一年分は消費したと思います」

犯人の条件付けが為されてゆく。

食糧の残量を調べる時間があること、警戒心の強い星井さんを殺せること。

「ではいつ食糧庫を調べたのか。わたしは、わたしたちが熟睡していたおよそ四時間の間と考えています。根拠はこれです」

神子都は瑠璃の死体の傍らに落ちていた折りたたみナイフをテーブルに置いた。刃先にはまだ血がこびりついている。

「緒川さんの遺体のそばに落ちていました。刃の形状、大きさ、刃渡りも星井さん、小塚さんの傷口とも一致しました」

この折りたたみナイフは、備品庫の工具箱の中にあった。しかも棚の二段目。漁ったのは、シャワーを浴びるためのタオルや、衝立の材料を探した時だが、その時は僕以外工具箱には触れていない。

「颯平君によると備品庫に置かれていたそうです。つまり小塚さん、星井さん、緒川さんを刺した人物は、ここで入手した刃物を使ったことを示しています。状況を考えれば、人を殺そうと決断した時に、初めて入手したと考えるのが自然です」

「このナイフは工具箱に入っていましたけど、持ち出してはいません。それにナイフのことは、遺体のそばで発見するまで、誰にも言っていません」

「信じるに足る証拠はあるのか」

誠二が当然のことを訊いてくる。

「颯平君がナイフを見つけたのは、クライミングを始める前です。動機に繫がる状況の深刻さが明らかになる前ですし、すでにナイフを所持している颯平君が持ち出す理由はありません」

神子都が補足してくれたが、誠二と鳥谷野にとっては、僕の一方的な主張でしかない。ただここは信じてもらうしかない。

僕以外の何者かがナイフを探し出すなら、その手間と時間は、食糧の残量を調べるどころではない。暗証番号を知っている摩耶でも、僕らが眠りこける以前に、工具箱の在処も中身も知る機会はなかったと断言できる。

ここで③の倉庫にあった折りたたみナイフを持ち出せたのは誰か、という疑問の重要性に気づいた。今の絶望的な状況が明るみに出る前に、摩耶が倉庫区画を施錠した。

「整理します」

神子都は話し続ける。「わたしたちが眠っていたおよそ四時間の間に、岩壁攻略、食糧の残量調査、凶器の入手、星井さんと小塚さんの殺害が行われていたことになります」

睡眠導入剤を飲んでいないのは、星井氏だけだ。

「では次に首謀者の絞り込みに移ります。まずは拳銃を入手できた方です。保管されていたのは、1番コテージです」

「ここまで慌ただしかったからね、ぼくもここで一人になった時間帯もあるし……。誠二君も大ホールから中央通路に捜索場所を変える時、しばらくここに一人でいたよね、ぼくがトイレに行っている間」

「だからなんだ」

「クライミングが始まってからは……人の移動が岩壁、ここ、バス区画と激しくなった。休憩用にコテージ選びも、ランダムだった……」

「何が言いたい」

「大なり小なり、1番コテージの中を見る機会は……誰にでもあったということさ」

鳥谷野が全員に問いかける視線を送ってきた。「反論は？」

誰も反応しなかった。

「ではこれを合意事項としましょう」

神子都がノートに記した。「続いて、銃撃が可能だった人を考えましょう。すみません、前後の事情をすりあわせたいのですが」

ここにいる当事者は誠二と鳥谷野だ。話をまとめると、停電があり、摩耶と誠二の二人が発電機の様子を見に行き、発砲はそのあとだったという。僕らは銃声を、ドームの岩壁で聞いた。

停電になった際、誠二が僕らに知らせることを拒んだという。

「瑠璃はコテージ前のイスに座っていて、ぼくはこのログハウスから少し離れた場所にいた」

不測の事態に備えて、ログハウスのカンテラが照らす範囲から外れていたという。「瑠璃にも安全が確認されるまで、明かりを点けないように言っていたんだ」

あくまでも瑠璃に危険が及ばないことに、注意を傾けていたようだ。しかし、それは果たされなかった。話す鳥谷野は目を充血させていた。「そのまま誠二君と御坂氏の帰りを待っていたんだけど、そこに誰かが来たんだ。懐中電灯の光が左通路から出てきて、その瞬間に大きな音がして、わけがわからなくなって、撃たれてしまったしだいさ」

次は誠二だった。

「……俺と摩耶が戻ったところで、音がして、光った。それで前にいた摩耶の懐中電灯が落ちて消えた……。瑠璃と鳥谷野の悲鳴が聞こえてきて、俺は逃げた。それだけだ」

状況は繋がったが、あくまでも誠二と鳥谷野が主張しているだけだ。

「誠二君、君が薬罐の湯を飲んでいないと仮定するなら……」

鳥谷野がわずかな躊躇いを見せながらも、口を開く。「物理的に星井氏を殺せるのは、誠二君だと御坂氏が指摘していたね。星井氏は君を舐めきっていた。だからこそ隙が生まれたと」

誠二は一瞬激昂しかけたが、すぐに脱力したようにハッと息を吐いた。

「盗み聞きとは、案外品性下劣なんだな、鳥谷野」

「聞こえてしまったんでね」

「摩耶の戯れ言を信じるのか」

「瑠璃が死んでいるんでね、確認したいんだ」

「戯れ言だ」

誠二は断言した。

結局、誰が撃ったのかわからず、誠二と鳥谷野の話の真偽も、確認のしようがない。

「撃った人の絞り込みは、摩耶さんを交えて、もう一度検討する必要がありますね」

神子都はノートに『あとで確認』と書き記した。「では、本筋に戻りましょう」

誰がどうやって食糧の残量を調べ、凶器となった折りたたみナイフを持ち出せたのか。

「わたしは一つの疑問があるのです」

神子都は改めて切り出す。「食糧の計算について、夏の地盤調査というとても曖昧なものを基準に考えていますけど、具体的な日時は不明ですし、地盤調査でここが見つかるとも限りません。何よりも土地の所有者である摩耶さんがいない状態で、期日通りに調査が行われるかどうかもわかりません。そんな曖昧なものにすがって、殺人を企てるでしょうか」

「杵屋さんは具体的な期日は知っていますか」

僕は訊いた。

「夏頃とだけ聞いている。これも摩耶と御坂家の話し合い次第だ」

そこで鳥谷野がなにかに気づいたように黙り込むと、顔を上げた。

「計算できる脱出可能日がある！　助けはもっと早く来ると思う！」

「どういうことだ、鳥谷野」

「倉庫の補充だよ。五月末までに生きていれば、保守点検に人が来るんだろう？　それなら確実にここの異変に気づくし、登り窯が崩落していれば、必ず調査に入るはずだ。なんたって見つかってはいけない場所なんだからね、ここは。五月末までの二箇月を生き抜けば助けが来る。二箇月だと確定するなら、食糧の残りとの計算ができる！」

期待が一気に萎《しぼ》んだ。鳥谷野は興奮しているが、その前提は間違いだ——僕は神子都に目配せしたが、目に見える反応はしていない。

「ちょっと待て、なんだその話は」

誠二が気色ばみ、鳥谷野は真面目な顔で、年に一回、五月末に保守点検と物資の補充が行われていたことを説明した。

「お前たちはそれを知っていたのか」

僕と神子都に猜疑《さいぎ》交じりの怒りが向けられる。

「知っていたところで、一刻も早く脱出することが第一でした」

神子都の口調は変わらない。「秀秋君が閉じ込められているんです。摩耶さんも星井さんも小塚さんも、あとのことは二の次三の次でした。今もそれは変わりません」

なぜ、去年保守点検がなかったことを説明しない？　神子都が保守点検終了の可能性を忘れているとは思えなかったが、僕はどう受け入れればいい。

「まず確実に計算に入れられるのが……」

鳥谷野は自説に興奮している。「ぼくらが持参した食糧だな」

「そうですね」と神子都が相槌を打ったところで、僕は少し様子を見ることにした。

「君たちは？」

鳥谷野が僕に問いかけてきた。

「僕も神子都も一泊二日分くらいです」

「なるほど。ぼくらは三日分は用意しろと誠二君に言われていた」

誠二は面白く無さそうに「ああ」と返事をする。

「ぼくらが持参した食糧は一人三日分計算で、五人分。一人なら十五日分。風野氏と七ツ森氏の食糧を合わせれば、二十日分と大ざっぱに計算ができる。一日の分量を半分にすれば、四十日。もっと減らして六十日程度」

鳥谷野がわかりやすく計算を披露した。「これでなんとか二箇月間生存する計算が立つね、一人分と考えたら」

「手持ちの食糧だけで考えてどうすんだ」

誠二が苛立ち紛れに言う。

「これが皆殺しの理由だからだよ。食糧庫の備蓄はゼロか、あってもごくわずか。瑠璃が見つけたパイナップル缶は、残りわずかな備蓄のひとつ」

確かに筋は通っているが、前提は間違ったまま。神子都はどう訂正するのか——

「年一回の補充の根拠は、食糧庫にあった確認書類です。毎年一回の補充と点検のチェックが為されていました。見つけたのは颯平君です」

神子都は訂正どころか、鳥谷野に話を合わせ、僕に同意を求めてきた。

「ええ、摩耶さんによると、御坂忠藏氏に縁の深い方の子息が点検をしていたみたいです」

行きがかり上、話に乗った。

「でも、誠二君のように年一回の保守点検を知らなかった人もいた。つまり……その人は容疑から外れると」

鳥谷野が指摘すると、神子都は「その通りです」と応えた。

「誰が補充の存在を知っていたのか。確認しましょう」

最初にクリップボードを見つけたとき、その場にいたのは僕と神子都と摩耶だった。岩壁の前にリフトの痕跡があるかどうか調べたときに、その件について話した。そこには小塚と鳥谷野と瑠璃がいた。

「星井氏は来なかったね……」

「星井さんには摩耶さんが伝えていましたよ」

僕はその場にいた。

「でしたら、知っていたのは……」

●補充を知っていた人、七ツ森、風野、摩耶さん、鳥谷野さん、小塚さん、星井さん、緒川さん神子都はノートに書き加えた。

「なるほど、誠二君以外全員で絞り込んでもあまり意味はないか」

鳥谷野が負傷した肩をゆっくりと撫でる。「絞り込む要素は、瑠璃の睡眠導入剤の常用を知り、食糧庫の調査が可能で、補充のことを知り、星井氏を殺すことができる人物か」

「1番コテージの中を見て拳銃を見つけること、薬罐に薬を入れる機会は、誰にでもありました」

神子都が同意するように言ったところで、限界が来た。

「ちょっと待って」

僕は割り込む。「前提が間違っているだろう神子都。保守点検はもうないだろう。一九七八年の五月を最後に終了したはずだ。チェック表に去年の記録はないし、母屋の放棄が決定した時点で、ここも放棄されるって」

僕は事情を説明した。

「どういうことだい、補充は毎年じゃないのかい？」

鳥谷野は虚を衝かれたように、表情を強ばらせる。失念ではなく、知らなかった？

「神子都がもう一つの出入口の存在を予測した根拠が、一九七八年の登り窯の最後の火入れの記録だっただろう。はっきりとその時一九七八年と……」

ここまで言って気づいた。あの時、一九七八年の保守点検記録が最後だとは、神子都も摩耶も一言も口にしていなかった。一九七四年から毎年と伝えただけで、石神の記録も見せてはいない。

『ここは毎年五月末に物資の補充と点検がされていたんだけど、窯を使っていた期間と補充の日が重なっていたことに神子都さんが気づいて、第三の出入口がある可能性に気づいたの』

摩耶も星井にそう伝えただけで、補充の停止については何も語っていない。

「あの火入れのスケジュールとダブった記録が最後だったのかい?」

鳥谷野が尋ねた。あの時点で、主眼はもう一つの出入口の存在であり、それが最後の保守点検だったことは、重要ではなかった。だから摩耶も口にしなかったのだろう。

「そうです。保守点検のために人が来るという前提は成り立たない。つまり計算の基準にはなり得ない」

「どうしてですか?」

神子都か不思議そうな瞳で、首を傾げた。「五月末の保守点検までの生き残るという具体的な目標ができたからこそ殺人を実行したのです。これは動かせません」

「だから保守点検も補充もないんだ! 二年前が最後だった」

「はい、その通りですけど」

僕の混乱はおさまらない。

「仮に犯人が五月末の保守点検を知らなかったとしましょう。そうなると犯人は、夏という不確かな目標に向かって生き残りを考えなければなりません」

神子都は淡々と説明を続ける。「その場合、犯人は杵屋さんになりますが、単独犯の場合、殺人の時点で悪魔の口の奥に出口があるのかないのか調べる術はありません。杵屋さん自身も、必死に大ホールで出口を探していました」

つまり出口なしが確定し、口減らしのため皆殺しを始めるという引鉄自体が発動しない。

「星井さんと共謀していた場合、出口の有無は確認できますが、星井さんは保守点検のことを知っていました。だから、そもそも夏まで生き残るという計画自体が成立しません」

「いずれにしても……保守点検ありきの殺人……というわけか」

鳥谷野が唸るように言った。

確かにこれは動かせない事実だ。

「保守点検はもうありません。でも、五月末の保守点検まで生き残るというのが、皆殺しの目的です。これ以外に考えられません」

神子都の中ではそれが矛盾なく繋がっているのだろうか――「もし補充を知らなくて、生き残りのゴールを夏と考えたら、人はどう考えるでしょうか」

圧倒的に足りない。

「生存を考えた場合、わずかな可能性がある限り、出口の捜索を続行すると考えるのが合理的です。今の段階でも洞内の全てを見たわけではありません。そうなると星井さんは重要な戦力です。小塚さんと鳥谷野さんの知識も、摩耶さんのリーダーシップも、生き残りに必要な能力です」

しかし、戦力たる星井と小塚が殺された。半ば無理に参加させられた瑠璃が殺され、摩耶と鳥谷野が負傷した。

「人は絶望するし、自暴自棄にもなる」

僕は人間の感情的な部分を、神子都に問いかける。「そうなると、人は合理的な行動を取らなくなると思う」

「自暴自棄な状態で、星井さんを殺せるでしょうか。冷静に食糧庫を調べ、計画的に睡眠導入剤で皆さんを眠らせるでしょうか」

わかっていた、無駄な抵抗だと。だが、なぜ神子都は年一回の保守点検が終了していることを重要視しないのだ。

「犯人は、五月末の補充が来ると信じていたから、生き残るために計画を立て、計算をし、皆殺しという結論を立てて実行したんです」

「なるほど」

何かを悟ったように、鳥谷野が声を上げた。「となると、ぼくは非常に不利な立場になったわけだ」

探偵作家が先に理解したようだ。

「そうなりますね、鳥谷野さん」

神子都も忖度《そんたく》ゼロで応える。「犯人の条件は、年一回の補充があることを知る人で、かつ二年前、一九七八年に補充が終了したことを知らない人です」

鳥谷野は補充終了を知らなかった。つまり容疑者候補だ。誠二も知らなかったが、誠二の場合は、保守点検の存在自体を知らなかった。

「大事なのでもう一度確認します。わたしが登り窯の火入れと保守点検の時期についてお話しした時点で、年一度の保守点検の情報を得たのはわたし七ツ森と颯平君、摩耶さん、小塚さん、星井さん、鳥谷野さん、緒川さんの七人でした」

鳥谷野が頭を抱えるのが横目で見えた。

「そのうち、保守点検の終了を知らなかったのは、亡くなった星井さん、小塚さん以外には、鳥谷野さんと緒川さん」

「お前か」

誠二が鳥谷野にナイフを向けた。

「これが結論ではありません。犯人である条件を動機面から考えただけです」

神子都は意に介さない。「どうやって刃物を手に入れたのか。どうやって食糧庫を調べたのか、いくつか疑問は残っています。犯人は動機を持ち、かつ食糧庫を調べることができた人です」

そもそも倉庫区画は施錠されていた。そして、倉庫の調査が行われたと思われる時間帯、鍵の暗証番号を知る摩耶は眠っていた。

「今は机上の空論なのですが、一つだけ方法を思いついてます」

神子都は立ち上がった。「実地で実験します。お手伝いしていただけますか」

第八章　偏執と迷宮

1　実験と裸の心　三月十九日　水曜　――風野颯平

大ホールの巨大な闇と静寂のなか、神子都は粛然《しゅくぜん》と作業を進めていた。

「何を考えている……」

神子都の手元を照らす誠二の呟きが震える。

神子都は骸となった瑠璃の首に包帯をきつく巻き終えると、すわりを確かめるかのように、二度、三度左右に動かした。

「これで傷口が崩れることはありません」

神子都は血の付いた手をタオルで拭きつつ、立ち上がる。「颯平君、杵屋さん。緒川さんをバス区画に運んでいただけますか」

僕も意図は読めなかったが、神子都が理に適わないことはしない。それでも――

「一応、説明してくれないか」

僕も誠二も、理由もわからず死体を運びたくはない。

「食糧庫の調査がどのように行われたかの検証です。摩耶さんの救助と犯人特定に繋がりますし、実際に見ていただくほうが納得できると思いますので」

了解。考えても始まらない。僕は僕の使命を果たすだけだ。

「僕は上半身を、杵屋さんは足をお願いします」

口調を厳粛にして促すと、誠二は不満そうな表情を見せつつも従った。

瑠璃をバス区画まで運び、神子都の指示に従って、川の脇に横たえた。

水量はさらに減り、水流は水車の羽根の先をわずかに洗っているだけで、いつ止まってもおかしくないように思えた。

「始めます」

神子都は靴とズボンを脱ぎ、短パンに裸足になると、巻き尺を手に川の中へ降りた。

「僕が代わるよ」

「わたしの仕事です」

少しは頼って欲しいと思うのだが。

神子都は川の中で屈み込むと、水車の羽根の水に触れている部分を測り始めた。

「颯平君、瑠璃さんの上着を脱がして、川の中へ」

神子都が振り返り、僕は「へ？」と間抜けな返答をしてしまう。

「早く。摩耶さんの救助も控えています」

急かされ、僕は言われた通り、瑠璃の上着を脱がせると靴を脱ぎ、ズボンを膝までめくり、彼女を抱いて川に降りた。水深はくるぶしの上まで。星井を〝救出した〟時より、水の冷たさに耐えることはできた。

「どうする」

「寝かせてください、仰向けで」

死体とは言え、人を濁った水の中に寝かせるのは気がひけたが——瑠璃を川底に仰向けに寝かせた。たちまち瑠璃の綺麗な顔が茶色い水に沈み、鼻の頭と唇の先が水流に洗われる。

「ありがとう、颯平君」

神子都は瑠璃の腹部に跨がるような姿勢になると、その顔を強引に横向きにさせる。「動かします。颯平君は足を」

「神子都……」

「わたしとタイミングを合わせてください」

神子都は瑠璃の脇の下を掴むと、思い切り水車の方へ押し込もうと力を込める。

「神子都！」

「大事なことです！」

抵抗する神子都に面食らったが、僕は奇妙なうれしさとともに、神子都と呼吸を合わせ、瑠璃の体を水車の下に押し込んだ。

「あっ」と声を上げたのは、鳥谷野だった。

「どういうことだ！」と誠二が声を荒らげる。

僕も信じられない思いで、瑠璃を見下ろした。

胸から上が、すっぽりと水車の下に潜り込んでいた。

「検証完了です。視覚とはかくも不安定なのですね」

神子都は巻き尺を掲げる。「水底から羽根までは、十九センチでした」

思い出す。僕らは登り窯の中で、スリット状の穴を潜り抜けた。その隙間は二十数センチと少し。僕もギリギリ潜り抜けることができた。

「水が正常に流れている間は、水車と水底の隙間を正確に把握できていませんでした。先入観もあったのかもしれません」

神子都は後悔を噛みしめるように言った。「水量が少なくなって、羽根が剝き出しになるまで、この可能性に気づけませんでした」

「誰かが水車の下を潜って、倉庫区画に入ったというのか」

当然、侵入はポンプ区画から下流の倉庫区画へということになるが、星井の死体を引き出す時でさえ、水量は僕の太腿まであった。岩や土砂が水路に入り込んでいたにもかかわらずだ。補助がなければ立っていることも困難だった。

「今はたまたま緒川さんの体で実験できたけど、九時より前だと、流れは激しかった。そんなこと不可能だ。それ以前に、水車の下を潜ろうだなんて自殺行為だぞ」

「それはそうです。ですので、事前に潜れるのか実験をしたと思います」

「どうやって……」

言いかけて気づいた。消えた死体――「杵屋孝誠さんの死体でか⁉」

誠二が「ざけんな」と唸るように吐き出し、鳥谷野が「なるほど、そうだったか」と掠れた声で言った。

杵屋孝誠は仰向けの状態で屍蠟化していた。実験に使おうと思えば使えた。しかし――

僕は瑠璃の足先で屈み込み、水車の下に入り込んだ瑠璃の顔を覗き込んだ。

ゆったりと回る水車の羽根と、瑠璃の顔の間には、ほとんど隙間がなかった。ほかの部位はどうだ。女性なら胸や腰回りが引っかかる可能性がある。

そこで、神子都が死体検分の時、星井と瑠璃の体のサイズを入念に測っていたことを思い出した。

『緒川さん、胸のサイズも身長もプロフィールより少し小さかったです』

あの時点で、誰かが水車の下を潜った可能性を模索していたのか。だが、瑠璃の体格でも通り抜けが困難な水車と水底の隙間。しかも急流の中で、とても現実的とは思えない。

「とにかく緒川さんを戻してあげよう」

僕は神子都を促し、瑠璃の亡骸を水車の下から引き出すと、誠二にも手伝ってもらい、川縁に引き上げた。

これで杵屋孝誠の死体消失の説明がつき、星井とその共犯者による倉庫区画侵入、食糧庫調査と結びついた。

「杵屋さん、お父さんの体格はわかりますか？」

僕とともに川から上がり、身支度を調えた神子都が訊く。

「柔道では軽量級だったはずです。体格は現役時代とほぼ同じに思えました」

僕も助手に徹し、質問を補足した。

「身長は一六二センチ。体重は現役時代とほとんど変わらなかったはずだ」

誠二は戸惑いを見せつつも応えた。「だが、それがどうした」

「御坂家の人間は、杵屋孝誠さんに鍛えられたと聞いています。その体格は熟知していました。だから、杵屋孝誠さんが水車の下を潜り抜けることができれば、倉庫区画に入れると計算ができたのです」

仰向けになって水中に潜り、首尾よく羽根の間に頭が入ったら、回転する羽根に合わせて水中を進むことは可能──

「だけど、誰もが潜り抜けられるわけじゃない」

鳥谷野が当然の指摘をする。「ぼくと誠二君、小塚氏も無理だね」

「星井さんは、体型としては可能だったと思いますが、胸が少し大きく水車に引っかかる懸念があります」

神子都が説明するなか、誠二と鳥谷野が僕と神子都を舐めるように観察する。

「七ツ森氏も、風野氏も、体格的にはいけそうな気がするね」

僕の頭が十九センチの隙間を潜り抜けられるかは甚だ疑問だが、体格だけなら可能だろう。

「そうですね。摩耶さんも可能だと思います」

神子都は傍観者のような口調で応えた。「わたしより少し背が高いので、一六〇センチ程度かと思います。体型もスリムです。颯平君は一七二センチですが、体は日頃の鍛錬で絞られていて可能だと思います」

容疑者候補にされてしまった。

「要するに……星井氏の共犯者の条件が新たに……加わったと」

鳥谷野が痛みを紛らわすためか、深い呼吸を挟みながら言う。「その人物は共犯というより、星井氏をそそのかした首謀者とも言える」

「1番コテージの状況を知り、体格から失踪まで杵屋孝誠氏さんの事情を知り、食糧庫の残量に疑問を抱く立場にあり、皆さんが持参した食糧を把握し、年に一度の保守点検と食糧の補充を知り、かつ保守点検が去年終了したことを知らず、さらに杵屋孝誠氏と体格が同じかそれ以下の人物です」

消去法だ。依然として、食糧庫の調査が実行できたかどうか大きな疑問はあるが。

「星井さんと小塚さんを殺害し、銃を乱射したのは……現時点で考えられるのは」

神子都は小さく息をつき――「緒川瑠璃さんです」

「瑠璃はファムファタールの撮影前に、入念に銃器の扱いを訓練したからね、銃の状態をきちんとチェックして撃ったとしても驚きはしないよ」

十数秒に及ぶ静寂を破ったのは、彼女と将来を誓い合っていた鳥谷野だった。「撮影の時、銃を持つ手つきは本物の警官のようだった」

鳥谷野の目から、涙が一筋流れ落ちた。「そうか、彼女はなんとしても生き残ることを選んだのか」

「だが瑠璃は撃たれたぞ」

誠二が濡れそぼった瑠璃に視線を落とす。

「返り討ちだと思います。摩耶さんか、杵屋さんによる」

神子都が応えると、「俺じゃない」「わかってる」と誠二と鳥谷野の短い応酬があった。

襲ってきた瑠璃の銃とナイフを奪い、殺害したのは摩耶か。だとしても、これは正当防衛が認められるケースだ。そのうえ摩耶自身も被弾した可能性が高いのだから。

「まず、食糧庫の調査から考察します。ただ、物証は乏しく、推論が中心となります」

神子都は改まる。「緒川さんの身長は一六四センチ。頭頂部から顎の先まで二〇センチ。顔の幅は一五センチ。体重は五〇キロに満たないと思います。胸の大きさも、お腹周りも水車の障害になるほどではありません。彼女が水車を潜り抜け、食糧庫の調査を行った。異論はありますか」

「彼女は少なくとも……水を怖がっていなかった。演技とか……役作りのためでなく、自分の意志で、スキューバダイビングの資格を取ったからね」

鳥谷野がこみ上げる何かに耐えるように、言葉を区切りながら言う。「星井氏と旅行に出た時も、一緒によく潜っていたよ」

夕紀乃の資料にも、スキューバの資格が記載されてた。

「でしたら、緒川さんと星井さんは、杵屋孝誠さんの屍蠟をポンプ区画から流し、このバス区画まで流れてきたことを確認し、倉庫区画に侵入できると確信したと考えられます」

二人とも柔道場で孝誠からしごかれ、彼の体格は熟知していただろう。

神子都は下流の岩の裂け目に視線を向ける。

「死体は恐らく、あの裂け目に吸い込まれて、流れていった。星井さんは少しだけ体が大きくて、引っかかってしまいましたが」

「実行した時間帯はどう考えている」

僕は訊く。

「二回目のアタックに失敗して、星井さんと緒川さんが二人でシャワーに行ったタイミングと考えています。それも二人が共犯だったと考えれば自然です」

午後七時過ぎだった。

『トイレ行きたいなら先に済ませてくれない？　しばらく男子禁制になる』

星井の言葉が耳に蘇《よみがえ》った。そう宣言しておけば二人が戻るまで、男性はバス区画に来ることはない。あの時点で男性陣が連絡通路を使うとすれば、トイレに行く時だけ。即ちトイレに行く用がなければ、中央通路にも出ない。中央通路を使って、杵屋孝誠の屍蠟をポンプ区画に運ぶ姿を見られる可能性は低くなる。

「シャワーに行く時点で、瑠璃と星井氏の間で、計画が練られていたわけだ」

悄然としつつも、鳥谷野が自らの存在意義を示すかのように指摘する。「もしかしてあの時……パイナップル缶を取り出した時に、ほかの箱の中も見たのかもしれない。それで見た範囲で、あまり残っていないことがわかった。だから食糧庫全体を確かめたくなった……ぼくに相談せずに、星井氏を頼って……」

「お前に相談したら、お前は殺しを手伝ったのか？」

誠二が問いかける。

「さあ、ほかの方法を考えた……とは断言できないか。あの直後に、エレベーターも使えないことがわかって、二重に不安要素が重なってしまったんだから」

あの時、瑠璃は食糧の残量と、出口がないという二つの不安を抱えたのだ。

「その上で、緒川さんは長期戦を想定した、と考えることもできます」

神子都はノートに要点を書き込んだ。


緒川瑠璃さんの行動（あくまで推測です！）
●岩壁前でリフト等の設置痕捜索の際、そこで年一回の保守点検を知る。
●午後四時半～　皆さんで食糧庫奥のエレベーターを調査。
●午後五時前、緒川瑠璃、食事の準備完了を告げにくる。
★エレベーターの使用不能を知り、手近な箱が空であることを知る（仮説）
★希望が消えたあとの長期戦に備えようと計画？

★この時間までのどこかで1番コテージの生活の痕跡、拳銃発見？　杵屋孝誠さんの屍蠟を鑑みて、彼が消費したと推定？
●午後六時過ぎ、二回目の集中クライミング。
★クライミングの結果も芳《かんば》しくない。自己防衛意識高まる？
★ここまでの間に倉庫の施錠を知った↓どうしても食糧残量の計算が必要。
★負傷した星井さんの治療時に、そっと相談？
●午後七時過ぎ～　星井さん落下し負傷。居住区に戻り、二人でシャワー区画へ。
★星井さん、男性が通路に出ないように「男子禁制」と釘を刺しておく。
★屍蠟をポンプ区画から流し、通り抜け実験。

「遺体を上流に持って行って流すだけなら、それほど時間はかからないと思います。運んだのは星井さんと考えるのが自然です」

神子都は言った。星井はポンプ区画から、杵屋孝誠の屍蠟を川底に沈め、流したのだ。

「水車に引っかかった場合どうする？　あらかじめ死体をロープで繋いでおいたとか？」

僕は一応確認した。ロープは岩壁登攀の準備で摩耶が備品庫から持ち出し、星井が所持していた。今は岩壁の下に置いてあるが、使用されたなら使用分だけ切り取られたはずだ。

「ロープで繋ぐことに、あまり意味があるとは思えません」

即座に否定された。「流れの強さと水車の回転方向を考えると、一度引っかかったら戻すことは困難です。星井さんにはそれがわかるだけの知識もあったはずです」

「実験自体も一か八だったのか」

「水車は枯れ葉の塊やある程度の石については押し出す力はあります。屋外で使うことが想定されていますから、羽根には〝遊び〟があって、多少の異物が引っかかっても流れていくような対策も為されています」

杵屋孝誠の大きさも計算に入れての実験だろうが――

「それでも引っかかってしまったら？」

「摩耶さんも巻き込むしかないと思います。殺人に同意するのかという疑問もありますが」

星井、もしくは瑠璃が薬罐に睡眠導入剤を入れ、僕らが寝静まったのを機に、星井と瑠璃は動きだし――いや、瑠璃は睡眠導入剤を飲んでいた。

「待って、緒川さんも睡眠導入剤を飲んだんだろう。だったら動けるのは星井さんだけだ」

神子都ははっきりと、瑠璃が食糧庫の調査を行ったと指摘した。

「耐性の可能性を考えています」

神子都が見解を示す。「緒川さんはどのくらいの期間、睡眠導入剤を服用していましたか？」

「一年や二年じゃきかないだろうな」

鳥谷野が苦しげに言った。

「ぼくと知り合った二年前にはもう処方してもらっていた」

長期間、同じ薬を飲みつづけていると効き目が薄くなる、あるいは効かなくなる。

「では、処方通りの量ではもう眠れなくなっていたのかもしれません。それは緒川さんも自覚していた。だからここでは、薬を飲むこと自体が自分を容疑者圏外に置く偽装だった。いかがでしょうか」

異論は出なかった。瑠璃は眠らなかった——確証はないが、神子都は推論構築上の前提とするつもりのようだ。

「星井さん、緒川さんでしたら水中でパニックになる可能性は低く、低水温の中での活動限界も計算できます。星井さんも緒川さんの技量を知っていたから手伝ったのかもしれません」

「緒川さんが潜ったと仮定して、今度こそ体を固定しないと流されてしまう」

「そうですね。クライミングロープの一部が使われたと思います」

僕らは瑠璃の顔と体を拭き、再び大ホールに安置すると必要な物を持ってポンプ区画へと移動した。

流れはエレベーター通路が塞がれる前よりゆったりとしていた。また水が溜まり始めているのだろう。だが、瑠璃が水車を潜った時は——恐らく急流だった。

この薄暗い空間で、星井が瑠璃の体に、ハーネスのようにロープを固定する情景が浮かんでくる。命をかけた調査と、そのあとに訪れる惨劇を前に、二人は何を思っていたのか。

「ロープは人が持つより、どこかに固定したほうがいいと思います。ポンプの取水口でしたら頑丈そうですね」

神子都が指す。「ただ、衣服が水車に巻き込まれる危険を考慮すれば、実行は裸だったと考えられます」

　着衣での水中活動は危険だ。彼女たちにはその知識があった。それに、星井も急流に翻弄され、衣服が剝ぎ取られていた。

「水中にいられる時間は、水温も考えて長くて一分でしょう。ロープで支えられた緒川さんは流れを利用して2番発電機の水車の下を抜け、倉庫区画に入りました。そこにはタオルがあります。体を拭き、巻き付けることで体温低下はある程度防ぐことができます。ここで改めて食糧の残量を確認し、武器となる折りたたみナイフを見つけたと考えます」

　ここで残量がほぼゼロであることを確認し、殺意を固めたのだ。そこで凶器が必要になるが、瑠璃が持参した調理用ナイフは、居住区のシンクに置かれたまま。もしそれを持ち出せば、星井が気づき、警戒を強める可能性がある。だから手ぶらで向かった——と推測できる。

「緒川さんは再び体をロープで固定して3番発電機の水車をくぐってここに出てきた。その時点で星井さんは、バス区画に戻っていたと思われます」

　二人分増えていた使用済みバスタオルには、川の水が染みている可能性があった。もし外に出られるのなら、重要な証拠になる。

「ナイフはどうやって運んだ。素っ裸なんだよな。手に持っていれば未来が気づく。口にくわえたら息が漏れる」

　誠二が指摘した。だが、ここまで来れば予想はできた。

「膣内、もしくは肛門の中に隠すのが現実的だと思います」

神子都の説明で、誠二の表情筋がピタリと氷結した。

「折りたたみナイフがなければ、なにかを巻き付けて挿入したでしょう。食糧がゼロだったからこそ、真っ先に星井さんを殺すことを視野に入れ、武器を手に入れたのだと思います」

「ばかばかしい、瑠璃に未来が殺せると思うか」

誠二は動揺を誤魔化すように返したが、神子都は「いいえ」と強い口調で否定した。

「この全裸で手ぶらという状態こそが、星井さんの油断を誘う重要な要素だったと思います」

思わず息が止まった。鳥谷野も、目を見開いていた。星井殺害の最大の障壁だ。

「戻った緒川さんはシャワーで体を温めつつ、隙をうかがったのかもしれません。そしてタイミングを計り、素早くナイフを取りだして、首筋に一撃を加え、戦闘能力の大半を奪った。その後、とどめを刺して川に落とした。血は川かシャワーで洗い流した。わたしはそう推測しています」

すべてが一本に繋がった。

「拳銃は入手しましたが、最初から使えば、星井さん以外の人たちから警戒されます。まずナイフで殺せるだけ殺し、拳銃は最後の手段という位置づけだったと推測します」

「小塚氏をまず殺したのはなぜかな」

「コテージに鍵を掛けていたのか否か、それが理由だと思います」

誰かがコテージの扉を開けようとしていた。絶対にこじ開けるという意欲はなく、開いていたところから静かに殺していこう。そんな意図が感じ取れた。僕と神子都も、施錠しなければ、その時点で命を奪われていた可能性があったのだ。

「瑠璃さんとしては、姿を消した星井さんが、一人一人殺していくというようなストーリーを目論んでいたのでしょうが、先程説明した通り、わたしたちが見つけてしまい、計画が狂ったのだと思います」

そこに停電まで発生し、事態は混乱を極めた。重要な標的は頭が切れ、武術の心得がある摩耶さんだったと思います。鳥谷野さんの生死は確かめませんでしたが、摩耶さんの生死は、確かめなければならなかった」

「緒川さんはそこで乾坤一擲《けんこんいってき》、拳銃を使って殺せるだけ殺すことにしました。

そうして接近したところで、摩耶の反撃を受け、落命した――

事件の筋道はこれではっきりとし、背中を襲われる可能性はなくなった。

「実を言いますと、わたしは、犯人が殺害した人を食糧として計算に入れている可能性もあると考えていました」

「ばかな……」

僕は絶句しかける。全ての感情を廃す神子都らしいとも言えるが――

「でもそれは考えてはいけないことです。星井さんも緒川さんも、手持ちの食糧の残量だけで、計画を組み上げました。人殺しは重罪ですが、二人がわたしたちを食べようと考えなかったことは、ほんの少し救いだったと言っていいんですよね」

確認を求められ、僕は動揺しながらも「その通りだよ」と優しく応えた。

「では緒川さんと同じ方法で、倉庫区画に入ります」

神子都は摩耶が出てこない理由をいくつか挙げた。ひとつは瑠璃の生死が確認できず、追撃を逃れ倉庫区画に入ったものの、中で動けなくなっている。仮に意識を失っているのなら、再び水が溜まり、溺死する危険があった。

もうひとつは、瑠璃の犯行に気づき、自らも食糧残量を調べに行った可能性だ。この場合、摩耶が次にどのような行動を取るのか、予測ができなかった。

2　継続する殺人、闇の底の希望　同日　――風野颯平

「お腹周りも引き締まっているでしょう」

そう言う僕自身が、声の上擦りを自覚している。緊張、不安、恐怖の全てが、僕の生存本能に「死ぬぞ、やめろ」と警告を送っている。だが――僕は短パンの紐をきつく縛り、右太腿の内側には、小型ライトを入れたビニール袋を粘着テープで巻き付けて固定した。

水路からは再び水が溢れ始めていて、時間の猶予は少なかった。

ポンプ区画に残っているのは、僕と鳥谷野だけで、神子都はクライミングの準備に入っていた。サポートには誠二が入っている。犯人が特定された今、迅速に外に出て救助と事件の通報を行い、同時に摩耶の救出も行うことが最優先となった。

神子都と別れるのは苦渋の決断だった。水車の下を通過できるのは、僕と神子都だけ。神子

都をクライミングに専念させるためには、僕が行くしかない。

『星井さんが何らかの思惑をもって、出口の存在を隠していた可能性もあります。わたしの推理が間違っている可能性も、希望のひとつです』

神子都はそう言って、ドームの岩壁へと向かった。

僕は使命を果たすだけだ。ロープはすでに取水口のパイプに固定し、下流に向けて流していた。僕はこのロープを手に巻き付け、適宜緩めながら水中を進み、水車の下を潜り抜けることになる。

サポートは負傷した鳥谷野のみ。水車の下でトラブルがあった場合、居住区まで走り、無線で誠二と神子都に知らせることになっている。

取り決めはひとつ、首尾よく摩耶を救出したあとは、倉庫区画の扉を内側から固い物を使って三回叩く。三十秒待ってから、扉を開ける。

「行きます！」

僕は自身に気合いを入れ、川に降りた。冷たさはほとんど感じない。精神と肉体が研ぎ澄まされていく。

僕は大丈夫！　と脳内で叫び、思い切り息を吸い込み、ロープを握りしめると、一気に川底に沈み、つま先から岩の裂け目へと進入した。

すぐに下り勾配になり、流れが速くなる。体が持っていかれないよう、ロープを強く摑む。一気に不安が増大するが、これでも瑠璃の時より流速は減殺されているはずだ。

つま先が動く固いなにかに触れた。回転する羽根だ。つま先から太ももまで一直線に伸ばし、羽根の下をくぐらせてゆく。羽根が膝頭に当たる。大腿部の上面を擦る。腰骨を、腹を胸を擦る。頃合いかと万歳の格好になり、顔を横に向けた。羽根が頰に当たる。登り窯の狭い開口部より狭い……そんな邪念を振り払う。

羽根が頰に喰い込んできて、口と鼻から大量の息が漏れた。明らかに羽根の回転速度が落ち、通過に時間がかかっていた。川底と羽根双方からの圧力に、パニックになりかけたところで、羽根がスライドしてわずかに圧力がすっと抜けた。神子都が言っていた〝遊び〟か。

直後、水車を抜けた。

上半身を起こして水上に顔を出し、空気を貪った。視界は暗黒だが、倉庫区画に入ったはず。手を伸ばし、確かめると、水位はすでに川の縁を越えていた。とにかく岸に上がろうと、水を掻いたところで、ゆったりとした流れが急に乱れ、奔流に飲まれた。

下流へ流されていたと自覚した瞬間には、足先が次の裂け目に入り込んでいた。咄嗟に身を伸ばした。全身が裂け目に突入し、肩や腰、背中が壁や川底に衝突し、皮膚が削られてゆく。

このまま進めば、崩落しているエレベーターの区画だ。岩や土砂に飲み込まれて身動きが取れずに溺死などごめんだ。腕を突き上げた。岩の天井が拳を削る。しかし、すぐに抵抗が消えた。裂け目を抜けたのだ。上半身を起こしつつ川底を思い切り蹴り、川の縁にしがみついた。声を張り上げ、蛙《かえる》のように水を蹴り、両肘を使って身を持ち上げ、足を掛け、ようやく地上に這い上がることができた。

大の字になり、大きく呼吸した。体中が痛かった。寒かった。全身が勝手に震えた。しかし、背中に感じる振動。顔や胸に落ちてくる細かな砂礫《すなつぶて》。目を開けているのか閉じているのかわからない暗黒。生きていることの喜びを満喫する時間などない。

頭ではわかっていたが、体が動かなかった。意識が遠のき始めていた。

——杵屋誠二

まるで手足に吸盤がついているかのようだった。

見上げているだけでも、七ツ森神子都の集中が伝わってくる。結果など気にせず、目の前の難事を乗り越えることのみに意識が特化されている。まるで全て感情を廃したロボットだ。

若年であるのに、様々な知識や技術、柔軟な思考とやらを会得している。

特別な人間。優秀な人間——気に入らなかった。純粋な七ツ森神子都に、その純粋さを守り奉《たてまつ》るような視線の風野颯平。二人を連れて来た摩耶も。

凡人の平凡な使命感、向上心を努力が足りないと断じ、蔑《さげす》むような目が腹立たしかった。

彼らが言う、気高き使命感も向上心も、才能があるから発生する。

人生は、生まれた時に配られたカードが全てだ。家柄、親の力、経済状況のカードが悪くとも、自分が頑張ればどうにでもなる——自己責任——そんなものは『才能』というカードに恵まれた者だからこそ言えることだ。

彼らに共通しているのは、この世の者全員が、自分と同レベルの『才能』カードを持っていると思い込んでいることだ。

家柄と経済力のカードは悪くなかった。ただ父は異常者で、自分自身の『才能』のカードは平凡だった。杵屋誠二という平凡なカードは、高レベルの『家柄』『経済力』と組み合わせると、最も滑稽な結果を生んだ。粋がって独立をしてみたが、結局のところ『平凡』は覆せず、さらに滑稽な状況に陥った。

一発逆転を狙った金塊探索も、地震と瑠璃が引き起こした事件で散々な結果だ。平凡な者がわきまえずに高望みするとこうなる――摩耶は嗤《わら》うだろう。

だが今は、『才能』を持つ者に頼らざるを得なかった。

七ツ森神子都の足が、オーバーハングの部分に打ち込まれたナイフに掛かった。未来が打ち込んだナイフだ。そこを起点にさらに上体と手を伸ばし、クラックを摑み、全身を引き上げると、七ツ森神子都の体が、岩の上方に消えた。

オーバーハングを越えたのか――結局、何かを為すのは『才能』のカードを持った者だけなのだ。

「おい、登ったのか！　どうなんだ！」

後退《あとずさ》りながら声を上げると、岩の上に七ツ森神子都が姿を現した。彼女は『悪魔の口』の前縁に立っていた。登頂したのだ。

しかし、喜ぶどころか呆然としているように見えた。

「大丈夫か！」

「縄梯子が……あります」

七ツ森神子都は戸惑っていた。集中力は完全に解け、視線を忙しく彷徨わせている。

「どうした、ケガでもしたのか」

「大丈夫です……」

「だったら早く縄梯子を降ろせ」

まずは彼女の功績を利用して、鳥谷野と風野より先に上を確認し、対策を考えなければならなかった。

「少し、奥を見てきます」

「待て！　俺もいたほうがいいだろう、縄梯子を降ろせ！」

七ツ森神子都の動きがおかしかった。迷いなのか、恐怖なのか。上には何があるというのだ。

「時間がないぞ！　早くここを片付けて、摩耶の救助だ」

心にもないことを、できる限り真摯を装い言う。

「違うんです」

彼女は何かの気配を感じたのか、肩をびくりと震わせて『悪魔の口』の中を見遣った。

「誰？」という声がかすかに聞こえてきた。

――風野颯平
眼前に竹刀が迫った気がして、声を上げ、避けたところで覚醒した。

闇と寒さが一気に全身を包む。置かれた状況を思い出し、進次郎君の幻影に感謝しつつ、上半身を起こした。

震える手で、震える足から粘着テープを剝がし、小型ライトを点灯させた。

五メートル先に冷蔵庫に続く扉があった。這うように向かった。

寒い寒い寒い寒い早く早く早く早く。小型ライトを地面に置き、扉の取っ手を摑み、思い切り体重をかけた。

ぴくりとも動かない。

立ち上がり、何度も試す。気合いを入れ、力を込める。動かない。歯がカチカチと音を立てるだけ。

「なんだよばか野郎！」

嘆きと鼓舞半々の声を上げ、両拳で何度も扉を叩いた。摩耶が気づいてくれることを願ったが、何の反応もない。

流れに逆らって、再び岩の裂け目をくぐり抜け、倉庫区画に戻るのは自殺行為だ。暗闇の中、裸で取り残された自分を呪いながら、傍らにあったバレーボール大の岩を拾った。ずしりと重い。それを、頭上まで持ち上げ、扉の取っ手に打ち付けた。痛みを伴った衝撃が手の甲を貫き、電流のような痺れが腕を走った。構わず何度も何度も持ち上げては、振り下ろした。手のひらの皮膚が破れ、出血したが痛みは感じなかった。

やがて、動かなかった取っ手が回り始めた。岩を置き、勢いをつけ肩から扉に体当たりした。

扉がわずかに動いた。肩の感覚がなくなっても三度、四度と体当たりを続けた。継続は力なりなのか、扉と枠の接合部が弛《ゆる》んでいくのがわかった。

そこで渾身の体当たりを喰らわせると、扉が枠から外れ、冷蔵庫内部に倒れた。

「なめんなよ！」

小型ライトを拾い、扉を踏みつけ、中に入った。冷蔵庫内も倉庫も明かりは消えていた。床には水たまりもあった。壁の染みで、一メートルほどの高さまで水没していたことがわかった。

突然流れが乱れ、倉庫区画での上陸のタイミングを逸したが、何が起こっていたのか冷静に考えればわかる。僕が上陸しようとした瞬間に、倉庫区画の扉が開かれ、再び貯まった水が通路に流れ出たのだ。開けたのは摩耶だろうか。

食糧庫内に移動した。下段にあった箱や物資の大半が水に濡れ、床に散乱していた。

「摩耶さん！」

何度声を張り上げても反応はなく、気配も一切感じなかった。

ここで神子都の推理を思い出し、適当な箱をいくつか開けたが、中は空か、空き袋しか入っていなかった。つい半日前は整然と並べられていた棚の上の段ボール箱が、引っかき回されたように乱れていた。箱の一部には、血の手形が付いていた。摩耶も調べたようだ。

残りの箱も手で押すと、どれも抵抗なく棚から落ちていった。

やはり食糧はほぼゼロだったのだ。

備品庫へ行き、ハンドタオルを取り出して出血した手のひらに巻き、バスタオルで体と髪を拭き、そのまま肩から掛けた。

医療用品の棚の前に行くと、血の染みたタオルやガーゼが散乱していた。棚の上には蓋が開けられたままの消毒薬の瓶。無造作に取り出された包帯と、使いかけの粘着テープ。床には血痕が散っている。

摩耶は自身で処置をしたようだが、出血量がおびただしい。

倉庫を出ても明かりは戻っていなかった。水車は回っていたが、水没で発電機が故障したのかもしれない。

「摩耶さん！」

再び呼びかけたが返答はなかった。通路に向かうと鉄扉が開いていた。

倉庫区画を出て、中央通路から再びポンプ区画に入ったが、鳥谷野の姿はなかった。籠には僕の衣服と水筒が置かれていた。衣服を身につけ、水筒の熱いコーヒーで体内を温めた。横になりたい誘惑を断ち切り、中央通路を戻る。

僕はどれくらいの時間、気を失っていたのだ。

「鳥谷野さん！　摩耶さん！」

叫んでも、反響が重なり合うだけだった。

鳥谷野はロープの手応えが消えた時点で、僕の進入成功を知ったはず。僕が摩耶を救出後、内側から鉄扉を開けるという手順だから、鳥谷野も扉の前に向かうはずだ。しかし、合図なしで先に摩耶が開けてしまったため、水流に巻き込まれた可能性もあった。

だったら摩耶は――鉄扉周辺の通路を改めて探したが二人の姿はなかった。連絡通路から居住区に戻ったが誰もいない。

「摩耶さん！　鳥谷野さん！」

応答はない。おかしい。

「神子都……」

テーブルの下に落ちていた警棒を拾い上げ、ドームへ向かう。警戒しつつ洞穴を進み、いくつかのカーブを曲がり、作業用ライトの明かりが漏れてきてもいい頃合いになったが、前方には闇が居座ったままだった。

嫌な予感が胸を圧迫してくる。神子都、と叫ぼうとした瞬間、なにか柔らかいものを踏みつけ、転倒した。

肘と膝をしたたかに打ち付け、咳き込みながら膝立ちになり、障害物に小型ライトを向けた。

「トヤ……」

喉から息が漏れただけで、声にならなかった。鳥谷野が仰向けに倒れていた。顔は驚愕が張りついたまま時間が止まり、喉元には見覚えのあるナイフが突き立っていた。

胸と腹部にも血の染みが広がっている。首に触れたが、脈動はなかった。

新たな殺人。神子都の推理が外れていたのか、あるいは切り裂き魔の犯行なのだろうか――候補で生き残っているのは摩耶だけ。やはり彼女なのか。

神子都が危ない――使命感が恐怖に打ち克った。伸縮式警棒を延ばし、ライトを点けたままドームに乗り込んだ。

岩壁にも向けたが光量が不十分で、岩肌の陰影がぼんやりと見えるだけだ。

「神子都！　摩耶さん！」

声を上げつつ、集中力を研ぎ澄ます。たとえ相手が切り裂き魔で、ナイフ術に長けていようと、僕の剣術、警棒術もヤワではない。

「僕は無事だ。杵屋さんはそこにいるのか」

設置し直された作業用ライトを点灯し、岩壁が照らされると、『悪魔の口』から縄梯子が降ろされているのが確認できた。

神子都は登頂に成功したのだ。それで誠二とともに中を調査しているのか？

僕も上ろうと岩壁に向かって一歩踏み出したところで、視界の端に異物をとらえる。

縄梯子から数メートル離れた地面に黒い塊が横たわっていた。

杵屋誠二だった。

捨て置かれたマリオネットのように手足があらぬ方向にねじ曲がり、大量出血した頭の一部が岩にめり込んでいた。絶命は明らかだった。

岩壁を見上げる。『悪魔の口』から落下してきたのだろうか。

僕は小型ライトを咥《くわ》え、警棒を構えたまま縄梯子を上った。命綱なしで落ちれば死は免れないが、神子都の護衛が最優先だ。

わずか一二メートルあまり。梯子での登頂は呆気なかった。

眼前に口を開ける黒い穴は下から見るより大きく、造形は荒々しかった。

「神子都！」

叫んでも洞穴の奥で反響するだけだった。僕は警棒を一振りし、『悪魔の口』に踏み込んだ。幅は三メートル強、高さは二メートル半ほど。饐《す》えた臭気が漂っていた。

途中、二つ小さな分岐があったが、真っ直ぐ進んだ。神子都なら真っ直ぐ奥に向かい、出入口の有無を確認するはずだ。

洞穴は奥に向かってやや右にカーブしながら下り勾配になっていた。そして、四十歩あまり、三十数メートルで行き止まりとなった。

いや、崩落で通路が塞がれていた。天然の洞窟が地震で崩れるとは思えない。やはりここに人工的な何かがあったのだ。よく見れば、岩塊の間に木材やコンクリート片が混じっていた。

一度戻って、分岐をひとつひとつ調べるしかない。

ドームに向かって左の分岐に入った。すぐに視界が開け、学校の教室ほどの部屋に出た。広くがらんとした空間の端に書架とデスクが置いてある。

デスク上には電気スタンドや筆記用具、書架には分厚い背表紙のバインダーがいくつか並んでいた。デスクの背後には、壁に埋め込まれたロッカーのような扉がある。

クローゼットなのか、何かの保管庫なのか。もう一方の隅には、食品名が記された箱がいくつか積まれていたが、人が隠れるようなスペースはなかった。

無人を確認し、通路に戻ろうとした刹那、背後で何者かの気配が突発的に膨張した。

振り向きざまに警棒で急所を守る姿勢を取ったが、先に左手甲を重い衝撃が貫き、持っていたライトを地面に落としてしまった。二撃目を避けるために、転がったライトが照らす方向とは逆に飛び退《の》きつつ人影と息遣いを確認する。誰だ——

人影は惑うことなく距離を詰めてくる。右手には三〇センチほどの棒の影。形状からバールとわかった。着地と同時に、さらに暗いほうへと飛んだ。影は三メートルほどの間合いを取って立ち止まり、バールを捨てた。

金属音が響き、影の右手が新たな得物を取り出した。

シルエットはナイフだ。おそらく中型の軍用——僕はゆっくりと立ち上がり、身構えた。殺傷能力がある得物同士の試合、いや実戦だ。負けは恐らく死を意味する。

だが、人影から殺気は感じなかった。不思議と僕も恐怖を感じない。

左手は痺れて力が入らない。使えるのは右手だけ。やるなら手加減なし。構え、呼吸を整え、意識を集中する。僕ができるのは相手の呼吸を読むカウンターのみ。

ナイフの先がわずかに揺らいだ。来る——刃先の未来の軌道予測が瞬時に脳内で展開され、そのデータを元に僕は体を振り、左胸を後ろに流しながら、右肩を前に突き出し警棒を振り下ろす。その一撃が空を切ると同時に、左胸があった空間を風が吹き抜けた。読み通り、相手は初手から心臓を突きに来た。反面、僕の初撃は陽動であり、次の動作への布石だ。

勢いに任せて身を屈めつつ、今度は警棒をバックハンドで薙《な》ぐ。先端が相手の膝下をとらえ、骨を叩く手応えがあったが、同時に鋭利な痛みが、左肩の上を通過していった。相手も二撃目を予想を超えた速さで繰り出していた。

　バックステップで距離を取る。

「こんなことしてる場合じゃないだろう!」

　影に言ったが、返事はない。変わらぬ速度で距離を詰めて、直線的な一撃を繰り出してくる。スリップで身を躱《かわ》し間一髪避けることはできたが、長くは保たないだろう。

　また、相手の右腕が突き出される気配。ナイフを叩き落とすべく、タイミングを合わせて警棒を振り下ろしたが、何かおかしいと感じ取った時には、右胸上部に刃先が押し込まれていた。

　咄嗟のスリップで深傷は免れた——と思う。

　相手はあの一瞬でナイフを左手に持ち替えて、それを悟らせず、右手に意識を集中させて警棒を空振りさせ、僕の右半身に隙を作ったのだ。

　刃先が引き抜かれ、僕はそのまま尻餅をついた。傷口を押さえると、指の間から生温かい液体が溢れだしてきた。警棒は放さなかった。

　僕を見下ろす影。人を殺すことだけに特化された別の生命体のようだった。

「神子都、逃げろ!　時間を稼ぐ!」

　出せるだけの声で叫び、消し飛びそうな意識のなかで、再び立ち上がった。

　間髪を容れず、影が動いた。

　せめてもう一太刀と思ったが、足も右腕もぴくりとも動かない。このまま確実に心臓を貫かれる——そう覚悟した瞬間、神子都の顔、藤間の顔が浮かんで消えた。

切っ先が迫り、目を閉じようとしたところで、鋭利な金属音とともに、眼前で火花が散った。

気配がもうひとつ、突然降って湧いていた。

影と影がもつれ合う。短い息づかいの中、激しく交錯する二つの影。火花、金属音、火花、金属音。

片方の影――僕を襲ってきたほうが一歩後退した。

「走って」

左腕を力任せに引っ張られた。倒れそうになりながらも、とにかく部屋から通路に出た。一歩着地するごとに全身に激痛が走り、意識を保つことに精一杯で、彼女が誰であるのか、考えることもできない。

すぐに『悪魔の口』の出口まで退避してきた。

作業用ライトに照らされたのは摩耶だった。左手には、登山ナイフが握られている。

「君はどっちだ、摩耶さんか氷上薫か」

「なに？　頭やられた？」

「鳥谷野さんと杵屋さんが死んでる」

「知ってる」

摩耶は身構えながら、今抜けてきたばかりの洞穴を凝視していた。ナイフには血。自身のものか、襲ってきた影のものか、誠二か鳥谷野のものか。

摩耶は上着を羽織っていたが、左肩のあたりが大きく盛り上がり、赤黒く血が滲んでいた。

自ら包帯を巻き、止血したのだろう。

「ケガの程度は？」

摩耶が訊いてくる。

「左肩浅く、右胸の上、やや深め」

「痛みは？」

「相応に。摩耶さんこそ撃たれたんだろう」

「銃弾は貫通したみたい。動けるってことは少なくとも骨と動脈は無事ってこと」

あの影が追ってきて、ここで戦闘が発生したとして、手負いの二人で対処できるのか。

「降りられそう？」

摩耶は肩で大きく息をしている。

「二、三日休めば」

「わたしも、登ってくるので気力と体力をだいぶ削られた」

背水の陣というわけだ。

「あれは誰だろう」

全く感じたことのない気配だった。

「少なくとも神子都さんではないわね」

動きの軌道が前後に直線的だった。神子都の持ち味は変則的な左右の揺さぶりだ。

「協力関係、まだ生きてる？」

「当然よ」

その言葉で心が落ち着いた。警戒態勢のまま、静かに時を待った。

時間を意識すると、体の痛みが神経をつつき始める。

「来ないね。さすがに二人が相手だと、向こうも……っつ、警戒しているのかな」

彼女も痛みに耐えているのだ。

「緒川さんは君が？」

「こんな時に……」

「話していたほうが気が紛れる」

「確かにそうだけど」

「神子都は緒川さんが先に撃ったと考えている。その場合、正当防衛になる」

「瑠璃は？」

返答に詰まると、摩耶はゆっくりと息を吐いた。「死んだのね」

「星井さんと小塚さんを殺したのは緒川さんで、星井さんが共犯関係にあったと」

僕は拳銃が1番コテージに置かれていたこと、神子都の推理の要点を説明した。話すことで意識と思考が保たれた。

「瑠璃がわたしを撃った銃、宗一郎さんが大事にしていたものだった。子供の頃に見せられたことがあって」

洞穴を注視したまま、摩耶は応えた。「たぶん孝誠さんが持ち出したのね、非常時のために」

「非常時って……」

「連れ込んだもう一人が逃げないように」

摩耶が口にした、モウヒトリの意味——

「孝誠さんが病院を抜け出したとして、一人でここに籠もるわけがないと考えたから」

摩耶は教え子の一人が姿を消したと言っていた——「半年以上禁欲生活送らされて、こんな地底の何もない場所で長期間過ごすとは思えない。それによく考えて、孝誠さんは殺された」

失踪した少女の存在——二人が一年間、ここで食糧を消費したということ。

「撃たれたあと、倉庫区画に籠もったのは？」

「瑠璃の意図に気づいて、食糧の残りを知るため。ついでに応急処置。瑠璃が落としたナイフで追い討ちはしたけど、あの時点で瑠璃の生死はわからなかったから」

「そのもう一人は……」

「死んでた。ここは墓標……」

会話はここで途切れた。僕も摩耶も、洞穴の奥から迫り来る気配を感じ取っていた。

引きずるような足音が、徐々に大きくなる。右胸の傷と引き替えに、僕が与えたハンデだ。

「基本は挟撃」「わかった」と短く作戦を共有する。

そして、人影が洞穴から溶け出してきた。

「神子都……」

姿形は七ツ森神子都だった。しかし表情と立ち姿と所作は神子都ではなかった。手には神子都のナイフを持ち、刃先は血で汚れ、顔や上着には、返り血が付着していた。

彼女は僕らの前で立ち止まった。纏《まと》っているのは、純粋な虚無。信じたくないが、先ほど刃を交わした人影と同じだ。

「神子都さんには見えないね。よく似た別の誰かね」

摩耶が囁きかけてくる。

「僕も実際に会うのは初めてだけど……」

その表情には見覚えがある。

人里から離れた極寒の山中、姉の亡骸の傍らで、ただ死を待っていた幼少期の神子都＝十和田美都子の顔だった。

『記憶は失われていない。隠されているだけ』

『アメリカに症例があるようでな。自己防衛のための記憶、人格の分散と聞いている』

「美都子さんか」

僕は問いかけたが、彼女は応えない。その表情は能面のようで、感情が見いだせなかった。

「全部諦めた死刑囚みたい、今の彼女」

摩耶はそう表現し、ナイフを握り直す。「殺す？」

「いや、それは……」

「迷ってる時間も余裕もないけど？」

僕と摩耶は距離を取って、二方向から〝神子都〟を攻撃できるような配置で構えた。「彼女は、あなたが知ってる彼女じゃない」

摩耶の警告は理解していた。しかし――〝神子都〟がナイフを構えた。

先手は彼女だった。僕に体力が残っていないと看破したのか、真っ直ぐ摩耶に向かった。

摩耶は突き出されたナイフを、半身になって受け流した。

瞬時の鍔迫り合いの後、再び刃と刃が中空で交錯し、肉体同士がぶつかり合う。僕はただ、二人の攻防を眺めることしかできなかった。

一進一退だったが、徐々に摩耶が防戦一方になってきた。〝神子都〟の突きは容赦がなく、その一撃一撃全てが命を奪う力を持ったものだった。

父は言葉を濁したが、山小屋の地下に一緒にいた姉は、美都子が殺した――考えないようにしていたがこれで確信できた。そして、死体の状況――

加勢しようと一歩踏み出したが、右半身に激痛が走り、両膝をついた。立ち上がろうにも、体が動かない。

誠二と鳥谷野は〝神子都〟が殺した可能性も考えるべきなのだろうか。だが、その引鉄はなんだ。瑠璃と同様、口減らしのためなのか? 出口なしが改めて確認できたからなのか?

そして――気づいた。八年前の山岳ベースと状況が同じだと。人里から切り離され、食糧もなくただ死を待つだけの状態なのだ。

脳内に解答が示された。妄想なのか、真実なのかはどうでもいい。

記憶が封印されたのは、神子都の肉体を、生きる本能を継続させるため。その個体を守り、命を後世に繋ぐという、生命の絶対不変の使命を最優先したため。

命を繋ぐため姉を殺し、食糧とした――そう、あの欠損は拷問のためではなかった。

父が言葉を濁したのも、その痕跡があったからだ。

死を巡る記憶と人道を外れた記憶は、神子都という個体が生きていくためには枷《かせ》となる。だから、十和田美都子は沈黙したまま、自ら海馬の奥底へと沈んだのだ。

その十和田美都子が今になって表出したのは、状況がもはや死を待つだけとなったため。

僕は理解した。十和田美都子は、その死が確定した時、死までの時間、死への恐怖を一手に背負うのが役目なのだと。新たに作られた〝七ツ森神子都〟の心を壊さないため。

父たちが十和田美都子を発見したのは、本当に万に一つの奇蹟だった。

その奇跡が再び起きた時のため、死を待つだけの時間を、神子都に経験させない――裏を返せば、希望を示すことで神子都が還ってくる可能性があった。

藤間のしぶとさ、状況判断力、空間と方向の感知能力は知っているはずだ。藤間ならなんとかするという希望が、かすかながらあった。

そして神子都は、命を繋ぐために人を食べることを、倫理に反すると理解していた。これも、希望だ――

一際大きな金属音と呻き声で僕は我に返った。

跳ね上げられ、空中を飛んだナイフが、僕の前に落ちてきた。武器を失い、岩棚の縁に追い詰められた摩耶が腰から崩れ落ち、肩で息をした。上着のあちこちが破れて血が滲み、頬や額からも出血していた。

「もう動けそうにない。彼女、隙もないし、覚悟を決めたほうがよくなくて?」

摩耶は全てを受け入れたのか、サバサバとしていた。

僕は悲鳴を上げる関節と筋肉を叱咤しながら、再び立ち上がり、警棒を左手に持ち替えた。

今すべきことは、たとえ目の前にいるのが十和田美都子であったとしても、完全に進退窮まった状況ではないと伝えること。そして、神子都を守ること。

「早とちりすんな、神子都。藤間が救助を呼んでくれる」

掠れたが声にはなった。「僕はまだ希望を捨てていないよ」

しかし、彼女はジリジリと間合いを詰めてくる。仕方なく、警棒を構えた。

最初の一撃は何とか受け止めることができた。

「話を聞け、美都子!」

叫んだが、彼女は黙ったまま凶刃を突き出してくる。防御のために掲げた左腕の上を刃が滑り、鮮血が散った。傷は浅かったが、バランスを崩し尻餅をついてしまった。

「抵抗しないで」

彼女が初めて声を発した。神子都の声ではなかった。「急所を突く練習はたくさんした。委《ゆだ》ねてくれれば、すぐ楽になる。恐くなくなるから」

今すぐ苦痛や恐怖を断ち切ってやろうというのだ。それは彼女にとっては生存本能の発露であると同時に、優しさの発露なのかもしれない。死を待つだけの姉を、楽にしてやったように。

だが――

「よく考えろ！」

見上げた時には、もう振り下ろされた刃先が眼前にあった。南無三――目を閉じようとした時、黒い影が割り込んできて、ナイフごと美都子が吹き飛ばされた。

頭を振り、目を開けると、摩耶と美都子がもつれ合うように地面に転がっていた。

「ごめん、風野君の希望に乗ってみようと思って」

摩耶が声を絞り出す。「ナイフを拾って。今のうちに……」

美都子がもがくたびに、摩耶の上着の赤い染みが広がってゆく。僕は足もとのナイフを拾いあげ、目を落とす。十和田美都子はなぜ希望を棄てた？

「なにしてるの、早く！」

「ごめん、そのまま少し押さえてて！」

僕はナイフを置いた。「なあ神子都、いや美都子。君はこの奥の通路が塞がれてたから、皆殺しに切り替えたのか？」

瑠璃が犯行を決意したのも、星井がこの奥の崩落を告げたからだろう。その目的はどうであれ、出口がないことが全ての引鉄となった。

星井と瑠璃は、藤間を計算に入れていなかったとしても、神子都には藤間の無事を伝えていた。藤間が飛び込んだ裂け目の奥の構造もしっかりと伝えた。

物置があり、そこにも裂け目があり、奥から水の音が聞こえていた。それが川ならば、外に続いている。裂け目の幅も三十センチはあった。

美都子はなぜ、藤間の存在を考慮に入れない？

「君も聞いていたはずだ、藤間は岩の裂け目に飛び込んだって。無事だって」

「だって行き止まりでしょ」

彼女は、幼さが残る口調で応えた。

「違う」

そこで行き違いに気づいた。初めてここ入って、まず円筒ホールを調べた。藤間と摩耶は左手の鉄扉を開けることになって、僕と神子都は二箇所の岩の裂け目を調べることになった。

『どっちの裂け目がいい、選んでいいよ神子都』

『では颯平君は右の通路に。わたしは正面に行きます』

『了解』

そんな会話がリフレインする。神子都は右の通路と表現した。僕は右の裂け目と伝えた。

確かに裂け目には人の手が加えられていた。そして、神子都が踏み込んだ正面の裂け目は、人の手が加えられていない、正真正銘の裂け目だった。

円筒ホールの天井が崩落し、藤間が裂け目に飛び込んだ時、僕は神子都になんと伝えた？

『藤間は裂け目に逃げ込んだ。この目で見たから大丈夫だ、神子都』

藤間が実際に逃げ込んだのは、脱出可能かもしれない岩の裂け目があった部屋。だが、神子都は、神子都の中にいた美都子は、奥が行き止まりの〝裂け目〟と認識した。

「藤間が逃げ込んだのは、僕が調べた資材置き場なんだ！」

美都子の抵抗がわずかに緩んだような気がした。「奥には裂け目があって、川に繋がっていた。藤間なら必ず脱出する！　僕らは闇の底に取り残されたわけじゃない。希望はある！」

僕はゆっくりと神子都に歩み寄り、膝をつき、強く抱き締めた。

「だから大丈夫だ」

神子都＝美都子が動きを止めた。

3　三文芝居　同日　――風野颯平

僕と摩耶は、意識を失った神子都を横たえ、お互いを支えながら、再び『悪魔の口』の奥へと向かった。

僕がまだ調べていない分岐の先には居住空間があるという。

「覚悟しておいて」と摩耶から警告を受けていた。

通路の先にあった鉄扉を開けると、やはり教室ほどの広さの空間が広がっていた。

奥には大きなベッドがあり、書架があり、食器棚があり、小さな流し台があり、テレビがあり、プラスチック製の扉を隔てて、トイレとシャワーもあった。

摩耶が壁のスイッチを入れると、天井の蛍光灯が点った。

目にとびこんできた光景に、僕は息を呑んだ。

ベッドの上に、かつては白かったであろうワンピースを着た少女が横たわっていた。

横向きにうずくまった、手足を丸めた少女のミイラだった。

傍らには、先が尖った金属片が置かれていて、その先端に付着した焦げ茶色の染みは血痕だろう。

ベッドはビスで床に固定されていて、その脚には長い鎖が付いた足枷が取り付けられていた。足枷は外れた状態だが、少女の左足首は不自然に変形し、表皮が肉もろとも裂けていた。

「彼女はここに監禁されていて、自分で足枷から脚を引き抜いたのね」

摩耶の声は、悲痛さを噛み殺しているようだ。「ひどく瘦せているでしょ。ミイラになったことを差し引いても異常な瘦せ方だと思う」

「足枷から脚を抜きやすくするために……瘦せたのか」

「わたしならそうする」

孝誠は刺殺されていた。彼女の逆襲は、成功したのだ。

「この金属片は？」

血の付いた金属片の裏側には、商品名がプリントされていた。

「缶詰の缶をどうにかして切り広げて先端が鋭利になるように研いだんだと思う」

「岩壁を使って分解して研いだのか？」

部屋の壁は岩が剝き出しになった部分も多かった。

「そうね。彼女は生きるためにこんな闇の底で、計画的に武器を造って、体を細く改造して、自分を監禁した者に逆襲した。床をよく見て」

木材が敷かれた床の上に、赤黒い染みが点々と付着していて、通路へと向かっていた。「彼女はここで孝誠さんを刺した。それで孝誠はバス区画まで逃げて、そこで絶命した。彼女は、孝誠さんが戻って来られないように縄梯子を上げた……」

「だけど力尽きたのか……」

崩落しなくとも、あの奥に出口はなかったか、あるいは厳重に封鎖されていたのだ。星井も神子都も、この様子を見て確信したに違いない。

ここに横たわる彼女の絶望は、どれほどのものだったのか。神子都＝美都子はそれを感じ取って、行動に出たのかもしれない。

「で、部屋が荒れているのは？」

僕は摩耶に訊く。食器棚や、洋箪笥のほとんどは開けられ、物色された痕跡があった。何箇月も前ではなく、今この場で行われたような状態だ。

「誠二さんね、きっと」

「神聖な墓を荒らしたわけだ」

「わたしが来た時には、誠二さんはあの状態だった。ミイラを見て動転したのかしら」

三文芝居なのか、命を懸けた駆け引きなのか、自分でもよくわからなかった。

「とにかく今は、藤間君を信じて、生き延びる算段でも……」

言い終えぬうちに、摩耶がその場に崩れ落ちた。介抱しようと、僕も屈み込んだが、そのまま意識を失った。

その後の記憶は曖昧だ。

時系列はわからない。様々な場面の断片が、無秩序に脳内に残っている。

薄暗い天井。誰かが動く気配。水を飲ませてもらった。温かい物を口にした。近くで摩耶が眠っていた。いつしか明かりが点っていた。ベッドが見えた。少女のミイラには、シーツが掛けられていた。

時々、神子都が心配そうに覗き込んできた。摩耶が上半身を起こしていた。神子都が摩耶にスープを飲ませていた。

摩耶が僕を見下ろす記憶には、恐怖が伴っていた。切り裂き魔かもしれない摩耶は、体が回復したら、僕らを殺すのだろうかと考えた。

夢かうつつか判然としないなかで、記憶の断片がぐるぐると乱舞した。

食事を作る摩耶。水を運ぶ神子都。摩耶の服を脱がせ、体を拭き、傷の治療をする神子都。僕の服を脱がせ、体を拭き、包帯を替える神子都。無防備に摩耶に背中を晒す神子都。全てがピントのずれたスライド上映のようだった。

警戒してくれ神子都。摩耶に気を許すな神子都。強く念じてもそれは声にならず、体も動かなかった。そんな僕自身を、僕はどういうわけか、空中から俯瞰《ふかん》していた。

4　汚れた道　三月二十六日　水曜　——風野颯平

僕が意識を取り戻した翌日、藤間と夕紀乃、そして父が病室にやって来た。

「具合はどうだ」

父が訊く。

「見ての通り」と応えておいた。

藤間も顔面の一部が腫れ、左腕を吊った状態だ。

僕らは負傷したまま五日間地下で過ごし、救助された。改めて思う、奇蹟だったと。僕自身、藤間の脱出を本気で信じていたわけではなかった。

「……やっとの思いで川に辿り着いたはいいが、流れは速いし水温も低くて、水死か低体温症で死ぬかの二択しかなかった。それで立ち往生していたんだが……」

藤間は滔々《とうとう》と脱出の経緯を語った。やはり、あの資材置き場の裂け目に進入し、底を流れている地下水路から脱出したようだ。「川を通っての脱出は無謀の極みだったと思ったが、大きな振動のあとに水量が少なくなって、流れも緩やかになった。それで行くと決めた」

あのエレベーター通路の崩落が、結果的に脱出を後押ししたのだ。

藤間は川に入り、下流＝外に出るまでの数百メートルあまりを匍匐《ほふく》前進し、トンネル状の水路から地上に出たあと、低体温で朦朧《もうろう》としながらも雪の中を数キロを踏破、途中滑落で全身を打撲しながらも、奥多摩町外縁に到達したという。

「おれも途中から記憶がない。気がついたら病院のベッドだった」

意識を失い、雪中で倒れていた藤間を見つけたのは、災害の危険がないか見回りをしていた町の職員だった。そこは車が進入できない隘路で、職員は山中を徒歩で移動していた。

藤間は二日間病院で眠り、覚醒後に我が父＝風野管理官に連絡をし、救助隊が編制されるに至った。事情が事情だけに捜索は公にされず、救出は芥夕紀乃管理官補指揮のもと、選抜された警視庁捜査員、藤間グループの土木専門員たちによって極秘裏に行われた。

彼らが進入したのは、崩落した登り窯部分だった。焚き口のハッチの縦坑はかろうじて形状を保っていて、円筒ホールの岩や土砂に人が通れるだけの穴を掘りながら洞内へと入ったという。

そして、僕らを捜索すると同時に、複数の死体が横たわる惨状を目の当たりにしたのだ。

「神子都は」

「〈フジ医〉の病院で休んでいる。護衛付きで」

父が応える。護衛よりも監視の意味が強いのだろう。

意識を失った僕と摩耶を治療し介抱したのは、記憶の通り神子都だった。『悪魔の口』の奥に広がる区域は電源と水の供給が独立していて、神子都が発電機を動かし、生活に必要な機能を復活させたという。

「摩耶さんは」

今度は夕紀乃に訊く。

「入院中だ。あの状態で動いていたんだから、驚異的な体力と精神力だな」

洞内で何があったのか。僕は昨日、夕紀乃から聴取を受けていた。ありのままに話した。進入の経緯から、地震の発生、崩落、殺人、瑠璃の犯行を導き出した神子都のこと。誠二と鳥谷野の死については不明とだけ伝えた。

鳥谷野に突き立っていたのは、誠二の軍用ナイフだった。だからといって、誠二が犯人とは言い切れない。

『杵屋さんと鳥谷野さんがなぜ死んだのか、わかったんですか』

聴取の際、僕は夕紀乃に聞いたが、夕紀乃は『捜査中だ』と言うだけだった。

ただ、鳥谷野に刺さっていたナイフには、指紋を拭き取った痕跡があったという。

『杵屋誠二に、不審な外傷はなく、転落死と断定された』

事実としてはそうなのだろうが。『鳥谷野玲彌についても慎重な捜査が必要になる』

恐怖と混乱で自暴自棄になった誠二が鳥谷野を殺し、『悪魔の口』に侵入、ミイラに驚き走って逃げる時に足を滑らせ、転落した。それが一番無難なストーリーだ。父たちはそれで収めてしまうような気がした。

「君と御坂摩耶が話している七ツ森神子都の別人格だけど、それも専門家の判断を仰ぐことになる。入院に関しては、その確認も含まれている」

「摩耶さんにも？」

少なくとも御坂摩耶、星井未来、緒川瑠璃には切り裂き魔の疑いがあり、氷上薫という別人格が宿っている可能性がある。

「もちろんだ」

父の言葉の響きは、どこか空虚に感じた。

「みんなの死についてはどう伝えるのさ」

ニュースや新聞では、未発見の鍾乳洞での崩落事故で、御坂家の縁者が巻き込まれ、全員が死亡したと伝えられていた。その鍾乳洞が曰く付きで、彼らが宝探しのために侵入したことも公表された。

「報道の通りだ。御坂、室洋両家とも了承の上だ。今後も両家と協議して情報を管理する」

恐らく藤間家も裏で動いているのだろう。同じ財界人だ。

「君が撮影した写真、鳥谷野玲彌が撮影した映像も事実把握に大いに役に立っている」

夕紀乃が告げる。「新たに杵屋孝誠殺害と、身元不明の死体についての捜査も始まる」

「静養も重要だが、捜査への協力も重要だ。曇りのない事実を伝えられるのは、お前だけなんだからな。自覚しろ」

結局僕は、父にとっては捜査補助の人材であり、今は事件解明の証人の一人にすぎない——

「それで、お前には法で定められた守秘義務が生じる」

予想通りの言葉だった。

「無法と隠蔽に目をつむれという義務だよな」

言い返しはしたが、たとえ何らかの証明が為されて、神子都と摩耶が訴追されても、心神耗弱と認定されるだろう。

「先のことは追って連絡する」

父は言い残し、仕事に戻った——途端に夕紀乃が豹変し、僕のあごを強く掴んだ。血走った目が数センチに迫り、呼吸が潰された。

「人をコケにするのもいい加減にしろ！」

咳き込みながら、かろうじて「ごめんなさい」と謝罪した。僕らは夕紀乃の捜査班が探り出してきた情報をもとに、情報の共有もせずに独断で計画を実行したのだ。

「今から共有する情報を伝える。これが事実となる、よく覚えておけ」

夕紀乃はさらに感情的に言う。「まずは奥多摩町緑川の上流から、杵屋孝誠の遺体が発見された。体に複数の刺創があり、死因は外傷性ショックと見られるが、事故死の扱いになる」

小さくうなずいた。

「次にミイラ化した少女の遺体だが、死因は恐らく敗血症。左の足首がひどく損傷していたが、足枷と監禁の疑いについては、捜査上秘匿しておく。押収物についてだが、巷《ちまた》に流布されているような所蔵物は存在しなかったが、壁に埋め込まれたロッカーから大量の銃器と実包が発見された。これに関しても御坂、室洋両家との合意の上、秘匿する」

ここでようやく解放された。いずれにしろ、存在を隠さなければならない場所だったようだ。

「最後に私的な報告だけど、藤間の左頬の腫れはわたしの鉄拳によるもの。もちろん本人了承済み。ただ、二人とも、これで済んだと思わないことね」

夕紀乃は背筋を伸ばし、堂々たる姿勢で僕に指を突きつけた。「それと風野、父君を誤解しないように。君の発見の報に、仕事を放り出して現場に行こうとしたと聞いている。子供みたいに駄々をこねてな」

終章　ゆめとうつつ

1　別れと再会　七月十九日　土曜　――風野颯平

夏前の合同錬成会で、僕は本格復帰した。

会場は再び副島逍遙記念国際武道センターで、主宰は帝都大だ。

僕は調整がてら聖架学院大男子の凡庸な剣士たちを叩き伏せ、そのあと単身乗り込んできた進次郎君に叩き伏せられた。春季大会で対戦する約束を反故《ほご》にされた腹いせもあるのだろうが、とりあえず〝事故〟によるケガを言い訳にした。全日本では当たりませんように。

錬成会終了後、数箇月ぶりに摩耶と再会した。救出後、一度も会えていなかった。

彼女は錬成会に参加していなかったが、様々な捜査や検査が一段落し、僕に会うためにここに来ていた。

その後に行われた捜査で、使用された拳銃、食糧庫や備品庫のあちこちから瑠璃の指紋が採取され、バス区画に残されたバスタオルの一枚から、瑠璃の髪の毛と川の水に含まれる微細な土砂の成分が見つかった。また解剖の結果、瑠璃の口腔内、鼻腔内、胃の中からも土砂が検出された。

凶器となった折りたたみナイフからは指紋に加え、微量だが瑠璃の体液が検出された。

これで、神子都の推理がある程度裏付けられた。

瑠璃を死に至らしめた摩耶に関しても、正当防衛が認められた。無論それは〝裏〟の合意であり、報道は一切されていない。杵屋誠二は事故による転落死、鳥谷野玲彌は誠二が殺した可能性が濃厚と判断され、極秘裏に処理された。

エレベーターに関してだが、やはり祠に通じていたようだ。祠は土石流で倒壊していたが、台座の下から小さなエレベーターホールが発見されていた。台座ごと動かして、荷物を搬入する仕組みだったのだろう。

地下鍾乳洞に侵入した五人は事故死したのであり、僕と神子都と藤間と摩耶は、あの場所へは行っていないとされた。

「こんにちは」

摩耶は初めて会った時と同じ笑みで、僕を迎えた。

コーヒーを買い、神田川が見下ろせる選手用休憩ラウンジで、並んで座った。

少し痩せたようだが、相変わらず美しく、凜々しく、堂々としていた。

「お礼の言葉がまだだったね。ありがとう」

「僕は何もしていない。こっちこそ助かった。ありがとう」

摩耶は〝美都子〟と戦い、僕を救ってくれた。

「彼女と取引をして、矛を収めさせたのは風野君の説得のおかげだから。あれがなければわたしは完全に絶望していたから」

中身は氷上薫なのか？　再度観察したが、所作も雰囲気も摩耶のままだ。

「もとはと言えば、僕が神子都に上手く状況を伝えていなかったから」

「それを言うなら、地震と地滑りがなければ、全ては起こらなかった」

視線が交差した。「もとを正せば、わたしが風野君や藤間君を誘ったから」

僕のほうから視線を外した。疑問の表情を読んだのだろう、摩耶は「どうしたの？」と微笑を浮かべた。

「まだ、わたしのことを氷上薫という人と勘違いしてる？」

回復後、彼女は都内の大学病院で、神子都と同様の検査を受けた。アメリカから精神医学の専門医も招聘した、本格的なものだった。だが、明確な多重人格の兆候は見いだせていない。この四箇月の捜査でも、御坂摩耶が切り裂き魔事件に関わった直接的な証拠は見つからなかった。

「孝誠さんの記憶は、全部自分の中で受け止めている。長く時間はかかったけど、向き合って、自分で消化した。公表しないのも、強制されたからではなくて、わたしの判断」

摩耶は感情を揺らすことなく平易な表現で話したが、深く傷つき、その現実と向き合い、克服し、将来の御坂家当主でいようと決断したのだ。

いや、軽々しく『傷ついた』や『克服した』などという言葉は使うべきではない。

「わたしはわたし自身でわたしの心を守っている。どうすれば信じてくれる?」

「ごめん」

「容疑は晴れた、ということでいいのかな」

摩耶は、晴れ空を映す窓の外を見遣った。「神子都さんは?」

「もう少し、かかりそうな感じ」

先週、〈フジ医〉の医療施設で別れを告げられた。彼女は警備員に囲まれ、窓越しの別れだった。

『アメリカに行くことになりました』

神子都は自分の状況を理解しているのか、いないのか、いつものように明るく、朗らかで、警備員たちに従順だった。

そして、『悪魔の口』であったことを記憶していなかった。自分自身に何があったのかも、神子都には伝えられていない。

『FBIが興味を持っているみたいです』

『そうなんだ』

今は一時的に捜査コンサルタントの資格を停止させられ、復帰の目処《めど》は立っていないが——

『プロファイリングという新しい捜査方法の研究に参加できるみたいです』

『それは有意義だね』

希望に胸を膨らませている神子都に、僕は調子を合わせた。

精神医学の進んだアメリカに行くのは理解できる。公安から距離を取る、という父の説明も、渋々ながら呑み込んだ。だが、ＦＢＩへの協力は、まるで神子都という〝新製品〟を試すかのようで、素直に喜べなかった。

『夢は、まだ見るの？』

神子都は救出されて以降、悪夢を見ると訴えていた。

山と粗末な小屋、いがみ合う男女、閉じ込め、取り残される――そんな夢だという。

『鍾乳洞で、辛い体験をしたからだと先生は言っています』

『こういうのは時間が解決してくれるものだよ。ゆっくり休めばいい』

『心残りは、お花見ができなかったことです』

ほんの少し、神子都の目に翳が差した。

『来年まで待とうか』

『そうですね！　約束ですよ！』

すぐに衒《てら》いのない純真な笑顔が戻り、僕は胸が少し痛んだ。

「酷い記憶が別の人格を生むって研究も勉強した。アメリカで報告されたビリー・ミリガンという人のレポートも読んだ」

三年前、アメリカ・オハイオ州で起こった強盗事件に端を発した、多重人格の症例だ。

彼は罪を犯したが、実行したのはビリーではなく別の人格とされ、無罪判決を受けた。

しかし今も入院し、精神医学者による研究と治療が行われている。彼もまた、幼少期に酷い虐待を受けていたという。

「神子都さんや風野君がわたしを氷上薫だと疑うのも、少しは理解できた。怨みはしない」

摩耶もまた、切り裂き魔と景雲荘を巡る事件の、守秘義務に関する誓約書にサインしていた。

これで僕と摩耶は、秘密を共有する者同士になった。

「風野君はどうするの？　卒業したら警官に？」

考えたくないことを聞いてくる。

「周りはそう思ってる。たぶん、期待もされてる」

「風野君自身はどう思っているの？」

僕は「さあ」と肩をすくめて視線をそらしたが、背負いたくもない秘密を背負い、民間企業で生きていくのは困難だと思ってはいた。

「わたしは捜査コンサルタントを目指すことにした。同行する司法警察職員になってくれる？」

飲みかけたコーヒーを、噴き出しそうになった。

「冗談でしょ？」

「御坂と室洋にはもう話した。いろいろ黙ってあげたんだもの、文句は言わせない」

その時、「風野」と藤間が呼ぶ声が聞こえ、振り返った。

ラウンジの入口に藤間がいた。今日は偽装剣道部員ではないはずだったが……彼の背後には夕紀乃が立っている。

「仕事だ！」

僕は摩耶と一瞬顔を見合わせ、立ち上がる。藤間がいるということは、地下遺構がらみの事件なのだ。

「行って」

摩耶も立ち上がり、藤間と夕紀乃に会釈する。

「また今度」

僕は摩耶と軽く握手を交わし、二人と合流した。

「同行は芥管理官補。風野は俺の助手だ」

切り裂き魔事件と洞内での経験を経て、なにかを背負い、少しだけ大人びた藤間は宣言した。

僕は「了解」と応える。

今も飄々と仕事をこなす藤間だが、神子都のアメリカ行きが決まったあと、三日間人事不省になるまで呑み歩いた。介抱する身にもなって欲しかった。

「概要を説明する。練馬区氷川台《ひかわだい》の地下遺構内で他殺体が発見された」

夕紀乃が冷徹に告げた。「被害者の左胸に刺創。現場から切り裂き魔の手口と酷似しているとの報告が来ている」

僕は思わず振り返る。微笑したままの摩耶。彼女には救出されて以降、常に監視がついている。ならば模倣犯なのか、神子都の推理が見当違いだったのか――

「まずは行ってみないとな」

僕らの日常は、僕らの意志とは関係なく続いていく。

2　三月十九日　水曜　鍾乳洞居住区　銃声の直後　――氷上薫

瑠璃が撃った弾丸が摩耶を貫いた。

懐中電灯が地面に落ちて消え、闇の中で乱れる呼吸音と、のたうつような気配が蠢《うごめ》いた。

試し撃ちもせず、いきなり発砲するのは賭けではあったが、銃も実包も保存状態は良好だった。瑠璃も杵屋宗一郎の銃を大切にする姿勢を信じていたのだろう。

星井未来と語らい、計画を立て、自分の特技を活かし、星井未来を殺し、小塚貴文を殺し、停電を利用して鳥谷野玲彌を撃ち、御坂摩耶を撃ったのも彼女の選択だった。私は日頃、我を通すことのない彼女の生存本能に興味を持った。

だから、しばらく付き合ってみることにした。

瑠璃は続けて、杵屋誠二がいると思われる方向に数発撃ったが、手応えはない。

重要なのは成果だ。杵屋誠二と鳥谷野玲彌は放置でいい。まず摩耶の生死を確認し、生きているなら止めを刺せ――私は囁く。

瑠璃はしばらく息を潜め、耳を澄まし、用心深く摩耶に接近した。

摩耶の呼吸は弱く、緩慢《かんまん》になっていき、体が動く気配も消えた。瑠璃も彼女の生命活動の大半が失われたことを確信したようだ。

瑠璃は銃を構えつつ、左手でポケットに忍ばせた折りたたみナイフを取り出した。銃弾を節約するため、とどめはナイフで刺すようだ。私でもそうするだろう。

瑠璃が爪先で摩耶の足を蹴り、位置を確認した瞬間だった。

気配が動き、瑠璃の右手から銃が叩き落とされた。瑠璃は身を引き、体勢を立て直そうとしたが、武道の才と実戦経験は摩耶が一枚も二枚も上手だった。

そして、私が入れ替わる間もなかった。

発砲炎と轟音の中、一瞬、歯を食いしばる摩耶の顔が浮かび、消えた。

直後、首筋を熱と衝撃が襲う。どうにか瑠璃の意識と入れ替わることができたのは、彼女の肉体が仰向けに倒れ、後頭部を強打した直後だった。

呆気ないものだ。

己の使命を信じ、正義を信じ、穢された想いと魂を守り続けてきたのだが――

自分が致命傷を与えたことを確認できないのだろう、摩耶はナイフを奪い、瑠璃の肉体に突き立ててきた。

「瑠璃だったのね」

摩耶が掠れた声で、私に問いかけてきた。「ヒカミカオルの正体」

声帯を破壊され、頸動脈を断ち切られた私に応える術はなかったが、瞬時に悟った。

摩耶が未発見の地下遺構に関し、私と同じ情報を持っていたとしても、おかしくはない。私よりも何倍も長い時間、この景雲荘で過ごしていたのだから。

そして聡明な彼女は、早い時期に現場の共通点に気づいていたのだ。警察も共通点に気づいたようで、旧陸軍鉄道資材庫跡で待ち伏せをしていたが、同じ場所に摩耶がいても驚きはしない。一廉《ひとかど》の人物として慕われ、信頼されている彼女が大学のサークルの動きを探ることは、難しくはないはずだ。

そして、同じ大学生の七ツ森神子都、風野颯平を利用し、私を罠に誘引したのだ。

「御坂の家から、連続殺人鬼を出すわけにはいきません」

その一言で、怒りが再沸騰した。少女たちを地獄へ導く犯罪の温床を作ったのは、御坂の家ではないか——

『悪魔の口の奥、あの部屋だった』

岩壁を登り、奥を確認してきた星井未来が報告してきた。

あの部屋。その一言でわかった。

孝誠が瑠璃を蹂躙《じゅうりん》し、心を殺した部屋。私が生まれた部屋。

そこで星井未来も同じ経験をしていた。きっと摩耶も、ほかの多くの少女たちも。

『死体があった。女の子だ』

摩耶、お前自身もここで魂を穢されたのだろう？　にもかかわらず！

右手が動いた。銃を握り、上半身を起こし、銃口を摩耶に向けた。

生きているのが、強い人間ばかりだと思うな——言葉にはならなかったが、摩耶には伝わったようだ。「はっ」と呻くような声が聞こえ、乱れ、弱々しい足音が遠ざかっていった。

——もういい、ここで眠ろうよ。

耳元で、瑠璃の声が聞こえた。

本書は二〇一四年、小社より刊行された作品を
全面的に加筆修正のうえ文庫化したものです。

著者紹介　新潟県生まれ。2011年、『消失グラデーション』で第31回横溝正史ミステリ大賞を受賞してデビュー。13年、『夏服パースペクティヴ』で第13回本格ミステリ大賞候補。『ダークナンバー』『クラックアウト』など著書多数。

検印
廃止

多重迷宮の殺人

2023年10月31日　初版

著者　長沢　樹

発行所　(株)東京創元社
代表者　渋谷健太郎

162-0814/東京都新宿区新小川町1-5
電話　03・3268・8231-営業部
　　　03・3268・8204-編集部
URL　http://www.tsogen.co.jp
DTP　キャップス
晩印刷・本間製本

ISBN978-4-488-48321-0　C0193